Opal
オパール文庫

今日、本気できみを抱く
美形な紳士と蜜約関係

御厨 翠

プランタン出版

※本作品の内容はすべてフィクションです。

プロローグ

カーテンの隙間から射しこむ光に瞼をくすぐられ、ゆっくりと意識が覚醒する。

今日の日付や曜日が思い出せずに一瞬焦ったが、すぐに休日であることに思い至って安堵すると、本城柚《ほんじょうゆず》は鉛のような重い身体に眉をひそめた。

カラカラに喉が渇いている。頭が痛むのは、いわゆる二日酔いというやつだろう。朦朧とする思考でそう結論づけると、溜め息混じりにベッドから身体を起こした。

おぼつかない足で立ち上がり、薄暗い部屋の中を見渡すと、足もとには昨日着ていた服が脱ぎ散らかしてあった。正確には服だけでなく、ブラジャーやストッキングも散乱していた。その惨状は柚の頭痛を余計に酷くする。

無造作に投げられたそれらの後片付けをしなければと思いつつ、とりあえず見ないことに決めた。実は部屋の惨状よりも、昨日の自分の行動が気になっていたのだ。

柚の勤めるホテルの三期先輩であり、よき友人でもある村野菜摘《むらのなつみ》と二十一時半頃まで飲んでいたのは記憶している。しかし、問題はその後。いくら二日酔いの頭を巡らせても、柚にはそれ以降の記憶がまったくと言っていいほど欠如していた。

無事に家に帰ってきているということは、村野が酔いつぶれた自分を家まで連れ帰り、わざわざ介抱してくれたのだろうか。そうであれば、大変な迷惑をかけたことになる。

後で謝罪の電話を入れなければと思いつつ、ふらつく足取りでドアの前までたどり着いた、次の瞬間。声を出す間もなく、目の前のドアが開いた。

「……痛っ」

ドアは見事に顔面を強打し、その場にうずくまる。衝撃で一瞬頭痛が吹き飛び、その代わりに燃えるようにおでこが熱くなった。

(う、痣になったらどうしよう……ゲストの前に立てなくなっちゃう)

二日酔いの頭で考えたのは、まず仕事のことだった。だが、間を置いてハタと気付く。ひとり暮らしの部屋で、どうして勝手にドアが開くのだろうか。

(まさか、どっ、泥棒……!?)

「……おい。大丈夫か」

嫌な想像をして青ざめた柚の耳に、心地良い低音が届いた。

泥棒にしては、かなりの美声の持ち主である。いや、この場合、泥棒にしてはずいぶんと親切であり、紳士的と言ったほうが正しいか――。

間の抜けた感想だが、それも仕方のないことだ。この声で愛を囁かれた日には、腰砕けになること請け合いである。柚でなくとも、思わず聞き惚れてしまうだろう。

「頭を打ったのか。見せてみろ」

「は……え？」

床に落ちていた視線が、強制的に上向かされる。美声の持ち主が膝をつき、柚の顎に指をかけたためだ。

視界に入ってきたのは、見ず知らずの男だった。吐息がかかるほど至近距離で顔を覗きこまれ、思わず息を呑んだ。銀の細いフレームの奥に見える涼しげな瞳に、まっすぐに通った鼻梁、薄い唇――ひと言で表すならば、紛れもない美形である。しかも、滅多にお目にかかれないであろう〝極上の〟だ。

「……おい？」

時間にすればほんの数秒。うっかり今の状況も忘れ、目の前の男に見入っていたが、その声にハッと我に返った。

「……どっ、泥棒……っ！」

「……誰がだ」

美声が幾分呆れたような響きをもって柚の耳に届く。男は「その様子なら平気そうだな」と言って立ち上がった。

「あ、あの……っ」

(泥棒でなければ誰なんだろう)

顔面の痛みに耐え、恐る恐る視線を上げると、改めて男の姿を見据えた。

自分よりも頭ひとつ分以上高い身長の男は、対峙しているだけでも威圧感がある。職業柄、有名人や政財界の要人と接することも少なくないが、目の前の男はそれらの人物に勝るとも劣らない存在感を示していた。

ごくりと唾を飲みこんだ柚は、警戒心を出しながらも、どこか場にそぐわない気の抜けた声を男に向かって投げかけた。

「あの……どちら様ですか?」

第一章　身体で詫びてもらおうか

満開に咲き誇っていた桜が徐々に散り始めていた四月上旬。柚は三年間付き合っていた恋人に別れを告げられた。しかもそれが、二十四歳の誕生日一週間前というなんとも間の悪い時期に重なってしまい、彼――岡野《おかの》晴臣《はるおみ》に別れを切り出された時は、驚きと戸惑いとで涙も出なかった。

大学時代から付き合ってきた彼の突然すぎる別れ話に思うことは多々あったが、それを伝えることはできなかった。

『社会人になってからすれ違いが多かったし、正直気持ちが冷めた』

そう淡々と語る晴臣を前に、ただ黙って頷くしか選択肢は残されていなかったのだ。

事実を受け止めて心の整理をつけるには、経験も時間も足りなかった。

その結果。酒で気持ちを紛らわすという、最もお手軽な方法を選ぶことになる。

「柚っ！　もうやめなさいってば！」

「せんぱーい！　飲まなきゃやってられませんよぉっ……」

晴臣に別れを告げられて一週間後――つまりは柚の誕生日当日。何杯目かもわからないグラスを手にすると、先輩の村野に窘められた。

柚と村野は、都心にほど近い大型テーマパークに隣接するホテル『Four gardens《フォー　ガーデンズ》』のホテルスタッフだ。外資系のホテルも多く進出し、顧客獲得にしのぎを削る業界において、『Four gardens』は、国内でもトップクラスの稼働率を誇る一流ホテルである。

入社して右も左もわからなかった柚の研修を担当してくれたのが村野だった。

当初はハウスキーピング部門に所属していた村野は、去年の秋に辞令が下り、かねてより希望を出していたフロントへ配属になった。インバウンド効果で海外からのゲストが増加していたが、堪能だった語学をさらに磨いて対応している。仕事への熱意とスキルアップのために努力を怠らない姿は、憧れであり目標だ。

この一週間、努めて普通に過ごしてきたつもりだったが、姉同然の村野が柚の異変を見逃すはずはない。たまたま一緒になった更衣室で詰め寄られ、渋々と恋人と別れたことを伝えたところ、「あんた、誕生日は空けときなさい」と、酒席に誘われたのだった。

「すみません、先輩。……せっかくのお休みなのに。ヤケ酒に付き合わせちゃって」

サービス業であるホテルは、一般企業のように土日・祝日に休めるような勤務体系ではない。加えて、部署によっては泊まりや早朝からの勤務もある不規則なシフト制だ。日頃の疲れから、休日は一日中眠っていることも少なくない。にもかかわらず、村野は柚の誕生日を祝うために、同僚にシフトの変更を頼んでまで空けてくれたのである。

感謝しつつも、投げやりな気分が湧き上がってくるのを抑えられないまま、柚はグラスの中身をひと息に飲み干した。

「バカね。いいのよ、そんなこと。今日はあんたの誕生日なんだから、誕生日特権よ」

元気づけるように明るく言い放った村野は、おかわりを店員に求めた。

今日、彼女が連れてきてくれたのは、都内にある創作料理の居酒屋『青葉《あおば》』だ。居酒屋といってもチェーン店のような喧噪はなく、和を意識して作られた店内は大人の隠れ家といった雰囲気で、柚も気に入っている店だった。

大好きな先輩である村野と共に、お気に入りの空間で過ごせる誕生日。これで晴臣とのことがなければ、間違いなく最高の気分で酒を楽しめていたはずだ。

「なんで……わざわざ誕生日前に言うんですかね……」

確かに学生時代とは違って会う時間は減っていたが、それでも気持ちは変わらずにいると信じていた。

しかしそんな風に思っていたのは自分だけで、だんだん気持ちが冷めていく晴臣に気付けなかったのだ。

「ホント、間抜けですよね、わたし」

酒の力で気が緩み、今まで我慢してきた気持ちが一気に溢れ出す。目頭が熱くなるのを感じた柚は、村野に心配をかけたくなくて誤魔化すように俯いた。

「誕生日前でよかったんじゃないかな」

「え……」

聞こえてきた声にふと視線を上げると、優しい眼差しとかち合った。

新たなグラスを差し出してくれたのは、『青葉』副店長の千川総司《せんかわそうじ》である。

千川はもともと、『Four gardens』直営のフレンチレストランで働くコックだったが、柚が入社する二年前に退職し、この店で働き始めたのだという。

同時期にホテルで働いていたわけではないが、柚にとって村野同様に頼りになる先輩で、どこか親近感を持っていた。

千川は細い目を眇めると、柚に小さくうなずいてみせた。

「これからまた、本城さんの新しい一年が始まるんだ。別れから始まる一年よりもいっそ清々しいじゃないか」

「ちょっと、千川さんったら」

たしなめる村野の言葉を無視して、千川は言葉を続けた。

「どうしたって今はつらいだろうから、そうだな……来年の今日、本城さんが笑っていられればいいんだよ」

「……来年って、気が遠くなりそうです」

今がこんなに辛いのに、来年のことまで考えられないというのが正直な気持ちだった。

恋人と別れた実感が、ゆっくりと身に染みていき心を抉る。ふとした隙間を縫っては晴臣との思い出が蘇り、胸が締め付けられる。そんな状態で、前向きになれるはずがない。

差し出されたグラスにヤケ気味に口をつけると、中身はただの水だった。

「千川さん、これお水じゃないですか」

「口をつけるまで気付かないってことは、それだけ酔ってるってことだろ。そろそろやめておかないと、悪い男に付け込まれるぞ」

「……別に、それでもいいです」

「なんだ、大胆だな。本城さんは。じゃあ俺が持ち帰ろうか」

「千川さん！」

村野がすかさず睨みつけると、軽く肩を竦めた千川は、空いたグラスを下げながら付け足すように言った。

「一年待てないなら、そうだな……新たな出会いを見つければいい。そうすれば、前の男なんてすぐに忘れられる」

「じゃあ千川さん、柚に似合いそうな人を紹介してくださいよ。あ、千川さんみたいないかにも遊び慣れてますって人はダメよ？」

「紹介してもいいけど、俺の知り合いも性質《タチ》が悪いのが多いからなぁ」

「……タチ、悪くてもいいです。こんなふうに落ち込んでいるより、ずっと……」

本人を無視して話を進める村野と千川に、怪しい呂律で参戦しながら、徐々にふわふわとした感覚に包まれていった。

——そして目覚めると、激しい頭痛を伴い、なぜか極上の美形が目の前にいたというわけである。

（全然記憶にない……いったい何があったの!?）

我を忘れるほど飲んでいたとはいえ、行きずりの男と一夜を共にしたことなど今までに一度たりともない。

では、この目の前にいる男の存在をどう説明すればいいのか。柚は見当もつかず途方に暮れていた。

「人に訊く前に、まず自分が名乗るのが礼儀じゃないのか？」

男は隙のない所作でネクタイを締めながら、混乱の極みにいる柚の顔を覗きこんできた。

多少癪に障ったものの、言われてみればもっともだと思い直して口を開こうとする。だがそれよりも早く、男の美声が遮った。

「ああ、その前にやることがあるか」

くっ、と口の端を歪めた男は、柚の頭のてっぺんから爪先まで視線を巡らせた。眼鏡の奥の瞳が柚の全身を映し出す。値踏みされているような視線は決して心地の良いものではなかったが、男に吸い寄せられるかのように目が離せない。

「まさか、朝から誘っているわけじゃないだろ」

「え……？」

男の端整な顔に目を奪われていた柚は、次の瞬間、全身から火が吹き出しそうな羞恥を味わった。キャミソールに下着一枚という、なんとも悩ましい格好で立っていたからだ。

男の鼻先でドアを思いきり閉めると、急いで床に散らばっていた服を掻き集めた。見ず知らずの人間の前で半裸を晒していられるほど、羞恥心がないわけではない。服を身に着けつつ、全裸じゃなくて良かったと心から思った。

急いで身支度を整え、おずおずとベッドルームのドアを開ける。

実は服を着ている間にある事実に気付いたが、それを直視する勇気はない。一縷の望みを求めてドアを開くも、現実は甘くなかった。そこは見慣れた部屋ではなく、モデルルームを思わせるような高級感溢れるリビングだったのである。

（やっぱり……あの人の部屋に泊まってたんだ……）

いくら恋人と別れたばかりで傷心だったとはいえ、あまりにも軽はずみな行動だ。しかも、一切の記憶をなくしているのだから、救いようがない。

青い顔をして動こうとしない柚に、座り心地の良さそうなソファに身を預けていた男は、自分の目の前に座るように促した。

「佐伯尊《さえきたける》です。どうぞ、かけてください」

そこで初めて名乗った男は、先ほどのベッドルームでのやりとりとは打って変わって慇懃な口調だった。

まるで上司を前にしたような緊張感を味わいながら、勧められるままソファに腰を下ろす。すると佐伯は、昨晩の柚の様子を淡々と語り始めた。

千川がまだ『Four gardens』で働いていた頃からの付き合いだという佐伯もまた、柚と同様に昨晩『青葉』を訪れていたのだそうだ。そこで千川に柚を紹介され、挨拶程度の会話を交わしたのだが、そのうちに柚が酔いつぶれてしまった。その後に世話をしてくれたのが佐伯だという話だった。

「村野さんは翌日早朝からの勤務だと言って先に帰っていたし、千川さんはまだ仕事中だったんでね。俺が介抱を仰せつかったんだ」

「本当に申し訳ありませんでした……！　初対面の方にご迷惑をおかけして、どうお詫びしていいか……」

目の前で優雅にコーヒーに口をつけていた秀麗な男に向かって、苦情《コンプレイン》を受けたとき以上に平身低頭、床に頭を擦りつける勢いで頭を下げた。

それこそ記憶を失くしてしまいたいほどの失態に、ただ頭を下げるしかできない。

「自分の許容量もわからずに酔いつぶれるまで飲むのもどうかと思ったが……千川さんの頼みをむげに断るのも忍びなくてね。やむなくこの状況になったというわけだ」

「も、申し訳ありません」

「しかしきみは、顔に似合わず大胆なんだな。恐れいったよ」

「ど、どういう意味、でしょうか」

佐伯は表情を変えることなく柚を眺めていたが、ふと口の端を引き上げた。

「自分から服を脱いで、俺の首に絡みついてきた。引きはがすのに苦労したよ」

「嘘です、そんな……」

ありえない——そう思いつつも、ほんの数十分前までの自分の格好、そして今置かれている状況が、事実だと物語っている。

頭の中が真っ白になって絶句したとき、佐伯が肩を竦めた。

「残念ながら、嘘をつく理由はないな。本当に覚えていないのか?」

射すくめるような眼差しに、どくりと心臓が音を立てる。

この男との間に、いったい何があったのか。なんとか思い出そうとして頭を抱えていると、佐伯がおもむろに立ち上がった。目の前にやってきた彼が、じっと顔を覗き込んでくる。

「『忘れたいのに、どうすればいいかわからない』……そう言ってきみは、泣きそうな顔で笑っていた」

（あっ！　そういえば、そんな話をしたような気が……）

会話の断片が脳裏に思い浮かんだ柚は、必死に記憶をたぐり寄せる。

このところの寝不足が祟り『青葉』で眠ってしまった柚だが、次に目覚めたときは見覚えのない部屋のソファだった。

『ああ、目が覚めたのか』

困惑して起き上がると、目の前の男が状況を説明してくれた。

千川の後輩だという男は、佐伯と名乗った。酔い潰れた柚の介抱を頼まれたものの、眠りこけていたため仕方なく自身の家に連れてきたという。携帯を確認したところ、千川からも同様のメッセージが入っていた。

酔っ払いの介抱など、佐伯にしてみれば迷惑以外の何物でもない。まだ酔いが完全に醒めていないとはいえ、その程度の常識はある。謝罪の言葉を口にした柚が、申し訳なさと情けなさとで自己嫌悪に陥ったときである。

『泣きたいときは泣けばいい』

放たれた言葉は予想外のものだった。

どうして初めて会った男に、隠していた気持ちを言い当てられてしまったのか。動揺していると、察した佐伯が苦く笑った。

『タクシーの中で言っていただろ。「忘れたいのに、どうすればいいかわからない」って。答える前に眠ってしまったが』

どうやら酔いに任せて弱音を吐いてしまったらしい。

しかし、彼の助言はもっともだと思う一方で、素直に聞き入れられなかった。

泣いてしまえば、張り詰めていた気持ちが崩れ落ちてしまう気がして怖かった。誤魔化して平気なふりをしていれば、いつかつらさも薄れていく。そう思って、この一週間を過ごしてきた。

それなのに、初めて出会った男の言葉が、胸の奥のしこりを解してしまう。

『……っ』

じわじわと目の奥が熱くなり、ぐにゃりと景色が崩れていく。

これまで堪えてきた感情が一気に溢れ、嗚咽に肩を震わせた。三年間の思い出が、晴臣と過ごした時間が、涙となって頬を濡らす。

『涙には、自浄作用があるらしい。今夜は何も考えずに、ゆっくり眠ればいいよ』

言葉と同時、佐伯は柚を自身の腕の中に囲った。彼の胸に押しつけられるような体勢だが、気にする余裕などなかった。今はただ、目の前にある胸に縋って泣くしかできない。

初めて会った人間だからこそ、感情をさらけ出せたのかもしれない。

そうして眠りに落ちる直前まで、柚は佐伯の腕に縋っていた。

蘇った昨晩の記憶で蒼白になった柚に、佐伯が薄く微笑んだ。

（そうだ、わたし……！）

「その様子だと思い出したみたいだな」

正しく指摘され、羞恥が一気にこみ上げてくる。

正体不明になるまで酔った挙げ句、子どものように大泣きして眠りこけてしまった。それも、縁もゆかりもない相手の前で、だ。穴があったら入りたいとは、まさに今の柚のためにあるような言葉だろう。

「……後日改めてお詫びに伺います。見苦しい姿をお見せして申し訳ありませんでした。まさか、初対面の方に愚痴を聞かせて泣くなんて……自分が情けないです」

冷静になればなるほど、己の醜態を恥じ入ってしまう。

佐伯からしてみれば面倒なことこのうえない状況だったはずだ。少なくともこの男が、柚の面倒を見る義理はないのだから。

「別に気にしなくてもいいよ。俺も千川さんの頼みを、半分しか聞けていないからな」

「半分ってどういうことですか……？　それに、お詫びをしないわけにはいきません」

一宿の恩義、それに何より、失恋の傷を慰められている。今まで泣けなかった柚に、泣き場所を提供してくれたのだ。おかげで、気持ちはずいぶんと楽になっている。

「へぇ？　律儀なんだな」

大きな手のひらが肩に置かれ、胸の鼓動が高まった。

至近距離で見る男の顔にどきりとする。動揺し過ぎて忘れかけていたが、佐伯はとんでもない美形だ。否応なしに視線が吸い寄せられてしまうほどに。

思わず目を泳がせると、目の前の男が笑った気配がした。それと同時、柚の耳もとに彼の唇が近づいてくる。

「それなら……身体で詫びてもらおうか」

綺麗な低音が耳をくすぐる。それだけでも脳内の回路を麻痺させるのに、佐伯の台詞は柚の思考を完全に停止させた。

「冗談……ですよね？」

ぽつりと漏らした柚の言葉に、佐伯は切れ長の目を細めて口角を上げると、「本気だ」と簡潔にひと言で返した。

「詫びたいなら、身体で詫びてもらう。それ以外は受け付けない」

佐伯の声はいたって冷静で、それが当然だと言わんばかりの傲慢さだった。柚は顔を引き攣らせたまま、不敵な笑みを浮かべる男を凝視した。

「いくらなんでも、そんなことできません……っ」

「なぜ？　詫びるという言葉は嘘だったのか」

肩に置かれていた手が、柚の顎を捉える。その目は逃がさないとばかりに柚を射抜き、動きを封じこめる力を持っていた。

「嘘じゃありません……けど、だからって」

迷惑料代わりに身体を差し出すなんてできるはずはない。そんなに簡単に男に身を任せられるような性格であれば、もとより失恋でこれほど傷ついていなかっただろう。

「ご迷惑をおかけしたのは謝ります。だからって、身体を要求するなんて酷すぎます！」

いくら酔っていたとはいえ、迂闊な行動をした自分にも非はある。それに、恋を失った痛みを和らげてくれたこの男に恩義を感じてもいる。

だが、あまりに理不尽な要求をされるのは我慢できない。

佐伯の手を振り払った柚は、断固として拒否すべく彼を睨んだ。

はたから見ればラブシーンさながらに見つめ合っていたふたりだったが、不意に佐伯は低く喉を鳴らすと、おかしそうに笑い声を上げた。

「なにか勘違いしていないか」

先ほどまでの緊張感はどこへやら、佐伯はひとり笑みを漏らしている。

存外笑い上戸のようだが、笑いのツボがどこにあったのか見当もつかない。困惑していると、ひとしきり笑った男が説明を始める。

「きみはあの一流ホテル『Four gardens』のスタッフなんだろ？」

「え？　はい……そうですけど……」

「ちょうどハウスキーパーを探していてね。見つかるまでの間、君に務めてもらいたい」

「……は？」

思わず間抜けな声を上げた柚に、佐伯はますます表情を崩す。言動にどことなく愉悦が見えるのは、けっして見間違いではないだろう。

「俺としては、きみが想像した通りの方法で詫びてくれてもいいけどね」

するりと頬を撫でられた瞬間、佐伯の言葉の意味を理解し、ソファから落ちてしまいそうな勢いで端へと移動した。

佐伯の『身体で詫びろ』云々は、柚が想像するような行為ではなく、部屋の清掃をすることだったのである。

(信じられない……もう、恥ずかしすぎる……)

佐伯に触れられたせいか、それとも自分の思い違いへの恥じらいからか。燃えるように熱い頬を両手で覆いながら、柚は泣きたい気持ちを我慢して俯いた。

(わざわざ紛らわしい言い方しなくてもいいのに……！)

勝手に勘違いしたのは自分だが、明らかに佐伯は誤解をするように仕向けていた。つまりこの男は、柚をからかっていたわけである。

『俺の知り合いも、性質悪いのが多いからなぁ』

不意に千川の台詞が柚の頭を過る。目の保養どころか、見ているだけで精気を吸い取られてしまいそうな極上の美形だが、佐伯の性格は極悪である。

「それで、どうする？　俺はどちらでもかまわないよ」

「……できればどちらもお断りしたいです」

「詫びると言ったのはきみだろ？」

にべもなく言われてしまい、グッと喉を詰まらせた。その通りなので返す言葉もない。

口もとに笑みを浮かべながら立ち上がった佐伯は、ソファにかけてあった上着を手に取った。袖を通す仕草ですらやけに様になっていて、その美しさに目を奪われてしまう。

この男は危険だ。端麗な容姿に騙されて不用意に近づけば、取り返しのつかない火傷をしそうな気がしてならない。

ホテルスタッフとして数多くのゲストと接してきたが、ゲストでなければ関わり合いになりたくない人間も中には存在する。

佐伯にはそれらのゲストに対峙した時と同様の思いを抱いてしまうのだが、その一方で、彼の一挙手一投足に目が釘付けになってしまう。

「本城さん？」

佐伯は答えを促すように、ふたたび距離を詰めてくる。

「わっ……わかりました。ハウスキーパーを務めさせていただきます」

柚はどちらを選んでも自分にとって不利になるふたつの選択肢から、渋々ハウスキーパーの役目を選んだ。

本城柚二十四歳の春は、こうして波乱の幕を開けたのである。

『Four gardens』は、十一階からなる建物のうち、三階から十一階までが客室で、一、二階にはレストランや宴会場といった施設が入っている。

柚が現在所属しているのは、『メンバーズ・クラブラウンジ』と呼ばれる部署だ。クラブラウンジはホテルの最上階に位置し、九階から上の客室――ジュニアスイート以上の宿泊者が利用可能なスペースだ。宿泊者以外では、年間契約を結んだゲストのみしか利用できず、訪れるゲストのほとんどがＶＩＰである。

配属されてからの半年間は、緊張の連続で何度もミスをしたものだ。今でこそ顔馴染みのゲストも増えて、会話もそつなくこなせるようになってはきたが、まだ先輩スタッフのサービスには足もとにも及ばない。時に厳しく叱責されることもあるけれど、柚は『Four gardens』で働けることに誇りを持っていた。

「おはようございます！」

ラウンジに着くと、すでに朝食の準備を始めていた先輩スタッフと挨拶を交わし、今日の予定を確かめながら準備に加わった。

　宿泊者は和食か洋食の各レストランを選択して朝食をとるのだが、ジュニアスイート以上の宿泊者はラウンジで食べることも可能だ。そのため早番スタッフはまず朝の予約状況を確認し、各レストランの厨房から予約人数分の朝食をラウンジまで運ぶのだ。

　ラウンジの前面にある大きな窓の外には『Four gardens』の名の通り、四季の花々や草木に彩られた庭園、さらにその先には東京湾《とうきょうわん》や巨大テーマパークの景色が広がっている。最上階の眺望を目にするこの時間は、柚の心を和ませてくれた。

「なんだよおまえ、やけに張り切ってんな」

　ラウンジ内にあるカウンターでひそかに気合いを入れていると、メンバーズ・クラブラウンジのアシスタントマネージャーである柳裕貴《やなぎゆうき》が怪訝な顔をした。

　柳は細く整えた眉を八の字にし、さらに続ける。

「このところずっとヘコんでたくせに、なにかいいことでもあったのか？」

「えっ、ヘコんでなんか……」

「ゲストの前では取り繕ってたみたいだし、別にいいけどな。アシマネ舐めんなよ？　見るところはちゃんと見てるんだ」

　キッパリと言い切られてしまい、苦笑しながら曖昧にうなずいた。

　このところ、ということは、晴臣と別れてからの柚は、傍目にもわかるくらい落ちこんでいたのだ。

公私共に親しい村野ならばともかく、柳にまで見破られるとは思わなかった。

少なからず表情や態度に出ていたのだと自己嫌悪に陥るが、それと同時に首を捻る。特別いいことがあったわけではない。ただ、佐伯尊との出会いでわずかに救われ、同じくらいに感情が忙しくなっているだけだ。

佐伯のマンションで目覚めてから三日が経つ。しかし、その間に彼からの連絡はない。ホッとする一方で、常にあの男について考える羽目になっている。

(佐伯さんのハウスキーパーって……いつから始まるのかな。清掃の研修はしたことあるけど、家の掃除とは勝手が違うし)

ホテルのハウスキーピングとは、簡単に言えばゲストが使用した部屋を清掃する仕事で、いわばホテルの裏方業務だ。

先日の佐伯は、『「Four gardens」のスタッフなら完璧な仕事ができるはずだ』とでも言いたげな口振りだった。ホテルの名誉を守るためにも、気の抜けない作業になるだろう。

「まあ、元気になったならいいんじゃないのか。本城はそれだけが取り柄なんだし」

「それだけですか……」

「そう言われたくなかったら働け。今日は『vista《ビスタ》』で午後から会議が入ってる。朝食が終わったら設営作業だからな」

ラウンジに併設された小規模ホール『vista』は、契約している企業や個人に貸し出しを行っている。会議からちょっとしたパーティまで、その用途は様々だ。使い勝手のよさから人気も高く、『vista』に予約が入るとラウンジは忙しくなるのである。

(佐伯さんに気を取られてる場合じゃない。しっかりしないと)

意識を切り替えると、目の前の仕事に集中する。

ラウンジで受け付けている朝食の時間帯は、午前七時半から九時半までだ。十時のオープンまでに片付けを終わらせなければならず、バックヤードは毎朝戦場である。

ようやくオープンを迎え、次はホールの設営に入った。今日はまだ会議だからマシだが、これがパーティともなればさらに人数も時間も必要になる。手際が求められる作業のため、無心で仕事に臨めた。

「本城、勝山《かつやま》様がお見えになってるぞ」

設営が完了しラウンジへ戻ったところで、柳から声をかけられた。

勝山とは、柚がクラブラウンジへ配属される以前からのゲストだ。ホテルの取引先である大手電機メーカーの社長で、その地位に似合わず気さくにスタッフにも声をかけてくれる人物である。

地位があることを鼻にかけるゲストも少なくない中、物腰が柔らかで穏やかな勝山は、スタッフたちに人気の人物だ。来店の際に交わす会話は、柚も密かに楽しみにしている時間だった。

柳に断りを入れると、勝山の座っている窓際の席へと歩み寄っていく。しかし次の瞬間、頭の中が文字通り真っ白になってしまった。

「やぁ、本城さん。今日は、大事なお客様と一緒でね。イケメンだろう?」

勝山は対面に座る男を見ながら、恰幅の良い身体を揺するように笑った。

「ああ、勝山さんがおっしゃっていたスタッフが彼女なんですね」

「普段から世話になっていてね。本城さんがいたから、娘の婚約披露パーティをここでやろうと思ったんだ」

勝山の言葉を受けてゆっくりと柚を仰ぎ見た男は、切れ長の目を細めて口角を上げた。

「お話は伺っていますよ、本城さん」

そこには、ほんの三日前、柚に選択の余地を与えることなくハウスキーパーを命じた男――佐伯がいたのである。

(どうしてこの人がここにいるの……⁉)

ゲストとしてホテルに来館するのはまだわかる。しかし、勝山とラウンジに来るとは完全に予想外の事態だ。絶句した柚に、佐伯は静かな微笑みを湛え右手を差し出した。

「初めまして、佐伯尊です」

明らかにうさん臭い、というよりも、営業用スマイルと言ったほうが表現として正しい。

そう思うのは柚が佐伯の別の顔を知っているからなのだが、残念ながらこの場で言及はできない。

「本城と申します。勝山様には、日頃より大変ご贔屓にしていただいております」

負けじと必死に笑顔を貼りつけて、差し出された手を握り返す。なんとも空々しい挨拶だと内心で思いつつ手を離そうとした時、柚の鼓動が大きく鳴った。誰にも気付かれない程度に、一瞬だけ人指し指を軽く握られたのである。

「……ごゆっくりどうぞ。失礼いたします」

やっとの思いでそれだけを言うと、一礼してふたりの前から立ち去った柚は、まだ収まらない鼓動を誤魔化すようにしてカウンター内で洗い物を始めた。

(な……なんなの？　あの人……)

はたから見ればただ握手をしたにすぎない。だが佐伯は、初対面を装いながら、わざとふたりの繋がりを意識させるような行為をしたのだ。

一瞬だけ見せた、ふてぶてしく、それでいて怜悧な佐伯の瞳が頭の中にチラつき、やけに心が落ち着かない。まるで獲物を狩るハンターのような計算高さを思わせる瞳だ。

勝山の前では微塵も見せないあたりが、処世術に長けているのか、それとも社会人として本来あるべき姿なのか。判断が難しかったが、おそらく外面がいいだけだろうと思った。もしくは、相当面の皮が厚いか、である。

なに食わぬ顔で勝山と談笑する佐伯に、叶うならば握り拳のひとつでもお見舞いしてやりたいほどだ。

（勝山様は、あの人を大切なお客様だって言ってたけど……何者なんだろう？）

千川の知り合いならば身元の怪しい人間ではないだろうと思っていたが、勝山とラウンジへ訪れたところを見ても、その予想だけは間違いなさそうだ。

佐伯のマンションは、柚の住む部屋が三つは入りそうな広さの高級マンションで、部屋の調度類も高級なものが多かった。彼の身なりや物腰からしても、それなりの地位についている人物であることが窺える。柚がこれまで仕事上接してきたＶＩＰに近い印象を彼に抱いたのも納得である。

だが、身元が確かだからと言って、人間性まで保証されたわけではない。それが一番の悩みどころだ。

佐伯との契約は、ハウスキーパーが見つかるまでの間というだけで、期間などは具体的になにも決まっていない。互いの連絡先だけを交換し、あの日、柚は逃げるようにして自宅へと帰っている。

（今からでも断りたい。でも、あの人は納得しないだろうし）

そんな堂々巡りが頭を過りながらも手だけは動かしていると、悩みの根源が勝山と共に席を立った。

「今日はこれで。またゆっくり寄らせてもらうよ」

「お待ちしております」

勝山を出口まで見送るためにカウンターから出ても、あえて佐伯とは視線を合わせないようにする。

しかし佐伯は、そんな姿をあざ笑うかのように、すれ違いざまに柚にしか聞こえない程度に小さく低音を響かせた。

「今日の十九時、新木場《しんきば》駅改札」

ハッとして顔を上げた時には、佐伯と勝山の後ろ姿しか見えなかった。ドアを開けて彼らを誘導していた柳に怪訝な目を向けられて急いで頭を下げるも、今しがた聞いた佐伯の声に鼓動が跳ねている。

今日のシフトは早番で十七時までの勤務だが、定時で業務が終わるわけではなく、引き継ぎやもろもろの雑務もある。すべてを終えて急いで電車に飛び乗っても、十九時に着くかどうかは微妙なところだ。

——と、そこまで頭の中で計算した柚は自分が佐伯の誘いに前向きな気持ちでいることに気付き、焦ってそれを否定する。

おそらく用件は、佐伯の都合と柚のシフトのすり合わせだろう。ハウスキーピングを引き受けたはいいが、柚はシフト勤務のため、そうそう佐伯の都合に合わせられない。

（まさか、今日からいきなり作業ってことはないよね？　ないと信じたい）

そもそも互いの連絡先を知っているのだから、わざわざ会う必要性があるのだろうか。仕事中でなければ、一方的な約束に文句のひとつも言いたいところである。

柚は空いた席のティーカップを下げながら、頭の中を切り替えるべく息を吐く。身勝手だと腹が立つ。しかし、彼に慰められたのは事実だ。

耳の中に残っている佐伯の声に急かされるように、時計を気にしながらこの日一日の業務をこなす羽目になった。


幸いと言うべきか、不幸だと嘆くべきか、柚は仕事を定時で終えた。残業でもあればそれを理由に断ることもできたのだが、人生うまくいかないものである。

佐伯に指定された新木場駅は、『Four gardens』の最寄り駅から二駅の距離だ。電車に揺られることほんの数分で、目的地に到着した。

ホームから階段を下りていくと、ラッシュ時ということもあり、構内は乗降客で溢れ返っている。りんかい線や有楽町《ゆうらくちょう》線に乗り換える人波に紛れて改札に向かった柚は、佐伯の姿を探そうと目を凝らしたが、その必要はなかった。

人の群れに紛れることなく、存在感を示してたたずんでいたのだ。

柚に気付いた佐伯は、昼間に見せた営業用の顔ではなく、ひと癖もふた癖もありそうな笑みを浮かべた。

「昼間はどうも。本城さん」

「こちらこそ。佐伯様にラウンジをご利用いただけて光栄です」

「勝山さんお勧めのスタッフが本城さんだとは思わなかったよ。見た時は驚いた」

「とてもそうは見えませんでしたよ。ポーカーフェイスがお上手なんですね」

なにを白々しくと思いつつ、柚もめいっぱいの営業用スマイルを浮かべて佐伯に応じた。

とにかくこの男に負けてはならないと、妙な対抗心を燃やしてしまう。

「あの場では知らないふりをするほうが得策だろ。それとも数日前にひと晩過ごした仲だって、勝山さんに言ってほしかったのか?」

「……人聞きの悪い言い方しないでください」

「本当のことだろ」

しれっと返されて言葉に詰まった柚は、早くもこの場に来たことを後悔していた。どうも性格に難があるこの男に、柚のような単純な人間が対抗できるはずもない。

ガックリと肩を落とした時、佐伯は「行くぞ」と言って腰に手を回してきた。

「え……きゃあっ!?」

「変な声を出すな。目立つぞ」

「じゃあ手を離してくださいっ」

「今さらこれくらいで騒ぐことはないだろ。俺はきみの下着姿まで見ているんだし」

鼻で笑うような台詞に、柚は再度言葉を詰まらせた。周囲からは確かに視線を感じるし、ただでさえ職場に近い駅だ。他のスタッフに目撃されれば面倒になるのは目に見えている。もっとも目立っているのは、佐伯の際立った容姿によるところも大きいのだが。

これ以上問答していても埒が明かない。そう判断すると、渋々ではあるが腰を抱かれたまま佐伯を仰いだ。

「どこに行くんですか？」

連絡事項があればこの場で済ませてほしいところだが、どうにも様子が違うようである。佐伯は意味ありげな視線を向け、「着けばわかる」とだけ言うと、有無を言わさず歩いていく。りんかい線の改札前を素通りし、駅を出ようとしたところで、柚はたまらず声をかけた。

「あの……逃げませんから、離れてもらえませんか」

手は軽く腰に添えられているだけなのに、自分の身体ではないように動きがぎこちない。正直、とても歩きづらいのだ。

「逃げない？　別にきみを連行しているつもりはないいんだけどね」

添えている手に力を込めた佐伯は、柚の耳もとに近づくと、艶を含んだ声で囁いた。

「ずいぶんつれないな。酒を飲んでいる時は、大胆に俺を誘うくせに」

「さっ、誘ってません」

「覚えてないだけだろ？　なんなら思い出させようか」

「……お断りします！」

またしても柚の負けである。このまま一生この男にたった一夜の醜態をネタにゆすられるのではないかという、被害妄想じみた考えまで浮かんでくる。

（その前に、一生なんて付き合わないってば）

内心とは裏腹に、はたから見れば仲の良いカップルのように寄り添い歩く。駅前に広がるロータリーまでやってくると、ドイツ製有名メーカーの高級車が目に飛びこんできた。

街灯の光を反射させたシルバーのボディは、路線バスや小型車がひしめく中でひと際大きな輝きを放っている。スリーポインテッド・スターと呼ばれるエンブレムを見れば、車種に疎い柚でも車名がすぐに出てくるくらい有名な、超が付く高級車である。

無駄に大きな存在感は、隣で柚の腰を抱きながら平然とする男のようだ。

どんな人種が乗っているのだろうと横目で見ていると、佐伯がポケットから取り出したキーをその高級車に向けた。小さな電子音と共に、ロックの解錠音が耳に届く。

「どうぞ」

佐伯はごく自然に、助手席のドアを開けて柚を中へと促した。

「まさか、佐伯さんの車なんですか……?」

「他人の車のキーを開ける趣味はないよ」

どうやら車というものは所有者に似るらしい。あるいは、所有者が自分にふさわしい車体を選ぶのだろうか。触れるのも躊躇する外観と、他者を寄せつけない圧倒的な高級感を示す車を前に、柚は素直に乗ることができない。

「……佐伯さんって、何者なんですか?」

佐伯のマンションもこの車も、普通のビジネスマンが持てるような代物ではない。

ましてこの男はせいぜい二十代後半から三十代前半といったところだ。たとえ大手の企業に勤めていたとしても、手取りは知れているだろう。

いったいどういう立場の人間なのか。戸惑いの眼差しを向けると、彼は優美な仕草で胸ポケットから煙草を取り出して火を点けた。

「いいね。〝様〟が抜けたってことは、多少距離が縮まったわけだ」

「誤魔化さないでください」

「事実だろ」

ともすれば冷たく見える端整な顔に、表情が宿る。人を試しているような、性質の悪い──しかし一度目にすると癖になりそうな微笑だ。

紫煙を燻らせながら瞳を伏せた佐伯は、「吸い終わる前に乗ってくれ」と不遜に言い放つと、ついでのように付け加えた。

「そう急がなくても、追々わかるだろ。時間は〝たっぷり〟ある」

たっぷり、を強調されて、そんなに時間をかけてたまるかと思いつつも黙って従う。悔しいことに、口で敵わないことはすでに学習済みである。

柚が乗りこむと、静かにドアが閉められる。遅れて乗りこんできた佐伯は煙火を消すと、ゆっくりとアクセルを踏んだ。

滑るようにロータリーを抜けた車は、ほどなくして首都高に入り、東京方面に進んでいく。車の免許を持っておらず、移動手段はほぼ電車のみの柚にとって、車窓から眺める車や街路灯が発する光の渦は新鮮にだった。

「綺麗……」

「いつもきみが眺めている『Four gardens』の眺望ほどじゃないだろ」

「それは、比べる対象が違うというか。……素直に感動させておいてください」

じろりと睨みつけると、佐伯は「それは失礼」と軽く受け流し、悠然と車を操っている。

この男の前だと妙に落ち着かない。ホテルで働くようになり、オンとオフの使い分けには長けてきたはずが、ことごとく調子を狂わされている。

「ほら、着いたよ。本城さんも来たかったんじゃないか?」

「あ……！」

夜のドライブの終点は、三日前に訪れた創作料理居酒屋『青葉』であった。どこに連れて行かれるのかと身構えていたが、よく見知っている店を見た途端ホッとする。

駐車場に車を入れて店の前まで来ると、佐伯が格子戸を開く。すると、タイミングよく千川が出迎えてくれた。

「いらっしゃい、おふたりさん。珍しい組み合わせだな」

「この前は、ご迷惑をおかけしてすみませんでした……！」

「いや、俺はこの男に任せちゃったしね」

深々と頭を下げる柚に、千川は「気にしなくていい」と言って、隣で涼しい顔をしている佐伯を見た。

「俺の可愛い後輩をいじめてないだろうな？」

「人に任せたのは千川さんでしょう。なにを今さら。あなたからの頼み事は、これでもしっかり請け負っているつもりですよ」

佐伯と千川の楽しげな応酬をビクビクしながら聞きつつ、黙ってふたりの後に続く。まさに、触らぬ神に祟りなしである。

カウンター席を素通りした千川は、店の奥にある座敷へと通してくれた。促されてひとまず腰を下ろした柚だったが、驚きを隠せずに辺りを見回す。

「あの……千川さん？　どうして座敷なんですか？」

『青葉』の座敷は予約しか受け付けておらず、カウンターやテーブル席と比べると料金が格段に跳ね上がる。座敷用のコース料理は創作懐石料理を中心に組まれ、厳選された旬の素材を使用した逸品料理には、著名人のファンも数多くいると千川から聞いていた。

柚たちが祝い事で利用する時ですらテーブル席の宴会用プランで、座敷には足を踏み入れたことがない。『青葉』の座敷は予約も難しければ、たとえ予約できたとしても懐具合が厳しいこと請け合いの場であった。だが。

「佐伯が予約したんだよ」

「えぇっ⁉」

さらりと告げられ、柚は正面に座る佐伯に視線を移した。

「……佐伯さんって、な」

「本城さん、なにを飲む？　この前みたいにがぶ飲みはしないでくれよ。せっかくの料理の味がわからなくなるしな」

「あの時は……っ」

言いかけて、柚は話題をすり替えられていることに気が付いた。佐伯は、自身の素性を問われることを嫌って話を逸らしたのだ。この話題にあまり触れられたくないようだ。

一連のやりとりを見ていた千川は、「ずいぶん仲良くなったんだな」と笑っているが、不本意な評価である。

「仲良くというよりは、いじめられてるんです」

「へぇ？　やっぱり本城さんには酔ってもらうか。そんな口はきけなくなるだろ」

「……もうしばらくお酒は飲みません」

「適量で済ませればいい話だ。介抱されたいのなら、期待に沿えないことはないけどね」

　不敵に笑う佐伯にやりこめられた柚は、迂闊に話すのをやめようと誓った。いちいちこの男に反応していては身が持たない。

「仕事が終わったばかりだろ。すぐに料理を出すから待っててくれ」

　早く食事にありつきたかったこともあり、「お願いします！」と、喜んで返して口を噤む。

（また佐伯さんのペースに巻き込まれてる。……せっかく『青葉』の座敷に来られたんだから、お料理を楽しまないとね）

　柚の判断は賢明だったのか、その後はごく普通に料理を堪能し、終始穏やかな時間が流れた。季節の野菜を織り交ぜた天ぷらは絶品だったし、個室で食すコース料理は単品料理とは違った趣向を凝らしていて、普段にはない贅沢なひとときを味わえた。

「すっごく、おいしかったですね……！」

「お気に召したようでなによりだ。その食べっぷりを見たら、千川さんも安心するだろ」

　デザートを食べ終える頃には、すっかりリラックスしていた。

柚が最後のひと口を味わっていると、佐伯は眼鏡の奥の切れ長の目を緩ませる。その言葉から、今日この場は柚や千川のために設けてくれたのだとようやく察した。

人を振り回す困った男だが、そのくせごく稀に優しさを見せる。あの日、失恋で落ち込んでいた柚に気持ちを吐き出させてくれたことからも、佐伯の気遣いが窺えた。だからこそ、強引な行動をされても拒みきれないのだ。

「連れてきてくれてありがとうございます。おかげで千川さんに謝罪できました。それに、お座敷のお料理も堪能できましたし」

「礼を言われるほどのことはしていないよ。ここに連れてきたのは、話をするついでだ」

素直に礼を受け取らなかったが、彼の雰囲気は幾分か柔らかに変化している。意地悪でも不遜でもない佐伯の〝素〟の表情に、柚の本音が零れ落ちる。

「佐伯さん……いつもそういう顔をしていたらいいのに」

「……そういう顔？」

「柔らかい顔です。自覚ないですか？」

即答すれば、佐伯は虚をつかれたような表情を見せた。そんなに意外なことを言ったつもりはなかったのだが、なぜか興味深げな視線を注がれる。

「本城さん、面白いね、きみ」

スッと立ち上がった佐伯は、柚の隣に腰を下ろした。先ほど『柔らかい』と称した表情はもうそこにはない。代わりに艶を含んだ視線をたっぷりと注がれ、無意識に後ずさる。

「佐伯さん？」

「酔えば自分から絡んでくるのに、素面だと逃げるんだな」

大きな手のひらで頬を撫でられて、さらに大きく後ずさった柚は、背中に壁を背負ってしまった。整いすぎて一見体温を感じさせない容貌が、視界いっぱいに広がっていく。

なぜ自分が詰いつめられているのか理解できないまま、彼から目を背ける。

佐伯は車の運転があるために、アルコールは飲んでいない。ということは、素面で柚との距離を縮めているわけである。

その顔は妙に艶やかで、油断すると吸いこまれてしまいそうなほどの色気を放っていた。

「……どいてもらえませんか」

「断る、と言ったら？」

背中を壁に押しつけた柚の身体を囲うように、佐伯は壁に両手をついた。

素性は知らないが、それなりの地位を築いているらしい男。しかも極上の美形が、なんの間違いか今現在、互いの体温を感じられるくらい近くにいる。

まるで佐伯の部屋で目覚めた日と同じようなシチュエーションだ。息を詰めた柚は、彼の涼しげな瞳を見つめることしかできない。

「それは、きみの癖？　まっすぐに人の目を見る。うっすら頬を染めて……まるで、誘っているみたいだな」

「……そんなこと、あるわけないです」

「へぇ？　……絶対に？」

「ぜ、絶対です！」

佐伯は今にも覆いかぶさりそうな体勢のまま、柚の耳もとに口を寄せた。

「じゃあ本城さん、きみに頼んだハウスキーピングの話をしようか。まず都合の良い日をピックアップしてくれ。その中から俺が選んだ日に来てくれればいい」

「え、あ……はい」

柚は、話の転換についていけず間抜けな声を出した。

なぜこの体勢で、いきなりハウスキーピングの説明を受けなければならないのか。そう反論したくとも、近すぎる距離に動揺してうまく言葉が出せない。

「期間はこの前言った通り、次の働き手が見つかるまで。その間それなりの働きをしてくれれば、相応の報酬を払おう」

「え？　だってこれは、迷惑をかけたお詫びで……」

「それなりの働きをすれば、と言っただろ。もし俺が気に入らなかったら無料奉仕だ」

佐伯は尊大に言い放つと口の端を上げた。まるで自分が柚の雇い主だと言わんばかりだ。

「わかりました！　だから離れてください」

「ああ、まだ最重要事項が残ってる」

「……なんですか」

「俺に対する余計な詮索はしないこと。それと……俺に、恋愛感情を持たないこと。この二点を守ってくれれば、あとはきみのやり方に任せる」

提示された条件は、柚の心にかなりの衝撃を与えた。

確かに佐伯は容姿端麗である。しかし面と向かって『俺に惚れるな』とは、たいそうな自信家だ。この男じゃなければ一笑に付す台詞だが、大多数の人間が認めるだろう美形だからこそ、嫌味であり腹立たしい。

「……ご心配なさらなくても、天地がひっくり返ってもありえませんから」

「本当に？」

極上の容姿を持つ佐伯に笑顔のひとつでも向けられれば、恋に落ちる可能性もあるかもしれない。だが、恋をする条件はそれだけではない。

柚にとって恋愛とは、安心感を与えてくれるものだ。佐伯が相手では、安心どころか、常に緊張と妙な感覚――自分のすべてが奪われていくようで落ち着かない。そんな人間に恋をすること自体、考えられなかった。

「天地がひっくり返っても、俺に恋愛感情は持たないんだろう？　だったらこの程度で動揺しないはずだ」

「そっ、それとこれとは、話が違います」

とんだ曲解である。佐伯の胸を押し返しながら反論したが、なおものし掛かってきた彼は誘うように囁いた。

「違わないよ、ほら。しっかり拒絶してくれないと、このままキスすることになる」

涼やかな瞳が、揶揄するように柚を見つめる。

このままではマズイと、頭の中でけたたましく警報が鳴り響く。それなのに、柚は俯くしかできなかった。今できる唯一の抵抗と言っていい。そもそもこういった場面に慣れておらず、男性に迫られた時のうまいかわし方など知らないのだ。

「どうして……こんなことするんですか。わたしは、絶対に……」

「物事にはね、〝絶対〟は、存在しないんだよ、本城さん」

佐伯の指が柚の顎を持ち上げて、艶やかな視線が絡められる。

吐息が交わり、あと少しで唇が触れる距離である。気を抜けば、押し切られてしまいそうな危うい空気感があった。

沈黙の流れる中、柚は身動きひとつせずに目の前の相手を見つめた。先に目を逸らせば、意識ごと飲みこまれてしまいそうな気がしたのだ。

やがて佐伯はフッと息を吐くと、柚から身体を離して立ち上がった。

「本城さんは、見かけによらず芯が強そうだな」

柚の腕を引いて片笑んだ佐伯は、どことなく楽しげである。

非難の目を向けた柚は、「意味がわかりません」と言って距離を置いた。近くにいては、なにをされるかわかったものではない。

「そのままの意味に捉えてくれ。美しい景色に素直に感動できるのなら、褒め言葉も素直に受け取ればいい」

どうやら佐伯は先ほどの車内での会話を引き合いに出しているらしく、「芯が強い」とは褒め言葉のようだ。だが、その言葉を素直に受け取ることはできなかった。

柚は猜疑心旺盛なタイプではない。にもかかわらず、佐伯との会話では、今までに経験がないくらい言動を疑ってかかっている。極めて珍しい現象だ。それを成長と呼ぶのか、可愛げがなくなったと称するのかは、判断が難しいところだろうが。

「……結局、わたしは佐伯さんのお眼鏡にかなったんでしょうか」

柚は、いろいろと言いたいことを飲みこむと、一番重要な部分だけを口にした。

もともとは佐伯がハウスキーパーにと望んで始まった話であり、彼がノーと言えばそれで終わる。

佐伯は柚に視線を流すと、「そろそろ出よう」と襖を開き、そして彼にしては珍しく、裏を感じさせないまっとうな笑みを浮かべた。

「来週、きみの都合のいい日を連絡してくれ」

＊

その後。『青葉』を出て柚をアパートまで送り届けると、佐伯はその足で自身のマンションに戻った。

リビングに入ってソファに腰を落ち着け、煙草を咥えて火をつける。紫煙を燻らせながら思い返すのは、先ほど別れたばかりの柚のことだ。

(それにしても、予想外だったな)

柚と初めて出会った日。介抱することになったのは成り行きだ。それは彼女に説明した通りで嘘はない。もっとも、あえて伝えていなかったこともあるのだが。

(傷つくとわかっていて思い出させることもないだろ)

あの日の朝、動揺していた柚に事の経緯を説明したところ、かなり恐縮していた。記憶が曖昧だったが少しずつ思い出したようで、みるみるうちに青ざめていたのが印象的だ。

だが、彼女は〝あの夜〟の出来事をすべて覚えているわけではない。それは、言動から見ても明らかだった。

「……なかなか、面白くなりそうだ」

深く吸い込んだ煙をゆっくりと吐き出し、ひとりごちて笑みを零す。

佐伯は仕事の都合で、つい最近まで米国にいた。幼いころから海外生活が長かったため、異国の職場でも不自由はなかったが、とあるプロジェクトの責任者になり帰国した。新年を迎えてすぐのことだ。

ようやく日本での生活基盤が整ったため、旧知の千川の店へ赴くことにしたのである。

柚の話は、千川から聞いていた。『Four gardens』時代の後輩が可愛がっている新人で、たまに一緒に店に来るのだと語っていた。『仕事が好きでたまらないって、おまえと同じ人種だよ』とも。

人当たりはいいが好き嫌いの激しい千川が、好意的に人を評すのは珍しかった。わずかに興味を抱いた佐伯は、『機会があれば会ってみたいですね』と答えたのだが――最悪のタイミングで初対面となった。

酔っ払った柚を引き受けたのは、千川に貸しを作る意味もあった。佐伯の目的にあの男が必要だったからだ。後々の益を考えれば、ひと晩くらいベッドを貸す程度どうということはない。

佐伯にとって予想外だったのは、柚が意外に仕事への情熱を持っていたことだった。

『これからは、仕事に生きるんです。もう恋愛なんてしなくていい……』

マンションに戻る車中で、柚は譫言のように呟いた。『青葉』ではずっと下を向いていたが、今は毅然と顔を上げている。

——酔いが覚めて記憶があるかどうかは微妙なところだな。

柚にペットボトルの水を差し出した佐伯は、ひそかに苦笑を浮かべた。これまで失って落ち込むほどの恋をしたことがないからか、彼女の在りようが羨ましかったのだ。

『なにがきっかけであれ、仕事に打ち込むのは悪いことじゃない。きみはまだ若いし、いろいろな道を選べるはずだ』

『道……それなら、やっぱり……「Four gardens」の一員として……頑張りたいなぁ。わたし、今の職場が大好きなんです』

水を飲みながら、柚は『Four gardens』がいかに優れたホテルなのかを語った。正体不明になるほど酔っているというのに、仕事への愚痴がいっさい出ない。なかなか珍しいことだと妙に感心してしまう。

——なるほど。千川さんが気に入るわけだ。

自分の仕事への愛情を彼女は持っていた。未来への希望と期待に溢れている。新人特有の青臭さと、それに勝る情熱。話を聞いていると、自らが新人だったころを想起させる。

誰しもが、彼女のような心持ちで職に就くわけではない。たとえ最初は夢を語っていても、いつしかその輝きは失せてしまう。業務が流れ作業になっていくのだ。それは責められることではないし、当たり前の光景とも言える。

『……きみのように職場に愛情を持って仕事を楽しんでいる人が、これからもそのまま働けるように願うよ』

『嬉しい、です……わたし、本当は……そう言ってもらいたかったのかも……』

語尾が怪しくなってきた柚は笑みを見せたが、限界を迎えたのか瞼を下ろす。左右に揺れる頭を自身に寄りかからせ、そのあどけない寝顔につい微笑んだ。

それから部屋に連れ帰り目覚めた柚は散々泣いた。しかし翌朝目覚めたときは、やはり会話の内容をすべては覚えていなかった。

だが、佐伯の記憶にしっかりと刻み込まれている。失恋に涙を流すほど一途で、それなのに恋愛だけに生きているわけではない。

柚の不器用でまっすぐな気性は好感が持てる。

「さて、どう転ぶかな」

煙を吐き、ソファに深く背を預ける。

千川のみならず、勝山も柚を気に入っていた。彼らは柚のホテル愛を好ましく感じているし、佐伯も同様の感情を抱いた。彼女のようなスタッフが部下にいれば、育ててみようと思ったに違いない。

(まあ、それだけでもないが)

何かが大きく変わる予感がする。仕事でもプライベートでもこの手の直感を外したことのない佐伯は、変化の兆しを楽しもうと決めた。

第二章　恋愛感情を持たない契約

『Four gardens』メンバーズ・クラブラウンジのシフトは、他のスタッフとの兼ね合いを考えて、月の半ばから組み始める。そのため、どうしても外せない用事がある場合は、月の初めに申告しなければならない。つまり、急な休みは取りにくいのだ。

そう説明したうえで公休日を佐伯に伝えたところ、『大丈夫だ』と返答があり、ハウスキーパーとして初仕事の日時が決定した。

土曜の午後。柚は佐伯に指定された通り、彼のマンションへ向かって歩いていた。

佐伯が居住するのは港区《みなと》にある地上五十五階、地下三階からなるタワーマンションである。都内でも屈指の高級住宅街にそびえ立つマンションは、さながら天に向かって伸びているバベルの塔のようだ。緑豊かなマンションの敷地内を歩いていた柚は、まるで公園の中を散策している気分で、メインエントランスへと進んだ。

御影石を使用した豪奢な階段を上ると、マンション内からコンシェルジュと思しき人間が恭しく頭を垂れた。ネームプレートに『大石《おおいし》』と書かれた男性は、柚の勤める『Four gardens』に勝るとも劣らない洗練された身のこなしだ。一流ホテルスタッフ並みの教育を受けていることが想像できる。

以前来た時に顔を覚えられていたのか、大石はにこやかに「佐伯様より伺っております」と言って、中へ通してくれた。

案内されたのは、居住スペースでは最上階となる五十三階。柚にとっては二度目の訪問となるわけだが、正直、前回の訪問――というよりは、宿泊といったほうが正確なのだが――は、予期せぬ緊急事態であり、周囲を見渡す余裕などなかった。見回してみると、気後れしてしまいそうなマンションである。

隅々まで磨き抜かれた廊下を進み、佐伯の部屋の前で立ち止まると、コンシェルジュより連絡があったのか、インターホンを押すよりも早くドアを開けて出迎えてくれた。

「今日は酔ってないみたいだな」

「当たり前です」

開口一番で皮肉めいたことを言うと、佐伯は半身を開いて柚を中へといざなった。黙って後に続いた柚は、改めて見る部屋に茫然とした。

玄関から廊下を抜けた正面には、二十畳ほどのリビングにダイニングキッチン。左手には半月ほど前に柚が眠りについていた寝室がある。窓からは部屋全体に陽が射しこみ、その先にはさぞかし見事な眺望が拓けているだろうことが窺えた。

今の心境を表すとすれば、「早く代わりのハウスキーパーが見つかってほしい」である。柚はどちらかといえば接客が主な仕事であり、ハウスキーピングの経験は少ない。なによりもホテルの客室と一般家庭では勝手が違い、その道のプロと比べれば仕上がりは見劣りしてしまうはずだ。

キョロキョロと視線を部屋中に巡らせていた柚に、佐伯は眼鏡の奥の瞳を細めた。

「道具類は玄関の脇の物置にある物を好きに使ってかまわない。俺は向こうの書斎にいるから、なにかあったら呼んでくれ」

「わかりました……あの、佐伯様」

「〝様〟付けは堅苦しいからいいよ」

「ですが」

「否定の言葉は必要ない。……返事は？」

「……かしこまりました」

反論は許さない口調に、様々な言葉を呑みこんで返事をし、心の中で舌を出す。すると佐伯は、柚の片頰に触れて端整な顔を近づけてきた。

「さ……佐伯さん!?」

「きみの『なにがなんでもこんな男の言う通りにならない』って気概はなかなか面白い。でも、今度、堅苦しい言葉遣いをしたら……」

フッと佐伯の息遣いが耳の奥に響いた。耳たぶに口を寄せられて肩を震わせると、艶を含んだ楽しげな声が後に続く。

「この前『青葉』でしなかった分も含めて、きみを味わうことになるかもな」

「なっ……」

「じゃあ、後はよろしく。本城さん」

全身から熱が放出し、発火しそうな勢いで体温が上がった柚をリビングに残し、佐伯は書斎へと消えていった。

(……あの人、なにを考えているんだろう?)

『俺に、恋愛感情を持たないこと』

確かに佐伯はそう言った。しかし彼の言動は、柚を惑わせているとしか思えないようなものばかりだ。

高級マンションに住み、高級外車を乗り回す男。加えて、身なりも見た目も極上に良い。そのうえ、ここぞというときに優しさを見せるのだから、とんだ人誑しぶりである。

いちいち鼓動を跳ねさせずに済むには、かなり時間が必要になりそうだ。

(もうっ！　最近、佐伯さんのことばっかり考えてる気がする)

心の中で叫んだ柚は、複雑な思いに駆られつつ物置きに向かった。


窓から射しこむ光が室内に影を作り、外の景色が藍に染まる時間。ようやくひと通りの作業を終えた柚は、ついその場に座りこんだ。

バスルームからベッドルームまで磨き上げたはいいものの、力の入れ具合を間違ったのか、作業が終わる頃にはすっかり力を使い果たしてしまった。

てっきり仕事ぶりをチェックされるのかと思っていたが、予想に反して佐伯は柚の仕事を妨げるような行動はとらなかった。それどころか、書斎からまったく出てきていないから肩透かしを食っている。

(……忙しいのかな)

一瞬声をかけるのを躊躇したが、いつまでも他人様の部屋でモタモタしているわけにもいかない。重い腰を上げると、一度も開かなかった書斎をノックした。

「終わりました。こちらのお部屋はどうしますか」

「あぁ、お疲れ様。ここはかまわないよ」

仕事部屋なのだろう。ドアの隙間からは、パソコンや書類らしき紙の束が無造作に散らばり、左右の壁は書棚に占拠されているのが見える。他の部屋は寝室でさえも生活感がなかったが、ここだけは佐伯の存在を感じさせた。

「もうこんな時間か」

書類の束に埋もれるようにして置いてあったデジタルの時計は、ちょうど十八時になったところだった。この部屋に来て作業を始めたのが十三時半を回っていたから、かれこれ四時間半を費やしたことになる。

「……時間がかかってしまって申し訳ありません」

「そういう意味で言ったんじゃない。ずいぶんと卑屈にとるんだな」

「勉強したんです。佐伯さんとの関わり方を」

「俺とどうやって関わろうとしてるんだ？　きみは」

ニヤリと意地の悪い笑い方をした佐伯に一瞬眉を寄せかけた柚は、負けじと笑顔を作って彼を見据えた。

「佐伯さんの言うことを、いちいち真に受けないこと。それと、言葉の裏を読むことです」

「なるほど、学習したわけか。でも、まだ甘いな」

首を傾けておかしそうに呟いた佐伯は、「自分の手の内を簡単に話したらダメだろ？」と言いながら、柚の頭を軽く撫でた。

「さて、じゃあそのあたりの話をじっくり聞かせてもらおうかな」

煙草の匂いと共に柚の前を通り過ぎ、佐伯はベッドルームへ足を向けた。まさか「ベッドの上で」などと不埒なことを言わないだろうかと思いつつ、リビングで佐伯を待つ。

本当は早く挨拶を済ませて退散したかった。このままここにいてはからかわれるのがオチで、無駄に体温を上げる羽目になってしまうからだ。

ところが佐伯はベッドルームから上着を持って出てくると、柚の肩をポンと叩き、「行くぞ」と玄関に向かった。

「あ、お出かけですか？　じゃあわたしはこれで帰りますね」

「なに言ってるんだ。じっくり聞かせてもらうって言っただろ？　今後のために親交を深めるのも必要だと思わないか？」

そう言って佐伯は柚を外に促した。仕事内容をチェックされるとばかり思って身構えていたが、いささか拍子抜けして佐伯に従う。すると佐伯は廊下に出た瞬間、新木場駅でそうしたように、柚の肩を引き寄せた。

「さ、佐伯さん……!?」

「なにか問題が？」

「大アリです！」

空とぼけて顔を近付けてくる佐伯に、思わず大きな声を上げた。ただでさえ美形を直視するのは心臓に悪いのだが、ふたりしかいないので目を合わせないわけにもいかない。柚は狼狽えつつ、彼の涼しげな瞳と向き合った。

「こういうことは、良くないと思うんです」

『俺に、恋愛感情を持たないこと』と佐伯は言った。ということは、恋愛感情を持たれてはいけない理由があるからだ。性格はさておき、見た目だけは極上の男なのだから、彼女のひとりやふたりいてもおかしくはない。

（そうだ。どうして今まで思いつかなかったんだろう）

苦しまぎれに口をついた言葉だったが、よくよく冷静になれば当たり前の話である。

そんなことすら失念するほど佐伯に翻弄されていたのだ。おかげで失恋に浸る間もないが、距離感を間違えてはいけない。彼とはあくまで契約関係でしかないのだから。

佐伯の腕から離れた柚は、努めて冷静に彼に向き直った。

「その……恋人に誤解されるような真似は、やめたほうがいいと思います」

「恋人、ね……本城さんは、やっぱり面白いね」

興味深そうに柚を眺めていた佐伯は、端整な顔に微笑を浮かべた。心なしか、意外なものに出会った時のような、物珍しさをはらむ目つきをしている。

「最初の印象とはまるで違うな」

「最初って、あれは……忘れてください。……どうかしていたんです」

「忘れようにも忘れられないよ。強烈すぎて」

「……意地悪ですね」

誕生日の一週間前という時に晴臣に振られ、半ば自棄になっていた。だから普段では考えられないほど前後不覚に陥るまで酔っぱらい、目の前に現れた佐伯に縋ってしまった。

「忘れてください。仕事は代わりの方が見つかるまでは、きっちりこなしますから」

一番惨めな時に出会い、なぜか関わることになってしまったが、これ以上は近づかないほうがいい。いらぬ誤解を周囲に与えるのは避けたかったし、柚としても佐伯に接していると変に落ち着かない気分になるのだ。

それは、恋と呼べる感情ではないかもしれない。だが、後々面倒になりそうな芽は摘んでおいたほうがいい。そう、厄介な感情が育つ前に、封印してしまったほうが賢明だ。

「なるほどね。じゃあ誤解されて困るような存在がいなければいいというわけか」

佐伯の腕がふたたび柚の肩に回されて、半身が密着する。人の話を聞いていないのかと非難の声を上げる直前、佐伯の声がそれを制した。

「きみが心配しているような女性は俺にはいないよ」

「……え？」

「誤解されて困るような存在はいない。なにか問題が？」

不遜な物言いに閉口した柚は、結局佐伯に肩を抱かれたままエレベーターに乗りこんだ。

柚の決意も懸念も、すべて佐伯の曲解によって弾かれてしまった。いったい何を間違えたのか、それとも出会いからして間違っていたのか。頭を悩ませたが、その問いに答えてくれる者は、残念ながらそばにはいなかった。

エレベーターの着いた先は、エントランスではなく、地下にある立体駐車場だった。

そこには佐伯が所有する超高級車に勝るとも劣らないクラスの車がズラリと並び、まさに圧巻のひと言に尽きる。

「あの、佐伯さん？　ここは」

「見ての通り、駐車場だけど」

「それはわかります！　なんでここに連れてこられたのかを聞いているんです」

「車に乗る以外に、駐車場に来る理由があるのか？　まさか泳ぎにきたとでも？」

すげなく言い放った佐伯は、以前と同じように優雅な仕草で助手席のドアを開けて柚を乗せると、自身も運転席に収まった。

「きみ、明日は仕事か？」

「はい。早番ですけど……どこへ行くんですか？」

「早朝勤務なら、あまり遠出はできないな」

まったく会話が嚙み合っていない。首を傾げて佐伯を見ると、彼は柚の疑問を見透かしたように付け足した。

「じゃあ、ゆっくり話ができるところへ行こうか」

佐伯の言葉と共に駐車場を抜け出した車は、夕闇に暮れる都心から首都高に乗ると、湾岸方面へ進んでいった。つまり『Four gardens』の方へと向かっていることになる。

佐伯はどこに行くとも言わずに、静かに高級車を操っている。柚はもう答えをもらうのを諦めて、隣の端整な顔立ちの男を観察することにした。

この男と出会ってから半月ほど経つが、ずいぶんと振りまわされている。気付けば佐伯の言動にいちいち反応してしまい、思考が彼に占拠された状態だ。

考えてみれば、晴臣のことを思い出す暇もなかった。

誕生日当日には、これ以上ないというくらいに落ちこんでいた。だが、佐伯と会ってからというもの、感情が忙しなく動いている。認めたくはなかったが、彼のおかげで気持ちを持ち直すことができたのだ。

整った顔立ち、均整の取れた体軀、おまけに柚とは比べ物にならないような上等な生活をしている男。佐伯に関する情報は見てわかるものばかりで、あとはなにもわからない。

佐伯は少なくとも柚の職場を知っているというのに、これでは不公平な気がする。唯一聞き出したパーソナルデータといえば、恋人はいないということだけだ。

別に趣味だの好みのタイプだのといった話が聞きたいわけではない。ただ、知りたかったのだ。この男が、自分をそばに置く理由を。

「ああ、見えてきたな」

しばらく物思いに耽っていた柚は、佐伯の言葉で視線を上げた。

窓の外に現れたのは、東京湾に面した葛西臨海《かさいりんかい》公園内にある大観覧車だった。関東では最大級の観覧車で、通勤時に電車の中から毎日眺めている。日没と共に色鮮やかにライトアップされる光景は、慣れ親しんだものだ。

「あ……！」

「乗ったことは？」

「え、いえ……近くにいると、なかなか機会がなくて」

電車に揺られながら、いつかは乗ってみたいと思って眺めていたが、いつでも行けるという気持ちから実現できずにいる。

「それなら、ちょうどいいな」

首都高を降りた車は、すぐに公園内の駐車場に滑りこんだ。すでに陽は沈んで辺りは薄暗く、ライトアップされた観覧車は闇の中に咲く花火の様相を呈し、見る者の目を楽しませている。

「あの、佐伯さん、もしかして……」

「多分、きみの予想は当たってる。行こうか」

潮の香りが鼻をかすめ、緩く吹き抜ける風が柚の髪をふわりと揺らす。

ごく自然に引き寄せられて、佐伯の胸に身体を預けるような形で寄り添った。これではまるでカップルのようだ。抗議の目を向けたものの、涼やかな瞳は不遜に細められただけだった。

柚に対する佐伯の行動は、恋人同士のそれによく似ていた。彼の体温に慣れ、このままそばにいれば自分はどうなってしまうのか――勘違いしてしまいそうで怖くなる。

複雑な面持ちで大観覧車を真下から見上げていると、チケットを買ってきた佐伯にいざなわれ、観覧車へと乗りこんだ。

「あの、お金払います」

「別にいいよ。気になるなら、今日の働きに対する報酬だと思えばいい」

対面に座っている佐伯の目が、窓の外から柚へと向けられる。優雅に足を組んだ男は、からかい混じりに続けた。

「あんまりしつこいと、その口を塞ぐぞ」

「っ……」

ゴンドラ内にふたりきりなのだと今さら気付いた柚は、彼から逃げるように目を背けた。

一周を約十七分で回るという大観覧車は、地上に下りるまでの間、当然どこにも逃げ場がない。ゆっくりと上昇して地上から離れていく密室は、まだ周囲の眺望を楽しむほどの高度に達していなかった。あと十五分は居心地の悪い思いをするのかと思うと、気が遠くなりそうだ。

「塞いでないうちから黙りこむのも、いかがなものかと思うけどね。男慣れしていないわけでもないだろ」

「……男慣れ、というか、佐伯さんに慣れないだけです」

佐伯に指摘されるまでもなく、この男を前にすると妙に力が入り、ともすれば挙動不審になっている。仕事でＶＩＰを相手にする時ですら、ここまで動揺したり、心を波立たせたりすることはないのだが。

「なるほどね。じゃあこれから慣れてもらわないとな。時間はあるわけだし」

「……無理です。佐伯さんは、わからないから。なにもかもが、謎だから……怖いです」

「わからないなら、これから知ればいい」

佐伯の低く艶やかな声が、やけに耳の奥にこびりつく。景観を案内するアナウンスがゴンドラ内に流れているが、まったく耳に入ってこない。

佐伯は突然立ち上がり、柚の隣に腰掛けた。驚いて彼の顔を凝視する柚を横目に笑みを深め、視線をふたたびゴンドラの外へと向ける。

「最初からなにもかも理解していたら、知る楽しみがないしな」

「……恋愛感情を持つな、って言った人の台詞とは思えませんけど」

「それは、俺を恋愛対象に見てるって聞こえるけど？」

「ち、違います！　佐伯さんが、紛らわしい言い方をするからです」

「それは失礼。ほら、そろそろだ」

ゴンドラはいつの間にか頂上近くとなり、東京湾近景の夜景が目に飛びこんできた。

高速道路を通る車のライトが、光の奔流のように連なっている。千葉《ちば》方面は『Four gardens』をはじめとするホテル群や巨大テーマパークが夜を彩る輝きを放ち、東京方面はレインボーブリッジや東京タワーが見渡せる。まさに宝石を散りばめたような世界が広がっていた。

「すごい……」

「さすがにここまで来ると、見晴らしが違うな」

都内の景色を独り占めしているかのごとく贅沢な眺望が目の前に広がっている。普段抱えている小さな悩みが吹き飛んでしまいそうなほど心躍る光景に、柚は佐伯がいることも忘れるくらい夢中になっていた。

「そんなに気に入ったなら、今度は昼間に来ようか。富士山《ふじさん》が見えるらしい」

「はい、見たいです！」

勢いよく返事をして振り返った柚は、深く考えずに返事をしてしまった自分に狼狽した。素直に答えてしまったのはなぜなのか、己の気持ちがわからない。

佐伯から視線を外し、また窓の外へ目を遣る。しかし彼は柚の身体を囲いこんで手をつくと、肩口から景色を眺めた。

「あの辺りが『Four gardens』だな」

「え、ええ。そうです」

「本城さん、緊張してる?」

佐伯が声を出すたび、かすかに耳もとに息がかかる。振り返れば触れてしまいそうなくらい彼が近くにいると思うと、意識せざるを得ない。

緊張で硬く身を縮こまらせる柚に、佐伯はふと笑みを零した。

「そんなに怯えられると、期待に応えたくなるな」

「期待……?」

「そう。きみの怯えた態度を見ると、どうもいじめたくなる」

「なに言って……」

佐伯は腕を伸ばすと、柚を包みこむように後ろから抱きしめた。柚はあまりの驚きで声も出せずに、佐伯の腕の中でかすかに身じろぎするしかできない。

ゴンドラは頂上からゆるゆると降下を始め、夜景が遠ざかっていく。しかし今の柚は、すばらしい眺望を名残惜しむよりも強く、佐伯に意識を奪われていた。

「離してください……佐伯さん」

「嫌だと言ったら?」

このまま佐伯の体温を感じていると、なにか取り返しのつかないことになりそうな気がする。本能的に危機感を覚え、彼の体温を振り払うように声を上げた。

「どうしてこんな……セクハラです……！」

「きみが嫌がっていれば、そうなるかもな」

「嫌、です。こんなふうに、触れられるのは……」

「それは、まだ〝ハルオミ〟を、忘れられないから？」

思わぬひと言に、柚は言葉を失った。なぜ晴臣のことを――そう口をつくよりも早く、心臓が握りつぶされたような痛みに襲われた。それは治りかけていた傷口を、不意を突かれて引っ掻かれたような感覚だ。

弾くように彼の腕を振りほどき、不信を隠さずに睨みつける。

柚の怒りや戸惑いを正面から受け止めていた佐伯は、ふと自嘲気味に瞳を伏せた。

「いじめすぎたみたいだな。悪かった」

佐伯の指が、柚の強張りを解くように優しく頬に触れる。いたわるような、なだめるようなその仕草に、柚はようやく息を吐き出した。

「……佐伯さんは、どうしてわたしに構うんですか？　たいして面白みもないのに。よっぽど時間が有り余ってるんですね」

「俺はそんなに暇人じゃないよ」

「じゃあ、物好きなんですね。たったひと晩の責任を取らせるために、こんな手間をかけるんですから」

やさぐれた物言いをした柚に、佐伯は答える代わりに苦笑を浮かべただけだった。

ゴンドラが地上へ到着して扉が開く。佐伯は先に降りて、柚に手を差し出した。無視することもできずに手を取ると、彼はそのまま歩き出した。

「佐伯さん、もう離しても平気ですから」

「でも、離す理由もないだろ？」

わかったようなわからないような理由を付けて、佐伯は手を離そうとしなかった。

彼の指は冷たく、ぬくもりを求めるように柚の指に絡まっている。もしかして寒いだけじゃないだろうかと可愛げのないことを思いつつも、心のどこかでは多分違うであろうこともわかっていた。

口も性質も悪いけれど、悪い人間ではないのだ。

実際、書斎に引きこもって書類の束に囲まれていたところを見ると、決して時間が有り余る生活をしているわけではなさそうだ。にもかかわらず、佐伯は柚のために時間を割いてくれた。

彼に振りまわされて、晴臣のことを考えずに済んでいる。あくまでも結果論だが、佐伯が柚を救ったのは事実だ。

人を惑わせる言動をとる男に対し、反発心はある。だが柚は、佐伯尊という男に対し、悪い印象はないことに気づいていた。

「なんだか園児を引率している気分だな。こうして手を引いて歩いていると、大きな子供と歩いているみたいだよ」

「……その大きな子供に、迫ろうとするくせに」

「心外だな。俺は半裸で眠っているきみに手を出さない程度には、紳士のつもりだけど」

「じゃあ、眠っていなければ手を出すんですか？」

駐車場までの道すがら、佐伯と軽口を叩きながら歩いていく。繋がれている手は、彼の性格を表すように力強い。

潮風がコートの裾を翻し、柚はつい足を止めた。佐伯は振り返ると、繋いでいないほうの手で柚の顔にかかる髪を払い、冷えた指先で頬に触れた。

「そうだな。意識がハッキリしている状態じゃないと、つまらないだろ」

「なにが、です？」

「たとえば……ほら」

佐伯の指が頬を滑り、視線を合わせるように上半身が折り曲げられた。端整な顔が突然至近距離に迫り、柚は驚きと戸惑いで目を見開く。

「意識がないと、こういう反応が見られない」

艶を含んだ漆黒の瞳と、色気を帯びた低音が柚をとらえた。すぐさま目を逸らそうとしたが、一瞬早く顎を摑まれて、強制的に持ち上げられてしまう。

「佐伯、さん……っ、からかうのは、いいかげんにしてください」

わからないならこれから知ればいい――そう佐伯は言った。だがこの男は、言葉とは裏腹に、知りたいと思うことを決して教えてはくれない。

非難と不信がない交ぜになった瞳を向けると、佐伯の唇がかすかに歪んだ。

「きみは俺を怖いと言ったけど、俺もきみは怖いかな」

「……どうして、ですか」

「どうしてだと思う?」

質問を質問で返されて言葉に詰まった柚は、佐伯の視線に晒されて体温が高くなる。不思議な高揚感だった。

一段と強まった風にもかまわずに、ふたりとも互いから視線を外さない。

ゆっくりと近づいてきた佐伯の瞼が緩やかに伏せられ、唇が自分のそれに触れるのを、柚はまるでスローモーションの映像を見るように眺めていた。

(どうしてキスなんてするの……?)

逃げようと思えばいくらでも逃げられた。しかし柚は佐伯から逃れず、佐伯もまた柚を逃しはしなかった。

触れたのはほんの一瞬。だが確かに唇は重ねられ、互いのぬくもりを感じ取っていた。

外灯の明かりが届かなくなった場所。夜空に浮かぶ冴え冴えとした月だけがふたりの姿を照らす中、そっと柚から離れた佐伯は、ふと笑みを零すと静かに低音を発した。

「……行こうか。このままじゃ風邪をひきそうだ」

佐伯に手を握られた柚はなにも言えずに、ただ手を引かれて歩いていく。地に足が付いておらず、まだ観覧車に乗って地上高くにいるような浮遊感を味わっていた。

それはごく軽く触れるだけの短いキス。だが、柚の心も身体も燃えるように熱くし、とても風邪を引くような状態ではなかった。

五月の初旬、大型連休に浮き立つ世間とは対照的に、柚はほぼ休日がない状態で勤務に就いていた。

空と陸の交通網ともに混雑のピークだと流れるニュースを横目に、混雑を極めるのはなにも交通網ばかりではないと密かに嘆息する。

世間一般の休日は、サービス業に従事する人間にとっては書きいれ時である。今年は連休が土日にかかるとあって、企業によっては十日も休日があるらしい。なんとも羨ましい話だが、多忙なのは今の柚にはありがたい。

祝日の早朝出勤はビジネスマンや学生がいないせいか、平日と違って駅構内もホームも人影もまばらだ。春特有の生暖かい強風に吹かれながら、柚は眠い目を擦りつつ、ホームに滑りこむ車体を眺めていた。

海沿いの高架橋を走るこの沿線は、特に風の影響を受けやすく、よく電車の遅延に見舞われる。そのため、通勤時間は余裕を持っていなければいけない。出勤時間の一時間前にはホテルに着くように家を出るのが常だ。

五分遅れで到着した電車は、ほぼ貸し切り状態だった。座席に腰を落ち着けると、窓の外の景色にぼんやりと目を向ける。

強風の影響で徐行運転している列車は、通常よりも景色がゆっくりと流れていた。陽光を反射して、キラキラと輝く東京湾の水面は、風に揺れて大きく波が立っている。

やがて前方に見慣れた大観覧車が姿を現すと、列車は葛西臨海公園駅に到着した。時間調整でしばらく停車するという車内アナウンスが流れる中、視界の端で大観覧車を捉えた柚は、逃れるように膝の上に視線を落とした。

この前、触れるだけのキスを佐伯と交わした。

なぜ、とか、どうして、という思いが、ずっと胸を強く締めつけている。

佐伯の口づけを拒めずに、受け入れてしまったからだ。

あの後、佐伯は別段変わった様子もなく、そのままアパートの前まで送り届けてくれた。

狼狽えている柚を知ってか知らずか、『また都合のつく日を連絡してくれ』とだけ言うと、やけにあっさりと車を走らせて行ってしまう。

結果、アパートへ戻った柚は、ひとり悶々と考えこむことになる。

なぜ自分は、キスを拒まなかったのだろうか。雰囲気に流されたのだとか、佐伯が強引だったのだとか言い訳してみても、キスをした事実が変わることはない。

彼の真意も気になるが、なによりも自分の行動が理解できない。

柚はいわゆる〝遊び〟で、男性と付き合ったことは一度もない。一夜限りの関係はもちろん、軽い気持ちで異性とキスを交わすような性格でもなかった。

思わせぶりな態度に憤ることもあるが、なんだかんだと佐伯に救われている。しかしそれが恋と直結するかといえば、必ずしもそうではないはずだ。

(それなのに、どうして……)

彼の唇の感触が、体温が、観覧車を見ると蘇ってくる。葛西臨海公園駅を通るたび、あのキスを思い出すのかと思うと、どうしようもなく胸の奥が締めつけられた。

佐伯とは、あれ以来会っていない。『連休中のハウスキーピング作業は無理です』とメッセージを送ったところ、『都合の良い日を改めて連絡してくれ』と簡潔な返信がきた。

忙しさで身体は辛かったが、佐伯と会わずに済むことにどこかホッとしていた。

これ以上彼に近づけば、育ってはいけない感情がどんどん大きくなって、自分でも制御できなくなりそうで怖かったのだ。

佐伯と交わしたキスを、意味のあるものにしてはいけない。何度も頭の中で繰り返しながら、ひたすら意識を他へ向けるように努力した。


「——本城、寝不足か？　クマができてる」

「え……本当ですか」

怒濤の朝食時間が終わり、息を吐く間もなく『vista』で行われるパーティの設営に取りかかろうとしていた柚に、柳が声をかけてきた。

クリスマスシーズンと並び、最も稼働率の高い時期であるため、ホテル全体は活気に溢れている。その一方で、連休の後半はスタッフの疲労もピークに達していた。柚も例外ではなく、連休に入る前から早番・遅番のシフト関係なく残業が続いていたためか、顔に疲れが出ていたようだ。

「確かに忙しいけど、気は抜くなよ。注意力散漫は苦情《コンプレ》の元だからな。……まぁ、この忙しさもあと一日だ。なんとか乗り切れ」

柳の言うコンプレ——すなわちコンプレインは、ホテルにおいて一番避けなければいけない事態である。ゲストからコンプレインが上がるということは、満足のいくサービスを提供できなかったことを意味しているからだ。

ひと口にコンプレインといっても、客室のアメニティの種類からレストランのメニュー、スタッフの対応に至るまで内容は様々だ。柚は幸いなことに名指しでコンプレインを受けたことはなかったが、ラウンジ全体として受けた時は落ちこんだものだった。

ホテル業は、ゲストが寛げる空間とサービスを売っている。すべてのゲストに満足していただき見送ることが、ホテルスタッフとしての責務である。だが、残念ながら100％の満足を提供できない場合があるのも事実だ。

柚を励ます柳も、この連休中はずっと出勤していたはずだ。しかも自らシフトを組んでいるからか、他のスタッフよりもタイトなスケジュールをこなしている。アシスタントマネージャーが誰よりも動いているのだ。自分が音を上げるわけにはいかない。

「はい、頑張ります！」

笑顔で答えて気合いを入れると、パーティの設営に向かった。

大型連休が明けた月曜。ラウンジのスタッフは、ようやく順繰りに公休が取れることになった。柚は、週末に連休を取れるシフトが組まれている。連続勤務は精神的にも体力的にも辛かったが、週末の連休を目標に、この日も気力だけで業務をこなしていた。

次の高稼働は、お盆休みに入る八月で、それまで稼働率は比較的安定している。もちろん五月から六月はブライダルシーズンで、その関係のゲストの利用も多いが、それでもこの大型連休に比べればマシだろう。

今日は『vista』に会議の予約が一件入っているだけなので、定時に上がれる。

このところ多忙を極めてずっと気を張っていたおかげで余計なことは考えずに済んだが、こうして通常業務に戻ると後回しにしていた問題が頭をもたげる。

〝佐伯尊に対する自分の気持ちについて〟である。

昨晩、今週末に都合がつくと連絡を入れたのだが、まだ返事は来ない。大抵その日のうちに日時指定のメッセージを寄越す佐伯が、である。どうにも気分が落ち着かず、気付けば連絡を待っている自分に頭を抱えたくなった。

昼の休憩に入り、社員食堂に足を運んだ柚は、すぐさま携帯を確認したが、やはり佐伯からの返信はなかった。

連絡がないのは、今週末の都合が悪いのだ。それならそれで、別の予定を入れればいい。そうは思っても、どうしても気持ちが佐伯へ向いてしまう。

大きく溜め息をつき、食べかけのサラダを口に運ぶ。すると、背後から肩を叩かれた。

「お疲れ。難しい顔してどうしたのよ」

「菜摘先輩！」

ひらりと手を振って隣に座ったのは村野だ。

部署が違うと、同じ館内にいても顔を合わせることは少ない。それに加え、村野はフロントスタッフで勤務体系が違う。今回は大型連休で高稼働だったことから、プライベートで食事に行くこともできなかった。

「誕生日のときは、本当にすみませんでした」

「気にしなくて平気よ。で、どうだったの？」

村野と話すのは、誕生日を『青葉』で祝ってもらって以来である。酔って醜態を晒したことへの謝罪はメッセージで送っていたものの、直接謝りたいと思っていた。

しかし姉御肌の彼女は、頭を下げる柚に、『そんなことはどうでもいい』とばかりに興味津々で〝佐伯と過ごした夜〟について尋ねてくる。

「せ、先輩……ここではちょっと……」

「大丈夫よ。誰も聞いてないわ」

『Four gardens』の社員食堂は、ホテルのスタッフだけではなく、直営店以外のレストランスタッフや物販スタッフの利用もあるため、かなりの広さをとっている。窓こそなかったが、観葉植物がさりげなく配置されており、全体的に照明も柔らかだ。常に人の出入りはあるものの快適な空間である。

今はちょうど客足が落ち着いたレストランの厨房スタッフが、食堂の一角に固まって昼食をとっているところだった。柚たちからは離れているので、大声で話さない限り互いの会話の内容までは聞こえない。

「それとも、ここで話すにはまずいことしちゃったの？」

「違いますってば！　もう」

とんだ誤解だ。けれど、そうとも言い切れないのがつらいところだ。

柚は、村野に事のあらましを話して聞かせた。

誕生日の夜は胸を借りて泣きじゃくり、その後は彼のベッドで眠っている。これまでの人生でもなかなかないレベルでのやらかしだったことや、『恋愛感情を持つな』という契約で、期間限定のハウスキーパーになったこと。

佐伯と関わるうちに、どん底だった気分を立て直すことができた。

「そういう意味では、感謝してるんです。……すっごく不本意なこともありますけど」

先日のキスの件はさすがに憚られたが、それ以外は正直に経緯を語った。

「恋愛感情を持つな、ねぇ」と話を聞き終えた村野は、「ずいぶんと上から目線ね」と苦笑交じりに続けた。

「謎よねえ、佐伯さんって。柚をまんまと手玉に取るあたりは癖がありそうだけど、悪い人じゃなさそうよね。それなのに、何を悩んでるわけ？」

「わからないんです。佐伯さんもですが……自分のことも。もっと、慎重な性格だったはずなんです、わたし」

迷惑料代わりに、ハウスキーパーとして働くのはいい。だが彼の言動は、恋愛感情を持つなという言葉とかなり矛盾している。

そして自分自身の気持ちもまた、今では掴みきれていない。なによりも一番の悩みどころはそこかもしれない。

「あの人に振りまわされるのは困るのに、救われてもいるんです」

「いい傾向だと思うけどね。なんだかんだ言って、柚は元気になったわけだし」

「……というよりは、落ち込んでいる暇がなくなったというか」

「同じことよ。ウジウジしているより、ずっといいわ。失恋したからってこの世の終わりなわけじゃないし、そのうち新しい恋だってする。今は、そのための準備期間なんだって考えればいいのよ」

「準備期間……」

「あのままだと、立ち直るのも大変だったでしょ？　せっかくの機会だし、佐伯さんとの時間を楽しんだっていいと思うわ。何事も経験よ」

姉と慕っている村野からの助言は、凝り固まっていた意識を解きほぐす。

劇的な環境の変化に対応しきれずに、知らずと焦っていたのかもしれない。自分の気持ちすら整理できていないのに、出会って間もない男の気持ちなど理解できなくて当然だ。

（来年の同じ日に笑っていられればいいって、千川さんも言ってたっけ）

焦ってなにかを得ようとせずとも、流れに身を任せてみるのもいいのかもしれない。佐伯がどういうつもりでも、恋愛感情を持つなという契約を守ればいい。それだけのことだ。

「ありがとうございます、先輩。気持ちが楽になりました」

「そう？　それならいいけど。慎重さも必要だけど、悩みすぎないようにね」

からりと笑って村野が言う。彼女の明るさや強さは、憧れであり目標だ。仕事面でも私事でも、かなり助けられている。

改めて感じていると、テーブルの上に置いていたスタッフ専用の携帯が音を立てた。柚はすぐさま手にとって応答する。

「はい、本城です」

『今、食堂か？』

「そうですが……なにかありましたか？」

着信は柳からだった。いつもは冷静沈着なアシスタントマネージャーは、珍しく焦りを感じさせる声で言い放つ。

『休憩を切り上げてすぐに事務室に来い』

通話が切れると、異変を察知した村野が眉根を寄せる。

「何かトラブル？」

「……そうかもしれません。事務室に行ってきます」

柳の様子にただならぬ気配を感じながら食堂を出ると、柚は急いで事務室に向かった。ホテル内には各部署ごとに振り分けられた部屋があり、事務作業やミーティングなどはこのスペースで行っている。

ラウンジの脇にある事務室へ駆けつけた柚が、緊張してドアを開く。すると、パソコンに向かっていた柳が難しい顔をして振り向いた。

「柳さん？　あの、なにかありましたか？」

「こっちに来い」

柳に促されて中に入った柚の背筋に、冷たい汗が流れ落ちる。

開放的なホテル館内とは対照的に、事務室はパソコンが数台置かれたデスクと応接セットが並んでいるだけで窓ひとつない。スタッフが出はらって柳しかいない室内は、重苦しい空気に包まれていた。

おずおずと傍らに立った柚に、柳は無言で『vista』の予約状況が表示されたパソコン画面を指さした。

「これは、おまえが受けた予約だな？」

柳の言葉に、柚は素直に頷いた。

ラウンジに隣接する小規模ホールの『vista』は、幅広い用途で使用される。プランによっても異なるのだが、『vista』の場合、二時間単位で予約を受け付ける。パーティなどでは、ホテル直営のフレンチレストラン『Un《アン》 temps《タン》 du《ドゥ》 jardin《ジャルダン》』のシェフによるコース料理が用意されることになっていた。

柚を始めとするラウンジスタッフは、『vista』単体での利用予約を受ける一方で、ブライダル部門で成約したゲストが選択するプランによっては、優先的に『vista』を確保しなければいけない。

ホテルには他に、大小合わせて四つの宴会場があるが、中でも『vista』は正餐三十名の使い勝手の良さに加えて、東京湾やテーマパーク、そして四つの庭が見渡せる眺望とあり、ゲストの人気も高かった。

五月から六月は特にブライダルシーズンということで、土日はすべてパーティの予約で埋まっていたはずだ。

柳は一度大きく息を吐き出すと、厳しい表情を浮かべた。

「ここ見てみろ。……六月末の土曜日」

「はい……って、これ……！」

パソコン画面を見た柚は、次の瞬間驚いて柳を凝視した。マウスをクリックし、六月末日を大きく映し出した柳の眉間には深い皺が刻まれている。

「この日、同じ時間にもう一組予約を受けてる。どういうことだ？　本城」

六月の末日、もともと決まっていた披露宴とは別の予約がリストに加えられていた。それは柚が受けたもので、ラウンジの常連客である勝山から頼まれたものである。

「勝山様の予約……本当に、この日時で間違いないんだな?」

「そ、そうです。すみません、わたし……!」

「謝罪は後回しだ。まず、他の宴会場の空きがないか、各セクションに確認しろ!」

「はっ、はい……!」

柚はすぐさまデスクの内線を手に、他の宴会場を仕切る部署や、カフェなどのテナントにも連絡を取って予約状況を確かめた。しかし六月の大安ということもあり、どの時間も空きはないという。

六月でなければ他の宴会場も空いていただろうが、いかんせん時期が悪かった。

柚が勝山から予約を受けたのは、ちょうど三カ月前のことだ。柚と同じ年頃の娘の婚約が決まり、『内輪で婚約披露パーティを開きたい』と相談され、予約状況を確認したうえで希望を受け入れたはずだった。

だが、予約は二重に受け付けられている。完全に柚の確認ミスであり失態だった。

(どうしよう……どうしようわたし……)

ラウンジスタッフとして働いて二年目。ようやく仕事にも慣れてきたところだ。けれど仕事に慣れるにつれ、どこか気の緩みや慢心が出てきたのかもしれないと思うと、最近の自分の浮かれぶりを恥じずにはいられない。

贔屓にしてくれている勝山の祝いの席に携われることは、自分のことのように嬉しかった。だからこそ自分の失態で、祝いの席に水を差すような真似をしたくない。

その一心で、ひたすら方々に電話をかけたのだが……何度確認しても、思うような結果は得られなかった。

「――本城、おまえもう今日は上がれ」

通常業務の間を縫って各部署へ電話をかけたが、結局すべて空振りに終わった。

柳も尽力してくれてはいたものの、宴会場やテナントはどこもタイトにスケジュールを組んでいて、入りこむ隙は見当たらなかった。それでも諦めきれず、テナントに直接出向こうとしていたのだが、柳に制止される。

「この時期じゃ無理だ。明日、マネージャーが出勤する。報告してから勝山様に謝罪だ」

「でも……」

「本城！」

普段声を荒らげることのない柳の大喝に、柚はビクッと身体を竦めた。

柳は大きく息を吐くと、柚の肩を叩いた。

「今日はもう帰れ。おまえにできることはない」

「わかり……ました」

柚は柳に一礼すると、逃げるように更衣室に駆けこんだ。ロッカーに背を預け、ずるずるとその場に座りこんで膝に顔を埋める。

（わたしのせいだ。とても楽しみにしてくださっていたのに……っ）

どうにか時間をずらして二組を引き受けられないかと考えたが、その前後にも挙式披露宴が入っているため不可能だった。

今回の件で自分が叱責されるのはかまわない。ただ、柚を信頼して祝い事を託してくれた勝山に申し訳ない気持ちと、ホテルの信用を失墜させてしまうことだけが、心に重くのしかかっている。

『Four gardens』を貶めるような仕事をしないように――それは柚が仕事をするうえでの規範だった。小さな失敗は数多くあったが、これほど大きなミスは初めての経験だ。

この失態で、自分の今までのあり方すべてが間違っていたような気持ちになってくる。落ちこんでいる場合じゃない。今するべきなのは、一刻も早い事態の収拾だ。しかし現状では、どうすることもできない。

柚はのろのろと身体を起こし、ロッカーから私服を取り出して着替え始めた。ふと姿見に映った自分の顔を見ると、明らかに表情が硬かった。顔色も悪く、今にも泣きそうな顔をしているのが情けない。

足取りも重いまま更衣室を後にしようとした時、バッグに入れていた携帯が鳴った。

「……もしもし」

『本城さん？　佐伯だけど。今、話しても？』

「佐伯……さん？」

相手を確認せずに出た柚の耳に聞こえたのは、佐伯の声だった。思いもよらなかった男からの電話に、言葉を失って沈黙を作ってしまう。自分のミスで頭がいっぱいで、彼からの連絡を待っていたのをすっかり忘れていたのである。

『連絡が遅くなってすまない。今週末の話だけど』

「あ……はい」

佐伯は外で電話をかけているのか、低音に混じって風の音が聞こえてきた。まるで間近で囁かれているかのように耳をくすぐる美声に、普段ならば動揺を隠そうと必死だったはずだ。だが今は、そういった感情のすべてが麻痺し、ひたすら自己嫌悪に陥ってしまう。

『どうした？　やけに元気がないな』

「……そんなこと、ないです」

『仕事は終わったのか？』

「はい。……今、更衣室にいて」

話題を変えた佐伯に、反射的に返事をする。すると佐伯は、『じゃあ今から新木場駅に』と尊大に言い放ち、返答も聞かずに通話を終わらせた。

「え……佐伯さん？」

切れた電話に問いかけるも、当然声は聞こえない。

とてもそんな気分になれないのに、なぜいつも強引なのか。考えたものの、電話口でもわかるほど沈んでいたのかと、至らなさになおさら落ちこんだ。

青ざめた顔を隠すために化粧を直し、すぐにホテルを後にした。

最寄り駅で電車を待っている間に、『この前のロータリーにいる』と佐伯からメッセージが入った。

彼に呼び出されるたび、わざわざ呼びつけずとも済む話ではないかと何度思ったことだろう。しかし心の中でいくら文句を言ったところで、拒むことができない。契約云々というよりも、あえて見ないふりをしている感情がそうさせるのだ。

電車がホームに滑りこむと、発車を告げる軽やかな音楽が流れてくる。柚はひと目でテーマパーク帰りだとわかる集団と共に、鮮やかなラインカラーの車体に乗りこんだ。

車内には仕事帰りのビジネスマンに混じり、土産物袋を持った家族連れや学生と思しき面々がひしめいている。

もしかしてこの中には、『Four gardens』の宿泊客もいるかもしれない。当たり前の事実に思い至り、車内にいる人々を見ていることが辛かった。視線を落とすと、入社した当初厳しく叩きこまれた仕事の規範が脳裏を過る。

『ホテルスタッフにとってはただの一日でも、ゲストにとっては大切な一日なんだ』

新人研修が終わり、メンバーズ・クラブラウンジに配属された柚が、まず初めにマネージャーに言われた言葉である。

自分たちにとっては毎日繰り返される仕事のうちの一日だが、ゲストにとってはそうではない。宿泊する日を楽しみに、遠方よりはるばる訪れてくれた特別な一日なのだ。

そう教えられた柚は、できる限り、ゲストひとりひとりに対して誠実でいようと思った。マネージャーの言葉を聞いて以来、最上の空間を提供し、最高のおもてなしをするために、日々努力してきたはずだった。

にもかかわらず、今回の失態である。時には日々に忙殺され、初心を忘れることもないとは言えない。けれどそれを仕方のないことだと言えないし、言ってはいけないのがサービス業――ホテルに従事する人間としての誇りだろう。

迷妄する思考は、到着を告げるアナウンスで中断された。

人の波に流されるようにホームに降り立つと、五月中旬にしては冷たい空気に身震いしながら、足早に構内を抜けた。

佐伯はすでにロータリーに着いていた。シルバーの車体に均整の取れた身体を寄りかけるようにしてたたずんでいる。柚は重い気分を引きずりながら彼の前に立った。

「お待たせ……しました」

「まだ冷えるな。話は中でしようか」

佐伯は、静かに助手席のドアを開いた。柚が乗りこむと運転席に収まった彼は、いつかのように首都高へは乗らずに、都内の外れに進路を取った。

車内は走行音すらせず、道の起伏で少し揺れる程度で、眠気を誘われそうな乗り心地だ。今日でなければ、夜のドライブを楽しめていたかもしれない。

しばらく車窓に映る夜景を眺めていたが、黙って運転をする佐伯に視線を移した。

街路灯が彼の相貌に深い陰影を刻み、端整な顔を際立たせる。いつ見ても非の打ち所がない男で見蕩れてしまうが、今の柚は失態を犯した直後で精神的に余裕がない。佐伯と会うことですら、罪悪感を覚えてしまう。

「あの……お話ってなんですか」

痺れを切らしたような口調に、佐伯は一瞬だけ柚を見遣り、また視線を前へ戻した。

「声を聞いたら、顔が見たくなってね。なにか他の理由が必要だったか？」

「わざわざ呼び出されたので……何か急用だったのかと」

いつもなら佐伯の発言に食ってかかるところだけれど、そんな気にはなれない。ただ、なんとかしなければいけないと、焦りばかりが募っていく。

（わたしに、なにかできることはないの……？）

自問自答を繰り返すが、明瞭な答えは得られなかった。唇を噛み締めて無力感に苛まれていると、佐伯がぼそりと呟く。

「本城さん、やっぱりきみ……」

「え……？」

「いや、いい」

佐伯はそれ以上なにも語ろうとしなかった。

やがて車窓に見慣れた風景が現れると、ほどなくして車は柚のアパート近くにあるパーキングに滑り込む。

「本城さん、なにかあっただろ」

「なんですか？　急に……別に、なにも」

ない、と言いかけて、思わず息を呑んだ。シートベルトを外した佐伯が、柚の顎を摑んだからだ。常に人を食った態度の男だが、いつもとは違い怯んでしまうほど真剣な眼差しを向けてくる。

「きみは嘘が下手だな。すぐ顔に出る。それに、顔に似合わず強情だ」

「なっ……」

「いいから話してみろ。まさかまた失恋したわけでもないだろ」

挑発的な台詞を吐き、佐伯は柚を見据えた。

居たたまれず視線を逸らそうとするのに、彼はその選択肢を与えてはくれず、それどころか距離を縮めてくる。銀のフレームの奥の瞳はどこまでも冷静で、柚の罪悪感を暴き立てるかのようだ。

「……仕事で、ミスをしたんです。だから、佐伯さんに話すようなことじゃ」

「ミス？　それは、今にも泣き出しそうな顔をするほどの？」

佐伯に指摘され、柚はハッと身を竦めた。化粧で顔色は誤魔化せても、表情までは繕うことができなかったのだ。

こうも感情が顔に出てしまうようでは、この先仕事に支障をきたすのではないか。柚は小さく息を吐くと、自嘲的に呟いた。

「ダメですねわたし……。サービス業に向いてないのかも」

「向き不向きはあるだろうが、少なくともきみには贔屓にしてくれるゲストがいるだろ。勝山さんだって、そのうちのひとりだし」

「でも、そのお気持ちを……わたしは……」

「本城さん？」

不意に出た勝山の名前に、心臓がぎりぎりと締め付けられた。考えてみれば、佐伯は勝山と関わりがあるのだから、名前が出てもおかしくはない。

柚は膝の上で拳を握ると、精いっぱい明るい声で佐伯に告げた。

「送っていただいて、ありがとうございました。土曜日に、お伺いしますね」

これ以上、自己嫌悪に飲みこまれそうな自分を晒したくはなかった。

シートベルトを外し、ドアに手をかける。しかし、なぜか佐伯の腕に阻まれてしまう。

「ここで逃がすと思うか？」

「っ……離してください」

「残念ながら、離せと言われて離すほど優しくないんだよ、俺はね」

高圧的ともとれる佐伯の言葉に、反発よりも先に怖くなる。弱っている時にそばにいれば、誕生日の夜そうしたようにきっと彼に寄りかかってしまう。

仕事の失態を慰めてもらうような真似は絶対にしたくない。それは今まで柚を支えてきた矜持だった。

「お願いします、佐伯さん。今日はもう……」

「まったく……ここまで強情だと、泣かせたくなるな」

頼りなく瞳をさまよわせている柚の腕を引き寄せると、佐伯は強引に唇を奪った。

なんとか抗おうとしたものの、後頭部を固定されて身動きが取れない。

「んっ、ぅ……」

閉じていた唇をこじ開け、舌先が侵入してくる。有無を言わせない行為なのに、舌の動きはやけに優しい。まるで慰めるようなその感触は、隠そうとしている感情まで呼び起こされた。

なぜこの男は、自分が弱っている時にいつも現れるのだろう。これでは、彼の胸に飛びこみ泣いてしまいそうだ。

最初の出会いで不覚にも縋ってしまったが、今は状況が違う。恋愛感情を禁止され、佐伯に惹かれそうになる心を踏み留まろうとしている今とは。

ようやく唇が離されると、柚は目の前にいる男に非難の目を向けた。

「な……んで……こんな時に、キスなんて……」

「へぇ？　〝こんな時〟じゃなければいいんだな」

「違います……っ」

込み上げてくる涙を流すまいと、きつく唇を結ぶ。ここで泣いてもなにも解決はしないとわかっているからこその意地だった。

車内は沈黙に包まれた。このまま外へ出ることもできたが、それも憚られた。冷静に考えれば、佐伯が心配してくれたとわかるからだ。方法は褒められたものではないが、彼の行動によりほんの少しだけ冷静さを取り戻している。

いつから降り始めたのか、雨音が耳に届く。濡れたフロントガラスにすら気づかないくらいに視野が狭まっていたのが情けない。

周囲の状況が見えてくると、雨粒が車体を叩く音が聞こえてくる。フロントガラスを打ちつける雨は、まるで今回の失態を責めるかのようだ。

そんなはずはないのに、思考が自虐的になっている。自覚してため息をついたとき、やや考えこんでいた佐伯はおもむろに口を開いた。

「今日はこのまま帰ろうと思ったけど……気が変わった」

「え……っ」

言うが早いか、佐伯は車をパーキングから出し、柚のアパートとは逆方向へと走らせた。

「佐伯さん、いったいどこへ……」

「きみが話したくなるまで、適当に車を走らせる。勝山さんとは知らない仲じゃないし、気になるのは当然だろ？」

佐伯は解放するつもりがないのか、車は雨に煙る街中を疾走する。

降りることも叶わず困惑していると、普段使っている最寄り駅が見えてきた。急な雨に降られた人々が、駅や店先に駆けこんでいく。その光景はどこか現実感がなく、画面越しの映像を見ているようだ。幾分か冷静さを取り戻せたものの、まだ頭の中が整理されていないのだろう。

（こうしていても、埒が明かない）

柚は言葉を選びつつ、慎重に口を開いた。

「……わたしのミスで、勝山様のお祝いの席を、お断りしなければいけないんです」

他の予約と同日同時刻に勝山の予約を受けてしまったこと、ブライダルシーズンで宴会場の空きがないことを、順を追って説明していく。途中、情けなくて言葉を詰まらせもしたが、自分の失態を隠さず話した。

「なるほどね。ダブルブッキングか」

「明日マネージャーと一緒に、勝山様にお詫びに伺うことになっています。信頼を置いてくださっていたのに、それを考えると申し訳なくて……」

今の状態を佐伯に話すことで、ようやく自身の置かれた状況を受け止める。仕事中にできなかったのは、動揺が深かったうえに渦中にいたから。それが第三者に話すことで、冷静になれたのだ。

柚の告白に黙って耳を傾けていた佐伯は、突然ハンドルを大きく切った。

目的地もないまま進んでいた車は、主の明確な意思を感じさせるように走り始める。景色が見る見るうちに後方へと流れていき、スピードに比例して雨を除けるワイパーの動きも速くなった。

「佐伯……さん？　どうしたんですか？」

急な方向転換に驚き、佐伯の横顔に問いかけた。

すべてを告白すれば、てっきり解放されると思っていたのだが、その兆しは見られない。それどころか車はアパートから遠ざかり、都心部へ向かって走っているようだ。

戸惑っている柚に、佐伯は前を向いたまま答えた。

「きみは、どんな方法を使っても勝山さんのパーティを開きたいと思うか？」

「……どういう意味ですか?」

「言葉通りの意味だよ」

その言葉の意味を訊いているのだと言外に語るかのごとく顔が険しくなるのを感じていると、隣の男が柚の心を見透かしたように不敵に口角を上げた。

「不満そうだな。要は、『Four gardens』以外のホテルに、勝山さんを案内できるのか、ってことだ。……その覚悟があるなら、希望に応えられるかもしれない」

(どういうこと……?)

今日一日、なんとかリカバーできないかと奔走していたが、彼の提案はまったく別の視点から放たれたものである。

六月のブライダルシーズンは、『Four gardens』の宴会場や店舗はもとより、他のホテルもすでに予約で埋まっているはずだ。簡単にパーティをねじ込める状況でなく、だからこそ問題はより深刻なのだ。

現状では、勝山の予約を断り、宴会場が空いている他の日——早くて七月の下旬に再予約を受けるというのが最良の代替案だった。

(だけど……)

勝山の予約を受けた日程でパーティを行うならば、他のホテルや店舗までを視野に入れたほうが正しいのかもしれない。

やがて車は彼の居住するタワーマンションの地下駐車場へと滑りこんだ。

なぜマンションに来たのかと問うより先に、佐伯は駐車スペースに車を収めると、柚の顔を覗きこんでくる。

「さて、どうする？　あとはきみと……ホテル側の決断次第かな」

静かな声は、予想以上に柚の心に重くのしかかる。

「……本当に今から、他のホテルの宴会場を押さえられるんですか？」

「俺はできないことは言わないよ」

自分の一存で決められる話ではないが、このままでは確実に勝山の予約を断らなければいけなくなる。

自らの失態で、勝山の祝いの席を潰すわけにはいかない。そしてなによりも、ゲストを最優先に考えて動くことこそが、自分にできる誠意の見せ方なのではないか。

膝の上で握っていた拳に視線を落としていた柚は、意を決して佐伯に向き直った。

「上司に連絡しますから、待ってもらってもいいですか」

「わかった。それならひとまず、コンシェルジュカウンターへ行こうか。この時間なら、大石がいるはずだ。彼に宴会場の予約をねじこんでもらう」

なぜここで大石の名前が出てくるのだろうかと、自分の親と同じような歳の頃であろう男性を思い浮かべる。

マンションのコンシェルジュマネージャーである大石は、住人のニーズに合わせて対応するのが仕事だ。しかし、住人の無理難題を聞き入れるための存在ではないだろう。

幾ばくかの不安を抱えつつ、地下駐車場からエレベーターで一階に上がると、グランドロビーと呼ばれる広々とした空間に出た。

柔らかな照明が大理石の柱や床を照らしている。高級感溢れるしつらえは、マンションというよりは格調高いホテルのようだ。ロビーを進むと、佐伯の言葉通りに、コンシェルジュカウンターに控える大石の姿があった。

「お帰りなさいませ。佐伯様、本城様」

佐伯と柚の姿を認め、大石がコンシェルジュカウンターの中から深々と頭を下げる。軽く頷いた佐伯は、挨拶もそこそこに用件のみを投げかけた。

「六月末の土曜、『evangelist《エヴァンジェリスト》』の宴会場を押さえられるか？　内輪の婚約披露パーティ。小規模宴会場で、午後の二時間。どうだ？」

「それはまた……この時期に難しい注文ですね」

(『evangelist』……!?:)

単刀直入に要望を伝えた佐伯にも驚いたが、それよりもまず、その後に出たホテル名に狼狽する。『evangelist』が柚の知っているホテルであるならば、今から予約を入れることは不可能に近い。

ところが大石は、表情を変えることのないまま、黙って首を縦に振った。

「確認を取ってみましょう。少々お時間をいただいてもよろしいですか」

「あぁ。二階で待たせてもらう」

柚をいざない、ロビー中央から二階へ通じる螺旋階段へ向かう佐伯に、大石はひと言付け加えた。

「お名前をお出ししてもよろしいでしょうか」

「かまわないよ。任せる」

「かしこまりました」

ふたりの簡素なやり取りを聞いた柚は、不安を隠せずに大石を振り返る。

大石は柚に微笑みかけて一礼すると、カウンターに控えていた若者の男性に何事かを指示し、奥の扉へと消えていく。

佐伯が〝できないことは言わない〟主義だとすれば、大石は〝できないことでもなんとかする〟タイプであることが窺える。

難しい注文だと言いながら、決して態度に表すことはない。プロのサービスマンとしての彼のあり方は、柚の心に深く刻みこまれた。

「ひとまずは大石に任せよう。少し時間はかかるかもしれないが」

「……はい」

祈るような気持ちで大石が消えた扉を見ていた柚は、佐伯の後に続いてロビー中央の螺旋階段を上がった。

吹き抜けになっている二階には、ライトブラウンを基調としたラウンジスペースが広がっていた。前面には大きな窓が配されており、敷地内に広がる庭園並みの緑地がうっすらとライトアップされている様子が見える。

佐伯に促されてソファに腰掛けると、心地良い革の質感が柚を包みこむ。グランドロビーよりも落ち着いた照明が室内を照らし、利用者が寛げる空間が創り出されていたが、残念ながら今は雰囲気を楽しむ余裕はなかった。

「佐伯さん、『evangelist』って……あの『evangelist』のことですか？」

柚は先ほどより気になっていたことを、目の前の男に問いかけた。長い足を組んで深くソファに身を預けていた佐伯は、右の口角を持ち上げて答える。

「きみの想像する『evangelist』で間違いはないと思うけど、他に心当たりがあるのか？」

「私が訊きたいくらいです……っ」

腹が立つほど悠長に答える佐伯を睨みつけると、彼は眼鏡のつるに指をあてながら笑みを深めた。

「大石は『evangelist』の元総支配人なんだよ。今でも『evangelist』に顔がきく」

「大石さんが……？」

『evangelist』は、日本でも五指に入る超一流ホテルである。

『伝道師』の名を冠するこのホテルは、『Four gardens』と並び称され、最近多くみられる外資系ホテルの中において、知名度も稼働率も他を圧倒していた。

大石と初めて言葉を交わした時、上品な身のこなしを見て、ホテルスタッフのような印象を持ったが、どうやら間違いではなかったらしい。

だがいくら彼が元総支配人といえども、この時期にそう簡単に宴会場が確保できるとは思えない。『evangelist』の名は、創業者が掲げるホスピタリティの礎石、その理念を世に伝える者という意味があるのは広く知られるところだ。無理を通せば道理が通らない。元総支配人の頼みとはいえ、ホテルの理念に反することをするとは考えがたかった。

「コーヒーをお持ちいたしました。大石は、もう少々お時間をいただくと申しております」

先ほど大石から指示を受けた若いコンシェルジュがラウンジへ上がってきた。大石の部下であろう若者の立ち居振る舞いは、大石というすばらしい手本の下で日々精進していることが想像できる。

至れり尽くせりの対応にひたすら恐縮していた柚に、佐伯の興味深げな視線が注がれた。

「緊張しているな。サービスを受けるのは慣れてないのか」

「……慣れてないというか、落ち着かないです」

「なるほど。だがもしきみが〝一流〟を目指すなら、他の人間の仕事ぶりも参考になるんじゃないのか」

「そう……ですよね」

『Four gardens』に就職して以来、文字通り『Four gardens』に育てられてきた柚は、良くも悪くも他のホテルや他業種のサービスを知らずにいる。

まだ入社して二年目、ようやく仕事に慣れてきたところで、日々失敗を犯さないようにするだけで精いっぱいだった。しかしこれからステップアップを目指すのであれば、佐伯の言ったように勉強も必要になってくる。この先、ホテルスタッフとして生きていくのなら、ゲストとしてサービスを受けるのも勉強のうちのひとつだろう。

知識も経験も足りず、なにより勉強不足であることを痛感する。

「ところで、連絡は入れなくていいのか」

「あっ、はい……連絡を取ってみます」

グランドロビーに目を遣ると、大石の姿はまだ見えない。バッグから携帯を取り出した柚は、ソファから腰を上げた。

佐伯から少し離れた場所で、メンバーズ・クラブラウンジの事務室に直通電話をかける。だが、時間帯が悪いのか、何度コールしても電話が繋がらない。柳の携帯へもかけてみたが、接客中なのかやはり出てもらえなかった。

仕方なく、事情を説明したメッセージを作成し、連絡がほしい旨を記して柳へ送る。勝手な真似をしたことを叱責されるかもしれないが、今はそれほど多くの選択肢は残されていない。ただ、ゲストに対し誠実でいたいという想いだけが、柚を突き動かしていた。

「佐伯様、本城様、大変お待たせいたしました」

柚が電話を終えたのと同じくして、大石が螺旋階段を上がってきた。佐伯と柚の中間に立って頭を下げると、落ち着いた声音で続ける。

「ご要望は、『evangelist』総支配人に申し伝えました。調整に時間がかかるため、お返事は明日になりますがよろしいでしょうか」

「はい。ありがとうございます……！」

大石は、「まだお礼を言っていただける働きはしておりません」と謙遜したが、急な予約にもかかわらず断られなかった事実は大きい。

もともとある予約の隙間を縫って予定を組み込むのはそうとう難しいが、無理だとは言われなかった。つまり、調整の余地があるということだ。

わずかな可能性が出ただけでも、今はありがたい。そして、この希望の糸を繋いでくれたのは、間違いなく佐伯だった。

「お膳立ては整った。あとは俺じゃなく、きみの仕事だ」

佐伯の声にハッとした柚は、慌てて頭を下げて礼を告げる。

「本当に……感謝してもしきれません。どうして、わたしのためにこんな……」

「さあ、どうしてだろうな？」

　ふっと微笑む彼からは、やはり本心が見えない。けれど、数時間前まで途方に暮れていたのが嘘のように気持ちが上向いているのは、間違いなく佐伯のおかげだ。

（この人が、ここまでしてくれるのは、いったいどうして……？）

　佐伯の行動を思い、胸がかすかに騒ぎ出す。

　しかし今は、自分の心に目を向けている暇はない。柚は早鐘を打つ心臓の音を誤魔化すように、小さく首を左右に振った。

第三章　変化する想いと大胆な誘い

ダブルブッキングが発覚した翌日。柚は通常の早番勤務よりも三十分早く出勤していた。昨晩、佐伯に取り計らってもらった件について、マネージャーに説明するためである。

人気のない更衣室に入ると、毎朝恒例の儀式が始まる。プレスの利いた制服に腕を通し、髪をひとつにまとめ、姿見で全身をチェックする。ひとつでも手順が違えば、その日一日は落ち着かない。入社当初からずっとだ。

『Four gardens』の制服に身を包み、ホテルのスタッフとしてゲストと接することは、今では当たり前になっていた。失態を犯した今感じるのは、初めて制服に腕を通した時の身の引き締まる思いを忘れていたのかもしれないということだ。

仕事に慣れると、そうと意識していなくても緊張感を欠く場合がままある。柚は鏡の中の自分に向かい、もう一度初心に帰れと強く戒めた。

更衣室を出てすぐに、ラウンジの脇にある事務室に向かった。心臓は小刻みにリズムを刻み、緊張感を高めていく。

ペナルティを受ける覚悟はある。最悪、配置換えもあるだろう。だが、今はそれよりも、勝山の祝い事を無事執り行うために動くしかない。骨を折ってくれた佐伯や大石の恩に報いるためにも、マネージャーを説得するのは柚の役目だ。

事務室の前で一度立ち止まると、大きく深呼吸する。扉をノックした。

「失礼します」

狭い事務室内では、アシスタントマネージャーである柳、そして柚や柳の上司であるメンバーズ・クラブラウンジの総責任者、マネージャーの柏木健次郎《かしわぎけんじろう》が待ち構えていた。

「おはようございます」

「ああ。さっそくだが、本城はそこに座れ」

狭い室内の片隅に置かれている応接セットを示され、緊張しつつソファに腰掛ける。

正面には柏木、そして柳の両名が、眉を寄せて柚を見据えていた。

「柳から話は聞いている。『evangelist』で、予約を取れるかもしれないそうだな。どういうことだ?」

他社のホテルでのパーティを提案したのだし、柏木が訝しむのも無理はない。

柚は佐伯の名を伏せて、知人の紹介で『evangelist』の元総支配人である大石と知り合い、便宜を図ってもらったことを伝えた。

佐伯の名前を出すと説明が難しくなると考えてのことだったが、幸いなことに知人について質問されることはなかった。

「驚いたな。本城にそんな人脈があったとは」

話を聞いている間、渋面を作って押し黙っていた柏木がぼそりと呟く。常に手厳しい柳はともかく、柔和で知られる柏木が、難しい表情を表に出すのは稀有なことだ。

「他のホテルで間に合わせるような真似をするのは失礼だと重々に承知しています。でも、勝山様にいただいた信用にお応えする方法は、これしかないと思ったんです。もちろん、代わりの会場を見つけたからといって許されることじゃありませんが……」

「『evangelist』でのパーティが可能だとしても、そう簡単に勝山様に提案できるわけないだろ。うちの利益にならないんだから」

厳たる口調で柳が言う。叱責はもっともで、『Four gardens』のスタッフであれば当然の反応だ。肩を縮こまらせて俯く柚に、柏木が静かに問いかける。

「本城。今回のミスの原因は、なんだと思う」

「……気の緩みです」

昨日より、何度も自問自答していたことである。今回のことは、仕事に慣れていくと同時に、緊張感を欠いたために起きてしまったケアレスミスだ。それを痛いほど自覚しているからこそ、自己嫌悪に陥っていた。

「ひとりのミスが、メンバーズ・クラブラウンジやホテルに対するゲストの信用を失わせることになるかもしれない。自分だけの問題じゃなくなるんだぞ。それはわかるな？」

「はい」

柏木の厳しい視線が向けられ、柚だけではなく柳にも緊張が走った。

スタッフのミスは、そのままホテルの信用問題に直結する。そして部下がミスを犯せば、それは上司の失態にも繋がるのだ。どのような処罰でも受ける覚悟ではいるが、柚のペナルティで済む話ではないのかもしれない。

固唾を飲んで柏木の言葉を待つ。すると次に発せられたのは、意外な言葉だった。

「勝山様には謝罪したうえで、うちのホテルに再予約をいただくか、『evangelist』のプランにするか決めていただこう」

「えっ……いいんですか？」

「もちろん、『evangelist』側が予約を受けられる場合だ。勝山様へのご連絡は、プランが出揃ってから改めて行うことになる」

柏木は柚と柳に視線を向け、いつもの柔和な顔つきになった。いついかなる時にも崩れることのない、ラウンジのマネージャーとしての顔である。

「ミスは誰にでもある。問題はミスを犯したあと、どう対応するかで真価が問われる。ホテルとしても、スタッフとしてもだ」

柚と柳が頷いたところで、柏木が持っているホテル専用携帯が鳴った。柏木は立ち上がるとひと言「肝に銘じておくように」と言って、事務室を後にした。

「……柳さん、すみませんでした」

ひとまず方向性が決まったことで緊張が解れ、柚は目の前に座る柳に頭を下げた。昨日今日だけで、何度頭を下げたのか数えきれない。謝罪して済む話でもないが、周囲に迷惑をかけてしまった罪悪感が胸に押し寄せる。

終始難しい顔をしていた柳だったが、ため息混じりにぽつりと漏らした。

「おまえも俺も、いい上司に恵まれたな」

柚の提案に、一番難色を示したのは柳だったという。勝山はラウンジの年間契約もしている上得意である。みすみす他のホテルに顧客を流すのは避けたいと考えたのだ。

ところが、柏木は、『検討しよう』と即答した。

「おまえが来る前、マネージャーに言われたよ。『なにかあった時の責任は私がとる。そのためにいるんだから』ってさ」

「マネージャーがそんなことを……」

「あとは、『evangelist』と、勝山様の判断次第だろうな」

宴会場が確保でき、かつ、勝山が納得すれば、佐伯や大石の働きは無駄にならず、予定通りパーティが開ける。だが、どちらか一方でも首を横に振れば話は立ち消えだ。

「もうおまえにできることはない。あとは祈っとけ」

腕時計に目を落とした柳は、ソファから腰を上げると、両腕を上げて伸びをした。

いつの間にか、ラウンジのオープン時間が迫っている。柚が立ち上がると、柳は大きく息を吐き出した。

「俺がマネージャーの立場なら、間違いなくおまえをスタッフから外すけどな」

「……返す言葉もありません」

「それくらいの緊張感を持て。ミスしたことを忘れるな。同じミスを繰り返すなよ」

「はい。絶対に、忘れません」

「ならいい。この件が片付くまでは裏方に回れ。いいな」

口では厳しい柳だが、柏木同様にホテルやスタッフを想う気持ちは誰よりも強い。だからこそ、どれだけ厳しくスタッフを指導しても慕われているのだ。柚は頼もしい上司の下で働けることに感謝し、柳の言葉に頷いた。

＊

同日の午前。佐伯は駐車場へ行く前にロビーに寄った。むろん用件は、昨夜の依頼の可否について大石に尋ねるためである。

エレベーターを降りると、件の人物はカウンターに立っていた。すぐに佐伯の姿を認めて一礼し、他のスタッフにその場を任せて歩み寄ってくる。

「おはようございます、佐伯様」

隙のないコンシェルジュは、にこやかに笑みをたたえ、手にしていた紙片を佐伯に差し出した。

「六月末の土曜日、『桜』でご予約を承れるそうです。お時間は十七時からになりますが、よろしいでしょうか」

「充分だ」

「『Four gardens』ラウンジのマネージャーに内密に連絡しておくよう総支配人には申し伝えております」

短い会話で、昨夜の一件は片が付いたことを知る。佐伯は満足し、大石に感謝を告げた。

「ありがとう、助かったよ。この礼はいずれまた」

「今回は、ただ仲介しただけで、私はなにもしておりません。……ただ、佐伯様よりこのような依頼をいただくのは珍しいので、少々意外でしたが」

常に柔和な態度と表情を崩さないコンシェルジュは、佐伯が普段ではありえない行動をしたことを純粋に驚いているようだ。

彼とは個人的な付き合いも長いため、このような疑問が出るのも想定内だ。佐伯は「そうだな」と認め、受け取った紙片をスーツの内ポケットへ収める。

指摘されるまでもなく、これまで自身の立場を利用して便宜を図ってもらうようなことはしていない。だからこそ大石は、今回の一件を珍しく感じているのだろう。

「宴会場を利用するのが、勝山さんだったからね。今後の付き合いを考えれば、恩を売っておくに越したことはない。でも、それだけでもないかな」

柚の顔を思い浮かべた佐伯は、知らずと笑みを浮かべる。

「自分の職場や仕事が好きだって伝わってくるから、つい手を貸したくなるんだよ」

熱意のある人間へは、助力したくなるのが人情というものだ。かつて先人たちの指導で一人前になれたように、次に若い人材を育てるのは自分だ。そうやって、想いは受け継がれていくのだろう。

「なるほど。たしかに本城様は、まっすぐな方だとお見受けします。佐伯様とは正反対、という印象ですね」

大石の発言はかなりくだけているが、佐伯がそれを望んでいるからだ。むろん、第三者がいる場では一線を引いているが、彼とこうして会話をするのは気分転換になっている。

佐伯は肩を竦め、「それは正しい見解だ」と笑い、その場を後にした。その足で地下駐車場へ向かうと、自車に乗り込んだところで携帯を取り出す。

柚に連絡するためだ。

おそらく、昨夜からずっと気にしていたはずだ。宴会場を押さえられたと知れば、ひとまず安心するだろう。

佐伯は、『六月末の土曜、十七時からで会場を確保』とだけメッセージを送った。一服してから出庫しようと煙草を咥えたところで、携帯の着信音が鳴った。

「佐伯ですが」

『本城です……！　佐伯さん、ありがとうございます！』

彼女はよほど嬉しかったのか、最初に礼を述べた。宴会場を確保し、ようやく第一関門を突破しただけだが、そうとう安堵したことが電話口からでも察せられた。昨夜から気が気でなかったに違いない。

「とりあえずよかったよ。『evangelist』の総支配人から、きみの上司にも連絡がいくはずだ。あとは、勝山さんの判断しだいだな」

『……はい。佐伯さんには、なんてお礼を言えばいいか……』

「礼なら、言葉よりも行動で示してくれたほうがいい」

あえて意味深に告げれば、柚はすぐに返答せず無言になった。

目の前にいれば、変化していく彼女の表情を楽しめたはずだが、残念なことに電話では確認できない。

「期待しているよ、本城さん。それじゃあ、また」

用件だけを告げて通話を終わらせた。

今ごろ柚はひとりで憤っているだろうが、それで構わない。充分に反省し悔いている姿を知っているからこそ、今は前を向く原動力が必要になる。

(こんなに関わるようになるなんて思わなかったな)

佐伯の行動原理はシンプルだ。第一に利益になるかどうか。これは、置かれている立場上しかたのない話だが、それ以上に重要視しているのは興味を抱けるかどうかだ。

しかし、柚に対しては、明らかに〝興味〟だけでは片付けられない感情がある。それが自分自身でも意外で、つい彼女を構ってしまう。

「そろそろ本気で手に入れようか」

笑みを深めた佐伯は、明確な意思を抱いて車を発進させた。

＊

二日後の昼。柚はマネージャーに呼ばれて事務室に向かった。用件は勝山のことだろうと、言われずともわかっていた。

「失礼します」

事務室に入ると、自身のデスクでキーボードを叩いていた柏木の手が止まった。パソコン画面から柚に視線を移し、一度息を吐いてギシリと椅子を軋ませる。

「勝山様と、話をさせていただいた。結果だけ言うと……パーティは、うちではなく『evangelist』で行うということだ」

「……はい。承知しました」

安堵する一方で、自責の念がこみ上げてくる。

宴会場の利用は、ホテルにとって大きな収入源のひとつである。

各ホテルがこぞってシーズンごとにブライダルプランを打ち出すのも、宴会場の稼働にホテルの命運がかかっていると言っても過言ではないからだ。いかに自社ホテルにゲストを呼びこみ、利益を上げられるかが重要になる。

勝山の場合、娘の婚約披露パーティということだったが、その後『Four gardens』で挙式を行うことも充分考えられた。だが今回は柚のミスで、ビジネスチャンスを潰してしまっただけでなく、ライバルにみすみす顧客を譲ってしまったのだ。

この手のミスで一番怖いのは、ゲストに広がる風評である。『Four gardens』で予定していたパーティが、スタッフのミスで潰れたとあればホテルの信用に関わる。

勝山のことだけを考えれば『evangelist』で無事にパーティが開けるのは喜ばしいが、ホテルスタッフとしては当然責任を負わなければいけない。

「……このたびは、本当に申し訳ありませんでした」

頭が上げられずその場から動けずにいると、歩み寄ってきた柏木に軽く肩を叩かれた。

「本城、頭を上げろ。ゲストから信用を得るのも難しいし、一度失った信用を回復させるのはさらに難しい。このミスはリカバーひとつで帳消しにならないが、それを判断するのは私たちじゃない」

落ち込んでいる柚を見かねたのか、柏木が苦笑いを浮かべる。

「マネージャーとしては、今回のやり方は歓迎できるものじゃない。でも、私個人としては悪くないと思っている。ミスはしないに越したことはないが、ミスを恐れて委縮するんじゃないぞ」

静かに語る柏木の言葉は、柚にしっかりと刻みこまれる。今後仕事上で迷った時に、この言葉は指針となるだろう。目頭が熱くなり、込み上げてくるものを抑えながら、柚は何度も頭を下げた。

柏木はその後、この件の他言を禁じた。勝山からホテル側にコンプレインとして上がっていないため、対外的に勝山の予約は最初からなかった扱いにするのがベストだという。

最初は柏木が部下を庇っての措置だと思い、自分なりにケジメをつけたいと思っていた柚だが、上司の考えはそうではなかった。

「わかっているとは思うが、いろいろな人間が集まっているのがホテルだからな。綺麗事だけでは済まない。保身も考えないといけないんだよ」

今回のことを公にした場合、宿泊、レストラン、ブライダルなど、各部署から責めを負うのは柚だけではなく、メンバーズ・クラブラウンジ全体ということになる。他部署より不信感を持たれることになるのは必至だろう。そのせいで、部署間の連携がうまく機能しなければ、今後の仕事にも差し支えが出てくる。

柏木の言葉には含みがあり、柚の立場ではなかなか推し量ることが難しい。しかし彼がマネージャーとしてラウンジを、そして部下を守ろうとしているのは、よく理解できた。

「部下のミスは、上司のミスなんだよ。上司なんてものは、責任を負うためにいるようなものだからな」

柔和に笑った柏木は、「それと、もうひとつ」と、表情を改める。

「勝山様にも、気にするなとおっしゃっていただいた。『Four gardens』でパーティを開けないのは残念だが、『evangelist』の予約を取った気持ちを汲んでくださっていたよ」

「勝山様が……でも、わたしは」

「本城の日頃の接客が認められているんだよ。信頼関係は、一朝一夕でできるものじゃないからな。そこは自信を持ちなさい」

「……はい」

上司からもらった温かな気持ちに、胸がいっぱいになる。

噛み締めるように頭を下げ、柚は事務室を出てラウンジ業務に戻った。

この件で迷惑をかけた柳に経緯を報告すると、「ミスした分、倍働け」と、彼らしい口ぶりで激励してくれた。

まだ勝山への謝罪は残っている。だが、柏木の計らいで大事に至らずに済んだことで、心はずいぶんと軽くなっている。

(もう二度と、同じ失敗はしない)

改めて自分の仕事を見つめる機会を得たことは、忘れられない経験となった。


週末の公休日。午前中からアパートを出た柚は、その足で東京駅に向かった。

十三時に佐伯と待ち合わせをしているため、その前に佐伯や大石へのお礼を選ばなければならないからだ。

銀座《ぎんざ》や日本橋《にほんばし》にあるデパートでの購入も考えたが、東京駅構内に続々とオープンしている店舗も覗いてみたいと思い、東京駅まで足を伸ばすことにしたのである。

普段利用しない駅だが、多くの人で賑わう構内は活気に満ちていた。行き交う人々の服装は軽やかで、季節の移り変わりを感じさせる。通りすがりに見た店舗内のマネキンはすでに夏服を着せられて、見ているだけで気分が浮き立った。

最近はホテルとアパートの往復で、休日であっても外へ出てリフレッシュする時間を取れずにいた。そのせいで、知らないうちに行き詰まっていたのかもしれない。

あれこれ見て回った後、大石へは和菓子を選び、佐伯には散々迷ったのちに、オイル式のライターを贈ることにした。

スイーツやインテリア小物なども検討してみたが、いずれもピンとこなかった。なによりもまず、彼の趣味がわからなかったのだ。その点ライターならば、もらっても困るものではないだろうと考えたのである。

余裕を持って家を出たはずなのに、気づけば約束の時間が迫っていた。人の波に乗って指定された場所へと早足で向かう。

待ち合わせ場所は、銀座中央通り沿いにあるハイブランドの店舗前だった。凪に揺れる水面のような外観が、陽の光を浴びて煌めいている。不思議な質感で人目を引く建物は、ブランドの名にふさわしい先鋭的なデザインだ。

(そういえば、佐伯さんと待ち合わせなんて初めてかも)

いつも有無を言わさず呼びつけられるばかりだが、今日は柚が彼に頼んで時間を作ってもらっている。この前の礼がしたいと告げると、『それなら休みに付き合ってほしい場所がある』と言われて了承したのである。

どこへ行くかは知らされていないが、よくよく考えればデートのようなシチュエーションだ。今さらながらに思い至り、心臓がやけに大きな音を立てた。

（……デートじゃないってば）

ただ単に、世話になった礼をするだけで、なんら特別な状況ではない。しかし、否定すればするほどに意識してしまう。

ひとり狼狽えていると、涼やかな声が背後から投げかけられた。

「本城さん、悪い。待たせたな」

「あっ……い、いえ！」

反射的に答えて振り返ると、佐伯が少し驚いたように目を見開く。

彼は二枚襟の細身のトップスに黒のストレートデニムという、普段よりもリラックスした格好だった。スーツの印象が強かったため、柚は思わず見入ってしまう。

プライベートな装いを見てしまうと、なおさらデート感が増している気がする。つい視線を泳がせれば、背中に手を添えられた。

「とりあえず移動しようか」

言うが早いか、佐伯は柚を伴って目の前にあるブランドショップに足を踏み入れた。エントランスにはドアマンが配置され、まるでホテルのようだ。ふたりが入店すると、すぐに店員が寄ってきて深々と頭を下げてくる。

「いらっしゃいませ。佐伯様」

「俺はサロンに行くから、彼女の相手を頼む」

店員が「かしこまりました」と答えたところで、慌てて口を挟んだ。

「さ……佐伯さん！　お買い物をされるなら、わたしは外で待っていますが」

なにせ今いるのは、ロゴを見れば大抵の人間がブランド名を思い浮かべる高級店で、普段利用する店と値札が一桁違う。要するに、敷居が高いショップなのである。

呼び止められた佐伯は、首だけを柚へと向けて薄く微笑した。

「他業種の接客を受けるのも、勉強になるんじゃないのか？　いろいろ見て回るといい」

（そう言われても……お店の中にいるだけでも緊張するんですが！）

心の中で叫んだ柚をよそに、佐伯は慣れた様子でエレベーターに乗り込んでしまった。

「お客様、どうぞこちらへ」

「は、はい」

柚は女性店員に案内され、ウィメンズコーナーがある三階へと足を運んだ。

外観と同様に、内装もアーティスティックな拘りを感じさせる。什器ひとつ取ってもコンセプトが明確で、見ているだけでも溜め息が出そうな高級感だった。

邪魔にならない程度に店員が後ろに控え、時折、商品の説明をしてくれる。

（さすが、超高級ブランド……店員さんの立ち居振る舞いが上品だな）

最初は慣れない場所に緊張していたが、次第に自由に見て回るようになっていた。

滅多に入ることがない店に来たのだから、どうせなら楽しまねば損だ。佐伯の言った他業種の接客も観察しつつ、積極的に店内を歩いていた。

「こちらなどいかがでしょう。本日入荷したばかりのお品で人気のデザインですよ」

佐伯が懇意にしているというフロアマネージャーが持ってきたのは、肌触りのいいシルクジョーゼットのワンピースに、チュールカーディガンだった。

なぜか熱心な勧めで試着をすることになり、フィッティングルームに入る。恐る恐る袖を通して外に出れば、店員からは照れてしまいそうな褒め言葉をもらった。

いずれも春らしい上品な色使いで、柚自身、心惹かれるデザインだったが、購入するとなると値段の折り合いがつかない。残念ではあるが、これればかりは仕方がない。

普段は入店すらはばかられるブランドで、試着できただけでもいい経験だ。そう思いながらフィッティングルームへ戻ろうとしたが、目の前に現れた男を見て足を止めた。

「あぁ、終わったのか」

「佐伯さん……！」

歩み寄ってくる佐伯を見た柚は、一瞬息をするのも忘れそうになった。

彼は先ほどまでのラフな格好から一転、スーツに身を包んでいたのである。ダークグレイのスーツにブラックのストライプが入ったシャツを合わせ、ネクタイこそ締めていなかったが、プライベートから一気に仕事モードへと変貌を遂げたような格好だった。

「いいじゃないか。似合ってる」

「……ありがとうございます」

口角を上げる佐伯に、柚は頬が熱くなるのを感じて俯いた。

こうしてストレートに褒められることに慣れていないのだ。それに加えて突然の佐伯の変貌が、余計に柚の体温を上げている。

ラフな格好は彼を若々しく見せ、均整の取れた体躯に色香を漂わせていた。だが、スーツだとクールさを醸し出し、貫禄を帯びた顔つきになっている。

佐伯の置かれた状況がそうさせるのか、それとも意識的に変えられるスイッチがあるのか。どちらにせよ、美形はなにを着ても美形なのだと、柚はしばらく見惚れていた。

「じゃあ、その服をそのまま着てくること。靴とアクセサリーは、そうだな……この辺りがいいんじゃないか?」

「え?」

「では、こちらはまとめてお渡しいたしますね」

佐伯にしばし目を奪われていた柚は、一瞬、なにを言われているのか理解できずに目を丸くした。唖然としているうちに、店員が佐伯の命に従って靴とアクセサリーをつけるよう柚に勧めてくる。

(ど、どういうこと⁉)

店員にされるがまま、服に合わせてコーディネートをされてしまった。わけもわからず慌てて佐伯の後を追えば、彼は店員の差し出した袋を受け取っているところだった。

「佐伯さん！　わたしの服は……」

「この中に入ってる。用事は済んだし出ようか」

口の端を吊り上げた佐伯は、来たときと同じように、ごく自然な仕草で柚の背に手を添えて歩き始めた。数名のスタッフに見送られて店を出たところでようやく反論する。

「こんなに高価なもの、わたしは買えません！」

「支払いは済ませてある。なにか問題が？」

「ありまくりです！　もうっ、話を聞いてくださいってば」

訴える間も、佐伯は足を止めずに迷いなく歩を進める。いつの間にか腰に回されている手にも気付かずに、柚は彼のスーツの裾を遠慮がちに引いた。

「本当に……こんなことをしてもらう理由がありません」

「どうしても理由が必要なら、今日俺が付き合わせている礼でいいよ。それとも、もっと特別な意味を持たせたほうがいいのか？」

「……わたしが変に解釈して、困るのは佐伯さんじゃないんですか」

「それは、俺が困るような解釈がしたいと？」

違う、と言い切れなかった柚は、黙って佐伯を上目で睨んだ。

今までならば、こうした揶揄に心の中で毒づいていた。しかし今は、彼を否定する言葉が咄嗟に出てこない。

「へぇ、なるほどね」

今まで添えているだけだった佐伯の手が、意思を持って柚の腰を強く抱き、ふたたび歩き始めた。

彼の手のぬくもりや体温が、にわかに柚の鼓動を速くする。全身で佐伯を意識して身を固くしたとき、佐伯は艶やかな低音を響かせた。

「まだ時間があるし、少し寄り道をしようか」

柚が動揺している間に、目当ての場所へ誘導していたらしい。『cigar bar』と掲げられた看板の脇にある狭い階段を指さされ、軽く頷く。

ふたりで並ぶには窮屈であったため、佐伯が先に下りていく。身体が離されてホッとした柚だったが、階段の半ばで佐伯が不意に振り返った。

「男がプレゼントを贈る理由なんて考えなくてもわかるだろ？　下心があるからだ」

一段低い場所に立っている佐伯とは、目線がほぼ等しくなっている。視線を絡ませた佐伯は柚の唇を指でなぞると、軽く首を傾けた。

「服の礼はこれでいいよ」

吐息が吹きかかる距離で囁かれ、心臓が跳ねた。まるで、キスをしろと言わんばかりの距離感と言動に咄嗟に言い返せない。

「本当にきみは、俺好みの反応をしてくれるね」

喉を鳴らして笑う佐伯は、完全に楽しんでいる。それはわかっているのだが、どうしても過剰なまでにこの男を意識してしまう。

（だから、からかわれるのに）

佐伯を前にすると、冷静でいられなくなる。自覚しながらも、どうしようもない。のぼせ上がっている自身を静めるように首を振り階段を下りると、趣のある木製の扉が現れた。

佐伯が扉を開くと、シガー独特の香りが鼻をくすぐる。扉の上部に付いていた鈴が軽やかに鳴ると同時に、正面に見えるカウンターの中から老紳士が出迎えてくれた。

「いらっしゃいませ。休日に来るなんて珍しいですね、佐伯さん」

「少し時間が空いたのでお邪魔しました。店長の顔が見たくなって」

男性は相好を崩すと、柚と佐伯にカウンター席を勧めた。

店内は、二席のテーブルとカウンター席があるだけでさほど広さはない。薄暗い照明はどこか隠れ家のようで、落ち着いた雰囲気だ。オフィス街にほど近い立地と、土曜の午後という時間帯のおかげか、店内に客はひとりも入っていなかった。

「光栄ですよ。千川は元気ですかね？」

「ええ。あいかわらずですね」

どうやらこの男性は店長らしい。彼の他にスタッフはおらず、今はひとりで店を回しているようだ。佐伯は簡単に柚を紹介し、『Four gardens』のスタッフだと付け加えた。

「そうでしたか。では、私の後輩になるわけですね」

「えっ……」

「店長はね、千川さんの師匠にあたる人なんだよ。『Un temps du jardin』の元グラン・シェフ《総料理長》なんだ」

店長の言葉を補足したのは佐伯だった。このバーはもともと千川の馴染みの店であり、彼に連れられてきて以来、時折訪れるようになったらしい。

佐伯に目を遣った店長は、「昔の話ですよ」と、小さく肩を竦めてみせた。

『Four gardens』の直営フレンチレストランである『Un temps du jardin』のグラン・シェフにまでのぼりつめた男が、なぜバーの店長になったのか。

疑問が頭をもたげたが、それが顔に出ていたらしい。店長はにこやかに笑みをたたえながら、「後進に道を譲ったんですよ」と端的に答えた。

同じホテル内であっても、厨房には独特の世界が存在する。いわゆる縦社会で、旧態依然とした慣習が根強く残っているのだと千川から聞いたことがあった。

そう伝えたところ、店長は「千川は特にそうでしょうね」などと苦笑する。

「総料理長は、いわば厨房の王です。王の意向には絶対服従で、支配人ですら逆らうことが許されない――私が現役のころの話なので、今は多少風通しはいいかもしれませんが」

職場は違えど、かつて同じホテルで働いていた人物の話は興味深かった。『いろいろな人間が集まっているのがホテル』という柏木の発言が、事実として提示された形だ。今は穏やかに語る店長もまた、苦労を重ねてきたのだろうと察せられた。

「店長も千川さんも、既存の枠組みで働くタイプではありませんからね。それでも実力があるから、どの業界に身を投じようと生きていける。そういう人材は、見つけようと思ってもなかなか難しい。『Un temps du jardin』は、店長と千川さんというふたりの貴重な戦力をみすみす手放したんですから、惜しいことをしたものですよ」

佐伯の言葉は裏を感じさせず、店長や千川への敬意が窺える。おそらく彼にとって、とても大切な人たちなのだ。かつての『Four gardens』の話をするふたりは、付き合いの長さと関係性が垣間見える。

「それだけに、隠居はもったいない。まだまだ続けられるでしょうに」

「えっ、お店を辞めるんですか？」

何気なく放たれた台詞につい反応する。

店内は、控えめに流れるジャズが心地良く耳を癒やし、忙しない日常を忘れさせてくれる。扉の内と外では時の流れが違うのではないかと思うような緩やかな空間で、閉めるのはもったいなく思ってしまう。

店長は、柚にソフトドリンクを、佐伯には試喫用のシガーを手渡すと、茶目っ気たっぷりに続けた。

「店自体は、ほかの人間に任せようとしているんです。ですが、こちらの佐伯さんは、それなら別の店をやらないかと持ちかけてくるんですよ」

「気に入った店やスタッフを失うのは、俺としても寂しいので。引き留められるなら、どんな手を使ってもそうしますよ」

さらりと答えた佐伯だが、本心なのだろうと柚は思った。この男は摑み所がないようでいて、真面目な話は茶化さない。そして、なんだかんだと面倒見がいい。勝山の件は言うに及ばず、酔った柚を介抱した件しかりである。

「佐伯さんにとって、店長も千川さんも大切な方なんですね。話を聞いていると、それがよく伝わってきます」

何気なく感想を言えば、佐伯が少し驚いた顔を見せた。

「……うん、たしかに。本城さんは、よく人を見ているな」

「ホテル勤めにはぴったりの素養をお持ちですね」

ふたりに感心された柚は、恐縮して礼を告げた。そんな大層な人間ではないが、そうありたいとは常に思っている。

まだまだ未熟で勉強中の身だが、向上心だけは持っていたい。尊敬する先輩スタッフたちに並んでも恥ずかしくないホテルウーマンになるのが今の野望である。

(それにしても、居心地がいいお店だな。さすがは千川さんの師匠のお店というか)

店長はごく自然に会話をしながら手を動かし、目端を利かせている。『青葉』で働く千川と似た印象を抱くからか、初めて訪れた店ながら落ち着ける空間だった。

つい観察していると、視線に気づいた店長が笑みを浮かべる。

「いい目をしますね。仕事をしているときの目だ」

「あっ……すみません、不躾で」

「いいえ。佐伯さんがあなたをここへ連れてきた理由がわかる気がしますよ」

そう言いながら、店長が佐伯に目を向ける。彼は、「敵いませんね」とシガーを吹かすだけで、多くを語ろうとはしなかった。

この男の真意を探ろうとしても無駄なのは、今までのやりとりで学習済みだ。こっそりと佐伯を横目に見つつ、氷の溶けかけたドリンクに口をつける。

(……店長には、なにが見えているんだろう?)

いま一番気になるのは、誰のことでもない。隣で優雅にシガーを味わっている男についてだ。なにを考え、柚と関わっているのか。恋愛感情を禁じながらもキスをし、仕事の手助けまでしてくれるのはなぜなのか。

柚は自覚できるほどに、佐伯に対して特別な感情を抱いている。

もしこの気持ちをこの男が知ったとして、一笑に付すのだろうか。それとも、少しは動揺するだろうか。

一番知りたい疑問を問うわけにはいかず、代わりにドリンクを飲み干した。

そうしてしばらく雑談を交わしていると、腕時計に目を落とした佐伯が立ち上がる。

「では、また近いうちに来ます」

ふたりを交互に見た店長は、「いつでもお待ちしてますよ」と、いかにも好々爺然とした表情を見せる。それは人の心を和ませる店の雰囲気そのもので、年嵩の人間ならではの温かみを感じさせた。

店を出ると、いつの間にか日が傾きかけていた。夕闇に暮れる休日のオフィス街は人の気配をあまり感じさせず、どこか非日常的な空気感がある。

「この先のパーキングに車を停めているんだ。少し歩くけどいいか?」

「はい」

当たり前のように腰に手を回されて、柚は全身で佐伯を意識しながら足を進めた。雑踏なら気を紛らわせることも可能だが、こう静かでは自分の鼓動さえも大きく響きそうだ。

「どうだった? 店長もなかなか面白い人だろ」

「そうですね。まさか元グラン・シェフにお会いできるとは思っていませんでした」

急に声をかけられ、跳ね上がる鼓動をうるさく思いながら、努めて冷静に答えた。

「今日は、普段来ないような場所ばかりで……いい勉強になりました」

通常ならば入らないようなハイブランドのショップに、その存在すら知らなかった『cigar bar』――すべてが新鮮であり、良い意味での刺激となっていた。まるで、柚のために用意したコースを回っているようだ。

「本当に、ありがとうございました」

素直に感謝を告げて視線を上げると、佐伯は彼らしい不遜な笑みを浮かべた。

「礼を言うのはまだ早い。この後がメインだ」

意味を問う前に大通りに差しかかり、人の波が現れ始める。質問の機会を失ってしまった柚は、結局なにも訊けずに佐伯の隣を歩いた。

パーキングに戻る道すがら、すれ違いざまに佐伯を見つめる女性が多いことに気づき、身の縮こまる思いをしつつ隣を歩く男を見上げた。銀座の街並みにも埋もれない存在感と、これだけ整った容姿であれば、人目を引くのも当然だろう。

佐伯の所作は優雅で隙がなく、なにもかもが洗練された印象を受ける。いかにも作ったという感じではなく、あくまでも自然と身に付いているのだ。

今までこうして人の多い場所を一緒に歩いたことはなく、改めて佐伯と自分の間にある壁を思い知らされる。

（はたから見たら、どういう関係に見えるんだろう）

頭を過った問いに答えを求めてはいけないのは、よく理解している。それでも考えずにいられないのは、佐伯が心の奥深くに侵入しているからだ。

パーキングに着く頃には、すっかり無口になっていた。佐伯との関係に考えを巡らせているうちに、思考の迷路に嵌まっていたのである。

「どうした？　ずいぶんと静かだけど」

佐伯は車内へ入ると、柚に視線を投げた。そして不意に身体を傾け、髪に触れる。

「佐伯、さん……？」

「髪が絡んでる」

カーディガンの襟もとにあしらわれているパールを模した飾りに、ひと筋髪が絡まっていた。自分で取ろうとした柚を制し、佐伯の長い指先が首もとに触れる。

「じっとしてろ。せっかくの綺麗な髪なんだ、切れたらもったいないだろ」

覆いかぶさるような体勢で髪をほどかれ、つい身を竦めてしまう。

近すぎる佐伯の顔に、目を逸らしたくても逸らせない。柔らかそうな髪や伏せている瞳に、たまらなく心が締めつけられた。

恋愛感情を持つなと言いながら、どうして自分に構うのか。幾度となく訊いたものの、そのたびにかわされ続け、キスの理由ですら教えてもらえない。

いいように翻弄されていると思いつつも、佐伯と過ごす時間が特別なものになっている。膨らみ続けるこの気持ちが抑えられず、いつか弾けてしまうのではないかと思うと、柚は怖くなっていた。

その後、「二十分程度で着く」と言ってパーキングを出た佐伯は、銀座から中央通りを抜けて六本木《ろっぽんぎ》方面へと車を走らせた。すっかり慣れつつある彼の運転は、本人の厄介な性格に反して非常に安心感がある。

加えて、ドイツ製高級車だからなおさらだ。ブラックで統一された内装はシャープで上質な印象を与え、本革仕様シートは今まで柚が乗ったどんな車でも敵わない快適さがある。下手をすれば、柚の部屋にあるソファよりもずっと座り心地がいいだろう。

自分のソファを思い浮かべて嘆息した時、佐伯が不意に口を開いた。

「本城さん、なにか苦手な食べ物は？」

「え？　いえ、特には……」

「ならいい」

(これから食事にでも行くのかな)

尋ねたところで、素直な答えは返ってこないのはわかっている。だから、よけいに振り回されてしまうのだ。

心の中で毒づくと、佐伯はそれを見透かしたように微笑した。

「言いたいことがあれば口でどうぞ。今は塞がれてないだろ？」

「……佐伯さんって、本当に、思わせぶりですよね。それに、性格に癖がありすぎです」

「ありがとう。褒め言葉として受け取っておくよ」

「褒めてません。むしろ、けなしてるんです」

力を込めて言い返したが、佐伯はどこ吹く風である。喉の奥を鳴らして含み笑いをするあたり、完全に玩ばれていた。

この男といると翻弄されることがほとんどだが、そうかと思えば恐縮するほど手厚くもてなされる。だから、戸惑い、心を乱される羽目になる。

そもそも柚が佐伯と関わるようになったのは、非礼を身体で詫びる——つまり、ハウスキーピング業務をするためである。ところが彼は柚をハウスキーパーとしてではなく、まるで恋人を扱うように接するのだ。

これ以上想いを募らせたくはないと思うのに、会ってしまえばそんな決意など簡単に崩されてしまう。

「——本城さん。着いたぞ」

「あっ、え……？　ここって……」

佐伯の声で視線を上げた先にあったのは、獅子を形取った石像を掲げた門柱だった。

車は門をくぐり、正面にある噴水の脇を通り抜ける。車寄せに滑りこんだ大きな車体を確認すると、すぐに折り目正しいベルマンふたりが頭を下げて出迎えにきた。

佐伯に促され車を降りた柚は、その建物の外観を見上げて言葉を失った。両面開きのドアの上方部に掲げられた名前は――。

「『evangelist』……？　どうして……」

「言っただろ？　ここが今日のメインだ」

涼やかに答えて傍らに立った佐伯は、鍵を付けたままスタッフに車を預けると、柚を伴って館内へ進んだ。

様々な疑問が頭の中に渦巻くが、それよりも今は、心の準備もないまま『evangelist』を訪れたため、著しく動揺している。

緊張感で身体が硬くなるのを感じながらホテル内に足を踏み入れた柚は、扉が開いた瞬間目を瞬かせた。

「……すごい」

都内であることを忘れさせる光景に感嘆し、端的なひと言しか出てこない。

ヨーロッパ風のデザインが施されているロビーは、木材が多く使われているのか、全体的に温かみが感じられる造りになっていた。壁面にはアンティーク調の絵画や調度品が多く飾られ、まるで美術館を訪れたのかと錯覚しそうになる。

佐伯は慣れた様子でロビーを通り抜けると、「ソファに座っていてくれ」と言ってから、コンシェルジュデスクに向かった。そして、コンシェルジュとひと言ふた言交わして頷き、柚の元へ戻ってきた。

「行こうか」

彼はエレベーターを指し示し、ふたたび歩き出した。一連の動作には無駄がなく、口を挟む隙が見当たらない。

「あの、佐伯さん……」

『evangelist』の雰囲気に圧倒されていた柚は、そこでようやく佐伯に話しかけた。いったいなぜ『evangelist』を訪れ、どこへ向かおうとしているのか。

(まさか、客室に泊まるなんて言わないよね?)

頭に浮かんだ疑問を否定しようとしたが、ありえないとは断言できない。むしろこの男ならば言いかねないとすら思い、疑心的な目を佐伯に向けた。

柚の問いを察したのか、佐伯は薄い唇を持ち上げて笑みを浮かべた。

「期待に応えられなくてすまないが、まずは食事をしよう。話はそれからだ」

(だったら最初から、そう言ってよ……!)

心の中で声を大にして叫んだが、はたと気づく。ホテルの空気に呑まれてうっかりしていたが、そもそも車内で好き嫌いを聞かれたではないか。

柚は一気に脱力した身体を引きずるようにして、エレベーターに乗りこんだ。

三十五階からなる建物のうち、レストランやバーは上階に位置しており、ふたりが降り立ったのは三十三階だ。これより上階にはスイートルームがあり、中でも最上階にあるホテルの名を冠したスイートは、一泊で柚の三カ月分の給料をつぎこまなければいけないほどの超高級ルームである。

エレベーターを降りると、右手に『evangelist』のメインダイニングであるフレンチレストランがあった。

「お待ちしておりました、佐伯様」

佐伯と柚の姿を認め、男性スタッフが恭しく出迎えてくれる。柚と同じ年頃のスタッフであったが、ふたりに気を配りながら店内を進んでいく様子は、厳しい教育を受けているだろうことが想像できた。

店内はシャンデリアなどの照明の代わりに、ブラケット照明がところどころに据えつけてあり、ロビーと比べて寛げる雰囲気だった。それでいてアンティークな調度品がさりげなく配置されているため、高級感は損なわれていない。さすがは『evangelist』のメインダイニングだと、柚はしげしげと店内の様子を窺っていた。

「こちらへどうぞ」

スタッフに案内されたのは、窓際の一番奥にある席で店内全体が見渡せる場所だった。左手にある木枠の窓からは都内の夜景が一望でき、ゲストの目を楽しませている。

佐伯はメニューを運んできたスタッフにコース料理を頼むと、柚に視線を合わせた。

「さて、質問は？」

「……たくさんありすぎて、なにから訊けばいいのか」

「どうぞなんなりと。時間がないわけじゃないしね」

しれっと言う目の前の男に、抗議をこめて目をつり上げる。食事をするならすると、なぜ言わないのか。しかも、よりにもよって『evangelist』で、だ。

「どうしてここで、食事をしようと思ったんですか？」

「まずそこからか」

運ばれてきたアミューズ・グールに手を付けつつ、佐伯はさらりと答えた。

「たまに来るんだよ。一カ月に一度くらい、ふらっとね」

「……だったら、他の人と来ればいいじゃないですか」

「プライベートで食事に誘う人間なんて限られているんでね。ひとりで食事をしても、味気ないだろ」

「佐伯さんだったら、声をかければ大抵は喜んできてくれると思いますけど」

銀座の街中であっても、人の目を引く男である。食事相手に困ることなど、まずないと言っていい。しかし、柚の呟きを取り合いもせず彼は話を続けた。

「本城さんは、『Four gardens』以外のホテルをあまり知らないんだろ？」

「それは……そうですが」

「だったらよく見ておくことだ。どうして『evangelist』が一流として名を馳せているのか、その理由がわかるはずだ」

先ほど連れて行かれたショップでも、佐伯は同じようなことを言っていた。それは暗に、ホテルスタッフとしての柚の成長を促していることにほかならない。

なぜ彼は、こんなデートまがいのことまでして、自分を助けてくれるのか。

それは柚にとって核になる疑問なのだが、それよりも先に気づいた事実にハッとする。

「もしかしてこの服は、ここに来るためだったんですか？」

レストランやホテルでは、ドレスコードと呼ばれる服装指定が存在する。フォーマルな正装からカジュアルな略装まで、店舗によってその指定も様々だ。『evangelist』のメインダイニングのドレスコードまでは把握していないが、最初に着ていたカジュアルな服では、入店を断られていたかもしれない。

「前もって言ってくれれば、多少はマシな格好をしてきたんですけど」

「よっぽどきみは、俺から物を受け取るのが嫌なんだな」

「そういう問題じゃないです……」

気になっている男性からプレゼントをされて嬉しくないわけではない。しかし彼の行動は、柚の許容範囲を軽く超えるのである。

佐伯は優美な仕草で前菜に出てきたフォワグラのポワレにナイフを入れながら、言葉に詰まる柚を楽しげに眺めつつ言葉を繋いだ。

「ここのドレスコードは、カジュアルで大丈夫なんだけどね。でも前もって誘っても逃げられそうだし、いろいろ見て回れたからいいだろ」

こともなげに言い放たれて、なにも言えなくなってしまう。

ミスを犯して以来、今まで以上に仕事への探究心が貪欲になっている柚にとって、他のホテルを見学するまたとない機会であるのは事実だった。佐伯の手のひらの上で踊らされているのは居心地が悪いが、超一流ホテルのサービスを受けられるのだから、本来文句を言う筋合いではない。

「……佐伯さんに借りを作ると、あとでなにを要求されるかわからないので恐ろしいです」

「それは俺の気分次第かな」

「……佐伯さんの気分に振りまわされるのは、嫌ですからね」

品よく料理を口に運ぶ佐伯を見ながら、聞こえよがしに呟くしかできなかった。

「それで、『evangelist』のメインダイニングは、きみの目にどう映った?」

いつの間に支払いを済ませたのか、キャッシャーを素通りする佐伯に驚きながら、スタッフに見送られて店を出た。

個人的にまた訪れてみたいと思わせる店だった。そうゲストに印象づけるのは、簡単なようでいて難しい。

料理の味もさることながら、スタッフの動きも計算し尽くされている。さながら完成しているパズルのようだ。ひとりひとりが与えられたポジションを完璧に理解しているからこそ、一流のサービスが提供できるのだ。

「佐伯さんの言っていた意味がよくわかりました。一流ホテルのメインダイニングとして、充分な役割を担っていると思います」

「本城さんは、よくも悪くも素直だな」

エレベーターを待っている間、佐伯はふと苦笑めいた表情を見せた。柚が自分の言葉通り、素直に『evangelist』を観察していた様子がおかしかったらしい。

「え、あ……すみません」

「謝る必要はないだろ。それがきみのいいところなんだし」

「……じゃあ、素直ついでにいいですか」

ブランド物の洋服に、フレンチのディナーと、今日だけで佐伯にかなりの金額を使わせていることが気がかりだった。少しでも返そうと思った柚だが、彼は機先を制すかのように表示盤を指し示す。

「目的階に着くまでの間に片が付くことであれば聞くよ」

到着したエレベーターの扉が開き、佐伯と共に乗り込む。彼は三階を押してから、ふたたび柚に視線を移した。

「なにか言いたいことがあればどうぞ?」

「言いたいことはいろいろありますけど……まずは、食事代だけでも払わせてもらえませんか?　さすがに、なんの理由もなく奢っていただくわけにいきません」

「ハウスキーパーとしての報酬だと思えばいい。充分な理由だろ」

「報酬に見合う働きをしていないのに、こんな……」

反論が終わらないうちに、エレベーターは三階へ到着してしまった。

「残念、時間切れだ」

柚が言いたいことをわかったうえで、聞くつもりはないという態度である。

(せめて帰るまでには、食事代だけでも受け取ってもらおう)

心に決めてエレベーターから降りると、周囲は静まり返っていた。

「この階には、『evangelist』が誇る大小様々な宴会場が並んでいるんだ」

ちなみに二階には正餐千名収容可能な大宴会場があり、有名人の披露宴なども数多く執り行われている。国内では最大級の宴会場だ。テレビや雑誌などでしか目にしたことがなかったため、柚は自分がいるのが不思議な気分だった。

婚礼サロンや美容院などが並ぶ中、佐伯は迷いのない足取りで進んでいく。辺りを見回しながら後をついていくと、彼は突き当たりにある扉を開いた。

その瞬間、柚は驚いて佐伯を仰ぎ見る。

「ここは……」

「勝山さんのパーティが行われる会場だよ。もう少し早い時期なら、あの窓から見事な桜が見えるんだ。だからこの部屋は通称『桜』と呼ばれている」

佐伯は一歩中へ踏み入ると、入口で立ち尽くす柚を振り返った。

「今日『evangelist』に来たのは、この場所を見せようと思ったからだ」

「……どうしてですか？」

「きみが、ひどく落ちこんでいたから、かな」

彼の視線が柚から部屋に移り、つられて部屋の中を見渡した。

部屋は白を基調としたヨーロッパ風のデザインで、調度品や絵画も部屋の雰囲気に合わせて淡い色合いのものが選ばれていた。正面に見える大窓から光が射しこめば、照明がなくても充分に明るい室内であろうことが想像できる。

パーティ用のセッティングがされていない分、広く感じられたが、パーティの当日は勝山をはじめとする多くの人で賑わうだろう。

白の壁面だから、テーブルクロスには鮮やかなスカイブルーが映えるかもしれない。フェミニンにまとめるならば、クリーム系やシアーピンクもいいだろうか。卓上装花には白やピンクの薔薇やガーベラなどを選べば、華やかな空間が演出できそうだ。

自分のミスで携わることが叶わなくなった悔しさと、勝山の祝い事が無事に執り行われる嬉しさとがない交ぜになって柚の心に去来する。

（いつか機会に恵まれたら、必ずゲストの心に残るような空間を提供しよう）

ひと月後にはこの場で見られるであろう勝山の笑顔を想像しながら、固く心に誓った。

「ありがとうございます、佐伯さん。パーティ会場が見られて良かったです。気持ちの整理ができました」

「それはなにより。そろそろ行こうか」

部屋を出て来た道を戻りながら、優しい眼差しを向けられる。視線が合ったその瞬間、柚の鼓動が大きく跳ねた。佐伯の雰囲気が思いがけず柔らかで驚いたのだ。

「……佐伯、さん？」

「連れてきて良かったよ。あの夜のきみは本当に落ちこんでいたし」

「……ご迷惑をおかけして申し訳ないです」

「本城さんといると飽きないね。常に、なにか刺激がある」

トラブルメーカーだと言われたようで心外だが、思えば最初の出会いからして迷惑をかけていた。にもかかわらず、ずいぶん好意的であるように思う。

真意を語らずに柚を翻弄するかのような行動をとるが、それらは失恋で落ちこんでいた柚の心を浮上させただけに留まらず、仕事上でのミスまでもフォローしてくれた。

結果的に、振り回されながらも佐伯に助けられてきたのだ。彼の今までの言動を思い起こすと、胸が高鳴るほどに。

「佐伯さん」

エレベーターホールに来ると、一度目を伏せた柚は、意を決したように佐伯を見上げた。

「どうした？」

「今日のお礼をさせてください。──佐伯さんの望む方法で」

小さいがはっきりとした口調で告げた刹那、佐伯は虚をつかれた顔を見せた。

ふたりの視線が宙で交わる。感情を探るような、それでいてどこか熱のこもった視線に、身を竦めた柚は視線をさまよわせた。

自分がなにを言っているのかは当然理解している。そしてそれは、この聡い男も同じはずだ。だからよけいに恥ずかしく、佐伯の顔が見られない。

「……それはまた、ずいぶんと大胆なことを言うね。なんなら今から、インペリアルスイートでも取ろうか」

「なっ……」

今度は柚が驚く番である。インペリアルスイートは、『evangelist』の名を冠したスイートルームと並び、ホテルの中では最上級の客室だ。今までの行動からすると、なまじ冗談に聞こえないのが恐ろしい。

二の句を継げずにいると、佐伯が口の端に優美な笑みを乗せて距離を詰めてくる。

「そういう意味じゃないのか？　俺になにされてもいいって聞こえたけど」

「わたしは、ただ……佐伯さんに、お礼をしないとって」

「俺の望む方法で、だろ？　だから相応の部屋で、礼を受け取ろうかと言ったんだよ」

エレベーターの扉が開き、彼が乗り込む。柚が後に続くと、彼はポケットからカードキーを取り出した。

「あの……？」

「インペリアルスイートではないけど、ここの部屋は年間契約しているんだ」

階数表示板の脇にある差しこみ口にカードキーを入れた佐伯は、上階を押した。扉が閉まり箱が上昇したところで、柚の顔を覗きこむ。

「素直なのはきみのいいところだ。でも、下心を持つ男の前では少し無防備だな」

目的階に到着したエレベーターが止まり、開いた扉を手で押さえた佐伯が笑った。

「本気ならおいで、本城さん」

「っ……」

誘うような台詞と表情に息を呑む。いや、この場合、誘ったのは柚のほうということになる。実際、心の底で望んでいた。この男と過ごす時間を。

しかし、本来であれば、明らかに深入りしないほうがいい相手だ。それは、本能的に理解している。謎が多く、一癖も二癖もある男など、恋愛経験の少ない柚では太刀打ちできないだろう。

（でも、わたしは……）

佐伯をもっと知りたいと思っている。本音を見せず煙に巻く男だが、その行動は柚に手を差し出すものだったから。

『物事にはね、〝絶対〟は、存在しないんだよ、本城さん』

恋愛感情を持つなど、天地がひっくり返ってもありえない――断言した柚に対し、佐伯はそう言った。たしかに彼の発言は正しかった。何事にも、〝絶対〟はないのだ。現に、こうしてこの男に囚われている。

脳内でぐるぐると考えを巡らせていた柚は、それでも一歩を踏み出した。

恋をするなら安心感を与えてくれる人がいい。その点で佐伯は正反対で、安心どころか常に振り回されている。

けれど、傲慢に見える振る舞いの中に潜む優しさに気づいてしまえばもう駄目だった。あとはもう、惹きつけられて離れられなくなる。

エレベーターから出ると、佐伯は廊下の一番奥にある部屋の前で足を止めた。端末にキーをスライドさせて扉を開き、柚を中へ促す。

(わ……)

『evangelist』の客室に初めて入った柚は、豪奢な内装に圧倒された。リビングとベッドルームが一体となった部屋だが、かなり広々としており手狭な印象はない。ベッドの大きさといい、高級感のある調度品といい、見るからに普通の客室ではない。

「スイート……ですよね？　ここ……」

「ジュニアスイートだよ。『evangelist』で年間契約できるのは、このクラスだけだ」

言いながら上着を脱いだ佐伯はそれをソファへ置き、ベッドに腰を下ろす。彼が動いたことで、部屋を観察している余裕がなくなり、柚は視線を俯かせた。

ここへ来たのは自分の意思とはいえ、緊張しないわけじゃない。その場から動けずにいると、佐伯がくすりと笑みを漏らす。

「きみは、焦らすのが好きなんだな」

「え……」

顔を上げると、佐伯が柚に向かって手のひらを差し出した。この先は自分で選べと言われているかのようだ。

差し伸べられた手を摑んだ瞬間から、彼との関係は変化する。少なくとも、今までと同じではいられない。

いや——もう、このままの関係では、物足りない。もっと深く佐伯に踏み込みたかった。

ベッドまで歩み寄った柚が、佐伯の手を取る。その瞬間、ごくわずかに彼の指先がぴくりと動いた気がしたが、確かめる間もなく思い切り引き寄せられた。

気づけば彼の腕の中に収められ、どきりと鼓動が大きく鳴り響く。自らの意思で触れたのは初めてだった。最初の出会いからすれば、ずいぶんと気持ちが変わったものだと自分のことながら苦笑する。

(でも……こんなふうに扱われたら、好きにならないほうが無理)

佐伯の望む方法で礼をしたいなんて、ただの口実に過ぎない。けれど、そんな理由でもなければ、一歩踏み出せなかった。

この男は嵐のようだ。あの夜に出会わなければ、きっと今ごろはまだ失恋の痛みから立ち直れていなかった。

「本城さん」

名を呼ばれて顔を上げると、佐伯が薄く唇を開く。とてつもない色気にぞくりとしたとき、唇が重ねられた。

「っ、ぅ……ンンッ」

彼の舌先が柚の口腔へ忍んできた。すでに何度かキスを交わしていたが、今日初めてするような緊張感を味わっていた。――佐伯を好きだと、自覚したからだ。

自分の気持ちが伴っていると、身体は覿面に熱くなっていく。いやらしく口内を這いまわる舌に気を取られていると、不意に彼の手が肩に触れた。

キスをしながらカーディガンを脱がされ、その手でワンピースのファスナーを下ろされた。布が肩から滑り落ち、背中に空気が触れたことで小さく身を震わせる。

彼の動きのひとつひとつに、過敏に反応していることを自覚した柚は、内心で動揺していた。自分がひどく乱れてしまうのではないかと恐ろしくすらある。

思えば最初から、佐伯を前にすると冷静でいられなかった。この男のペースに巻き込まれ、いつしか彼のことを考える時間が多くなっていたのだ。

「は……また、そそる顔をするな、きみは」

息継ぎの合間に告げられたが、返事をする余裕はない。佐伯が空いている手で胸のふくらみに触れたからだ。

「んっ……」

佐伯に触れられていると思うと、それだけで高揚してくる。好きだと認めた途端に現金かもしれないが、柚にとっては重要なことだった。

出会ってからそう間もない男性に惹かれていることが信じられなかった。だが、ひとたび意地を捨ててしまえば、素直な気持ちが顔を出す。

(悔しいけど、好き……佐伯さんのことが……好きなんだ)

心が緩やかに解けていくと、身体から力が抜け落ちる。すると、見計らったように押し倒され、ブラを引き上げられた。

「や……」

零れ落ちて揺れるふくらみを隠そうとするも、それよりも先に佐伯が唇を寄せてきた。熱く濡れた舌が乳頭に触れ、快感で肌が粟立つ。

彼を好きだと認めたことで、強い悦びが身体の中から湧き出ていた。

乳頭を口に含まれて強く吸引されると、腹の内側がじんじんと疼き出す。形容しがたい感覚に、柚は知らずと下腹部に力をこめる。

(……身体が、熱い)

彼の唇が胸の膨らみを辿っていく。触れられた部分は熱く火照り、彼の熱が自分に吹き込まれていくようだ。

「心臓の音がすごいな」

「緊張して……いるんです。けど……」

ただ、佐伯に触れられるのが嬉しいのだ。今、この瞬間だけは、なんの制限も駆け引きもなく、互いの姿だけしか見えていないから。

しかし、言葉にはできない。明確に好意を伝えれば契約を違えることになる。だからこそ、この時間は貴重だった。

「緊張を感じるってことは、まだ余裕があるんだな」

「あ……っ、ンッ……」

乳頭を指の腹で押しつぶされ、腰が跳ね上がる。

普段は摑み所のない男の顔が、欲情に満ちている。彼のそんな顔を見たのは初めてだった。自分がそうさせているのだと思うと、なおさら愛撫に胎内が潤んでしまう。

佐伯は口中で乳首を舐め転がし、時折反応を窺うように上目遣いで見つめてくる。彼の視線に晒されると、なにもかもを見透かされているような気にさせられた。

すでに、佐伯には気づかれているのかもしれない。彼に心を奪われ、これ以上なく昂ぶっていることを。

この行為は、あくまでも〝礼〟のためだ。そう彼に信じてもらうために、取り繕わなければならない。

柚が自身に言い聞かせていると、不意に佐伯の手がスカートの中に入ってきた。太ももを撫で上げられてぴくりと腰が揺れたとき、指先がショーツの脇から侵入する。

「ん、あ……ッ」

割れ目に指が沈んだかと思うと、上下に動かされる。佐伯はたやすく花芽を探り当て、指の腹で押し擦ってきた。胸と恥部を愛撫されればひとたまりもなく、彼の齎す愉楽に嵌まっていく。

「感じやすいんだな、本城さんは」

指の動きはそのままに、佐伯が胸の頂から唇を外した。不敵に微笑みながら一番の弱点を攻め立てられて、蜜口から愛液が滴り落ちる。花弁を濡らす淫らなしずくは止めどなく溢れ出し、顔を覆いたくなるほど恥ずかしくなる。

「さっ……佐伯さんの……っ、せいじゃ、ないですか、ぁっ……ん!」

「そうだな。ほかの誰でもなく、きみを感じさせているのは俺だ」

彼の呼気が肌に吹きかかり、空気の揺れに肌が粟立つ。やはり佐伯は柚の状態を正確に把握し、言葉でも煽ってきた。そうすることで、いっそう敏感になるのを察している。

佐伯の指が胸の頂を摘まみ、優しく扱いていく。唾液に塗れたそこは硬く凝り、淫蕩な形に勃起する。舌とは違う愉悦を与えられたことで、胎内は火照りを増していた

(こんな……恥ずかしすぎる……)

ショーツの中は、湧き出た蜜で濡れていた。これでは下着どころか服まで汚してしまう。

気づいた柚は、焦って佐伯の腕に触れる。

「服……汚れ……っ、だから……あぁっ」

「汚れたらまた買えばいいよ。脱がしてほしいという要望なら受け付けたいところだけど……俺も、そう余裕はないんだ」

言いながら、佐伯の指が蜜口に侵入した。くちゅり、と音を立てつつ、長い指を根元まで挿入されて身震いすると、媚肉をぐいぐいと押し擦られる。

「ん、ぁあ……っ」

胸の先端と蜜孔を同時に刺激され、柚は堪えきれずに大きく喘いだ。刺激を受けた蜜孔がぎゅっと窄まる。佐伯の指を悦んでいるのだ。

これほど乱れることなど今までになかった。何をされても感じてしまい、彼の動きに合わせて腰が揺れてしまう。

(声、止まらない……！)

自分ばかりが昂ぶっているのが居たたまれず、両手で口を覆う。すると佐伯は、「我慢しなくていい」と言い、煽るように乳首を捻る。

「や、ぁっ……」

余裕がないと言いながら、佐伯の表情は崩れない。ただ、いつも冷涼な切れ長の瞳の奥に灯った欲望の火が柚の心をざわめかせる。

いつから好きになっていたのか、明確な時期は定かでない。恋愛感情を持ってはいけない契約で、自分自身もまさかここまで関わることになるとは思っていなかった。

それなのに、もっと、もっと深く、この男を知りたいと強く願っている。それは、本能的な欲求だ。異性に対して強くそう感じることなど初めてで、だからこそ戸惑いもある。

これ以上、夢中になるのが怖いのだ。

「まだ没頭できないのか。これなら手加減しなくてもよさそうだ」

「えっ……あ……!?」

柚の意識がわずかに逸れたのを佐伯は見逃さなかった。

二本に指を増やした彼は、蜜孔をぐるりと旋回する。繊細な動きで媚肉を摩擦され、内股が小刻みに震える。腰を左右に振って必死で愉悦を逃そうとすれば、指の節が肉壁に引っかかり、より鮮烈な快感が全身を駆け抜けた。

「佐伯さ……だ、め……っ」

彼の指技は巧みで、柚の感じる場所を的確に攻めてくる。内壁を擦り、同時に乳首をくりくりと捏ね回されたことで、絶頂感が強くなる。

身体はすでに堪えきれないほど高まり、佐伯の指を締め付けている。指を食んだ媚肉はひどく卑猥な動きで蠢き、柚自身を快楽の渦に引きずり込む。

「そのまま達けばいい。見ているから」

無意識に腰を揺らせば、佐伯が指の動きを速め、薄く笑みを浮かべた。

「やっ……んぁあっ」

彼は蜜孔に挿れた指を抜き差ししつつ、花芽を親指で弾いた。柚を絶頂へと追い詰める動きだ。わかってはいるが、熟した胎内は佐伯の思うままに快感の頂へと突き進む。

佐伯はその言葉通り、柚から視線を逸らさない。彼に痴態を見られている。その事実はひどく羞恥を覚えるのに、同じくらいに悦びを覚える。心の動きに身体が影響され、視線すら快楽へと変換されていく。

(もう、我慢できない……!)

佐伯の視線を浴びながら、シーツの上で踊るように肢体をくねらせた。

蜜孔に埋められた指がバラバラと動き、下肢が熱くなっていく。さらには胸の先端を交互に弾かれれば、柚は抗う術もなく刺激を享受するのみだった。

「佐伯さ……さえき、さん……っ」

ほぼ無意識に彼を呼べば、短く唇が重ねられた。間近で彼と目を合わせたのを合図に、肉洞を行き来する指の動きが激しくなる。

愛液を吸った蜜襞を押し込まれた刹那、柚の視界に火花が散った。

「あ、あっ……ッぁああ……っ」

体内が喜悦に満たされ、びくびくと痙攣する。佐伯の指を思いきり締め付け、極みまで一気に駆け上がった。

呼吸が上手く整わず、言葉が出てこない。肌を伝う汗の感触にすら過剰になり、全身が性感帯になったのかと思うほどだった。

絶頂の余韻でぼんやりしていると、ずるりと指が引き抜かれる。小さく声を上げて身震いしたとき、佐伯と視線が絡んだ。

（あ……）

佐伯は普段の彼とはまったく雰囲気が違っていた。いつも本心を見せず人を喰ったような態度だが、今目の前にいる男は欲望を隠していなかった。言葉はなかったが、表情で雄弁に語っている。

これからおまえを抱くのだ、と。

ただ見つめ合っているだけなのに、ひどく身体が昂ぶっている。今夜を境に関係が変わるのだと感じ、期待と不安とで心臓が躍り狂っていた。

佐伯が柚に手を伸ばし、頬に触れる。達したばかりで敏感になっているため、意図せず身を震わせると、彼がふと口角を上げた。

頬を辿った指先が口の端に触れ、誘うように唇をなぞる。わずかに口を開けば、彼がゆっくりと近づいてきた。

佐伯の吐息が唇に触れ、キスの予感に目を閉じかけた。そのときである。

ふたりの間に電子音が流れ、静寂を切り裂いた。

音を聞きかすかに眉を寄せた佐伯は、「待っててくれ」と短く告げると、先ほどソファへ置いた上着から携帯を取り出した。

「――はい。……ああ、大丈夫だ」

電話に応答した佐伯は、これまでと雰囲気が一変した。おそらく、なんらかのアクシデントが生じたのだ。柚が身体を起こすと、通話を終えた彼が歩み寄ってくる。

「悪いが、急用ができて今から出ることになった」

「えっ……」

「きみは泊まっていって構わない。荷物はフロントへ預けておく」

話しながら上着に袖を通した佐伯は、小さく息をつく。

「送れなくてすまない。この埋め合わせは必ずするから」

「わ、わたしのことは気にしないで大丈夫です。それよりも、早く行ったほうが……」

「そうだな。……また、連絡する」

腕時計に目を遣った佐伯は、柚の頭を一撫でして部屋を出て行く。その様子は先ほどまでベッドで見ていた彼とは違い、欲望を感じさせるどころか一分の隙もなかった。

「……うう、信じられない」

ジュニアスイートにひとり残された柚は、唸り声を上げてベッドに突っ伏した。

体内がまだじんじんと疼いている。佐伯に愛撫され、達したことが現実なのだと身体が訴えていた。

電話がかかってこなければ、あのまま抱かれていたはずだ。だが、達して乱れていたのは自分だけ。それがなおさら恥ずかしい。

(今度会うとき、どんな顔すればいいの……)

かなりの勇気を出して一歩を踏み出したにもかかわらず、これではなにも変わっていないのではないか。

夢から覚めて現実に引き戻された心地がして、柚は頭を抱えたくなった。

第四章　契約の変更

六月に入ってからというもの、『Four gardens』のチャペルでは、婚礼が立て続けに執り行われていた。

土日ともなれば、柚の所属しているラウンジをはじめ、すべての宴会場はパーティの予約で埋め尽くされている。五月の大型連休ほどではないにせよ、派遣スタッフを増員しての態勢で臨むほど、ホテルの稼働率は高かった。

疲労の残る身体を起こすように、柚は朝の更衣室で大きく深呼吸をした。

数日前、久しぶりに佐伯から、『都合が付く日の連絡を』とだけ記されたメッセージが届いた。会えばひと癖もふた癖もあり舌鋒鋭い男だが、文面はいたってシンプルだ。

最後に会ってから、半月は経っている。単に多忙だったのか、それとも柚の動揺を見透かして時間を空けたのか定かではないが、この時間の猶予はありがたかった。

心の準備のないまま佐伯と顔を合わせれば、間違いなくこの前の夜を思い出す。自覚があるだけに、困っているのだ。

とはいえ会えない日々が続けば、やはり会いたいと思ってしまう。

(でも、来月のシフトがまだ確定してないんだよね)

この時期はこぞって夏季休暇の申請があるため、調整が難航しているのだろう。

シフトを作成する柳の苦労を思いつつ事務所へ向かった柚だが、願いが通じたのか、朝のミーティングで各自にシフト表が配られた。

引き継ぎ事項などを確認しながらも、自分の休日がつい気になってしまう。

来月は休みの希望を出していなかったし、互いに都合がつかなければ佐伯とは会えないだろう。

(まだお礼も渡せていないし……休憩時間に、ゆっくり確認してみよう)

ミーティングが終わると、シフト表をポケットに入れた柚は、皆と事務室を出ようとした。ところが、なぜかマネージャーの柏木に呼び止められる。

「本城、ちょっと残れ」

「はい」

(まさか、また何かミスをしたんじゃ……)

他のスタッフがラウンジに向かう中、柏木と柳の両名と共に事務所に残された柚は、ここ最近の自分の仕事ぶりを反芻する。ミスらしいミスは思い浮かばなかったものの、気付かない部分でなにかしでかしたんだろうかと、知らずと表情が硬くなっている。

神妙な面持ちの柚に、柏木は「そんなに緊張するな」と言って柳と顔を見合わせると、おもむろに話を切り出した。

「八月に、ブライダルフェアがあるのは知ってるな?」

「はい」

『Four gardens』では年に三回、大規模なブライダルフェアが開催される。ホテルのホームページやパンフレットなどの販促用に、ホテル全体で撮影が行われる大がかりなものだ。そのため、フェアに関わる部署はその準備に追われていた。

八月のフェアでは、ゲストが列席者として参加でき、実際に挙式の流れを見せる模擬挙式が行われる。リーズナブルな値段で本格的な挙式・披露宴が見学できるということで、成約したゲストの利用も多い好評のイベントだ。

ラウンジはその性質上、フェアに直接関わるわけではない。イベント風景や館内の写真撮影にあたり、ゲストの導線確保などを手伝うことはあるが、それらもほぼホテルの広報や営業が主体で取り仕切るため、ラウンジスタッフの出番は少ないのだ。

とりあえず、仕事のミスを指摘されるわけではなさそうだ。柚が安心したところで、柏木は話を続けた。

「今回のブライダルフェアでは、ラウンジのスタッフが模擬挙式を担当することになった。新郎役を柳に頼んだところなんだ」

柏木の視線が柳に移り、柚もその後を追う。柳の顔は、心なしか引き攣って見えた。

珍しい表情に首を傾げると、柏木が苦笑を漏らす。

「本城は今回、『vista』で予定されているブライダルルームを担当してもらいたい」

「わたしが、ブライダルルームを……?」

フェアの一環として、ホテルにある大小合わせて四つの宴会場で、ウェディングプランナーによるブライダルルームが作られるという。『vista』でも同様に、テーマに合わせて装花などで演出するらしい。

やりがいはありそうだが、はたして自分に務まるだろうか。不安が表れていたのか、柏木は軽く柚の肩を叩いた。

「柳は模擬挙式にかかりきりになるし、負担は大きくなるだろうが……本城にとってもいい経験になるだろう。どうだ、やってくれるか?」

上司から頼まれて嫌だと言えるはずもない。ましてや以前の失態で迷惑をかけたという自覚があった柚は、静かに首肯した。

「わかりました。不安もありますが、頑張ります」

「ラウンジの業務と兼任は苦労も多いと思うが、頼んだぞ」

柚と柳を交互に見た柏木は、ふたりを残して事務所を後にした。

ようやく緊張が解け、先ほどからひと言も発しない柳に目を向ける。すると、露骨に眉をひそめられた。

「言いたいことがあるならハッキリ言え」

「……もしかして、新郎役が嫌なんですか？　柳さん」

「仕事だから仕方ない。だけど、自ら進んで志願はしないな」

模擬挙式の新郎新婦役は、各部署が持ち回りで担当することになっている。プロのモデルに依頼するのではなく、ホテルスタッフが新郎新婦を演じることで、ゲストにより身近にウェディングを体験してもらおうという狙いがあるからだ。

だが柳は、そういったイベントで張り切るタイプではない。どちらかといえば、裏方で仕切っているイメージが強かった。

「しかもおまえがブライダルルームを担当だしな。ヘマしないか気が気じゃない」

「少しは信用してくださいよ」

「信用されたいなら、しっかりやれ。大きなイベントだから気を抜くなよ」

あいかわらずの毒舌ぶりだが激励だと受け取り、力強く返事をした。

（……う、どうしよう）

その日。遅番で勤務に就いていた柚は、食事休憩中に悶々と考え込んでいた。佐伯へどう連絡するべきか、悩んでいたのである。

シフトが出たため、自分の休日を伝えればいいだけの話だ。だが、先日の一件がどうしても脳裏を掠める。

今度佐伯と会えば、〝この前の続き〟になるかもしれない。そうなれば、柚は拒まず彼に抱かれるだろう。自覚があるため、どうしても意識せざるを得ない。

（わたしの気持ちなんて、とっくにバレてるんだろうな……）

〝お礼〟という口実で、佐伯に抱かれることを望んだ。柚にしてみれば、かなり思い切った決意だった。

これほど急速に恋に落ちるなんて想像すらしなかった。けれど、戸惑いはあっても後悔はない。佐伯の言葉や行動に助けられ、救われ、今の自分がいるのだ。たとえ契約を破っているとしても、この気持ちは止められない。

（平気な顔して会える自信がないなぁ……もう、なんでこんなに悩んでるんだろ）

恋をすると感情が忙しなくなるのだと今さら思い知る。前の恋愛よりも厄介だが、彼について考える時間はけっして嫌ではない。出会ったころでは考えられない変化だ。

「――なんだよ、ボケっとして。食わないのかよ、おまえ」

思考に耽っていると、柳が怪訝な表情を浮かべつつ対面に腰を下ろす。完全に気を抜いていた柚は、上司の登場に思わず背筋を伸ばした。

「や、柳さん！　驚かさないでくださいよ」

「おまえが勝手に驚いたんだろ。ったく」

遅番はスタッフの数が昼間よりも減り、他の部署と休憩時間がほぼ被らない。今はディナータイムの書き入れ時で、よけいに人が少なかった。そのため意識が完全に内側に向いていたようだ。

「考えごとをしていたんです」と、ごまかすように笑うと、訝しげに眉を寄せた柳は、夜食であろうカップラーメンを食べ始めた。

「いつにも増して締まりのない顔してるな、おまえ」

「さすがに毒舌が過ぎるんじゃ……」

「事実だろ」

断言されてしまえば、否定もできない。佐伯への気持ちに気づき浮き立っているのは自覚している。二十四年の人生の中で初めて味わう感覚に戸惑いはあるが、ひたすら目を背けてきた想いを認めたことで心が軽くなったのだ。

「柳さんはポーカーフェイスですし、めったに顔に出さないですよね。模擬挙式の話では、珍しく表情に出てましたけど」

話題に他意はなかったのだが、なぜか柳は一瞬嫌そうに顔を歪めた。

「……感情表現が苦手なんだよ。それで振られたこともあったしな」

「え！　それは初耳です。柳さん珍しいですよね、そういう話」

「たまには俺だって、世間話くらいする」

プライベートなことを滅多に話さない柳が珍しく自身を語ったものだから、柚でなくとも驚くのは当然だ。村野あたりならば、すかさず明日の天気を心配するかもしれない。

「じゃあその……ついでと言ってはなんですが、訊いてもいいですか？」

「話したいなら話せ。大した話じゃないなら聞かせるなよ。時間の無駄だからな」

平日の遅番の時間帯は、客足も比較的緩やかだ。『vista』が会議やパーティに利用されている場合は別だが、通常のラウンジ業務のみならば、雑談する程度の余裕はある。

状況を踏まえた柳の発言を聞き悩んだものの、思い切って話を切り出した。

「友達の話なんですけど……好きになっちゃいけない人を好きになった場合って、どうすればいいんですかね？」

「は？　また抽象的なことを。不倫でもしてるのかよ」

「し、してませんよ！」

「〝トモダチ〟の話なんだろ？　なに焦ってんだ」

慌てて首を振った柚に、柳は冷たい眼差しを向けて立ち上がった。その足で食堂に備えつけてある給茶機へ向かい、ふたり分のコーヒーを淹れて戻ってくる。

「不倫じゃないなら他人の彼氏か？　なんだよ、好きになっちゃいけない人って」

「そういうドロドロしてる関係じゃないんですけど、住む世界が違う人……らしいです」

契約云々に関しては余計な不信感を持たれそうなので、そこには触れずに話を進める。

「最初は全然そんなつもりなくて、むしろ嫌な人だと思ってたくらいなんです。それが、その……一緒に過ごしていくうちに、どんどん惹かれていって」

人に話すことで気持ちが整理できるのか、柚は自分の心の移り変わりを客観的に見つめていた。

晴臣に振られて間もなく迎えた最悪の誕生日、一年の始まりともいえるその日に出会ったのが佐伯だった。第一印象は、けっしてよくはない。『俺に、恋愛感情を持たないこと』と尊大な言葉を放たれて、佐伯に恋心を持つことなどありえないと断言したほどだ。

ところが言葉とは裏腹に、共に過ごす時間が増えていくにつれて恋心が膨らんでいた。

恋愛感情を持つなと言いながらも、佐伯は柚が困っていると手を差し伸べてくれる。そのたびに心はかき乱され、好きにならずにいられないほど強く惹かれていた。

「……不思議ですよね。恋なんてするつもりなかったし、どう考えても釣り合いが取れていない相手なのに」

語り終えた柚が一呼吸置くと、しばらく無言でコーヒーを啜っていた柳が息を吐いた。

「住む世界が違うってなんだよ？　王族相手でもあるまいし、大袈裟な話だな」

「あるじゃないですか。生活のレベルとか、なにもかもに格差を感じることって」

半分以上揶揄している柳に反論しかけたが、「……って、友達が言ってました」と、取ってつけたようなひと言を加えた。〝友人の話〟という設定を忘れかけ、相談しようとしていたのだ。

柳はうさん臭そうに柚を見遣ると、聞こえよがしに溜め息を吐いた。

「でもまぁ……環境は大事なんだとは思うけど」

「環境、ですか？」

「学生時代に付き合ってたヤツと、就職した途端ダメになったりするだろ？　ある程度時間の融通がきく学生時代とは違って、社会人になればお互い会社に拘束されるし」

柚は取り繕うこともできず、一瞬顔を強張らせた。それはまさに、最近経験した別れの理由に該当するからだ。

学生時代からの付き合いだった晴臣の心変わりの理由のひとつが、ふたりの時間のズレ――つまり、会う時間がなかなか取れないことだった。

ホテル勤務の柚は、ほかの企業に比べると生活が不規則になりがちで、今日のように遅番勤務ならば帰りは日付を跨ぐことが多い。それに平日休みが多く、一般企業とは休日体系がまるで違う。すれ違いが多くなるのも当然と言えた。

「恋愛にばっかりかまけてられなくなる。そうなるともうお決まりのパターンだよ」

妙に実感がこもっている台詞に、柳の言わんとしていることを理解した。

「もしかして、『仕事とわたし、どっちが大切なの？』ってやつですか？」

「……ついさっき、彼女から言われた。大体さ、仕事しなきゃ食えないし生活できないだろ。仕事をないがしろにして恋人を優先するとか、ロクな男じゃないと思うけどな」

「まあ、それはそうなんですけど……」

どうやら来月のシフト関連で、柳は彼女からクレームがついたようだ。

どちらかといえば、柚も柳に近い立場である。ここで責めてしまえば、自分自身を責めているのと同じことなのだが——心情的には、柳の恋人の気持ちも理解できた。

どれだけ仕事が忙しくても、ほんの少しだけでいい。自分との時間を作る努力をしてほしいのだ。仕事を持つ身では、双方の努力なくして会うのは難しいのだから。

つらつらと考えを巡らせていたとき、あることに思い至ってハッとする。

(佐伯さんは、わざわざ時間を作ってくれてた)

けっして時間に余裕があるわけではなさそうだが、それでもつらい時にそばにいて手を差し伸べてくれた。言葉だけではなく、柚のために行動を起こしているのだ。

恋に落ちたのは、無意識のうちに理解していたのかもしれない。晴臣に望んでも叶わなかったことが、佐伯によって叶えられている事実を。

「きっと、彼女だってわかってると思います。でも、『おまえが大事だ』って言ってほしい時があるというか」

「男だって同じだよ。『仕事頑張れ』ってケツを叩いてほしい時もあるんだよ」

コーヒーを飲み干した柳は、おもむろに立ち上がると、空になったカップを厨房前にある洗い物専用のカゴに入れた。

「素面で話す内容じゃないな。ったく」

「でも、プライベートな話が聞けて、柳さんが身近になった気がします。彼女と仲直りできるといいですね」

「俺のことよりも、おまえの〝トモダチ〟に伝えておけ。あまりにも自分と違う環境や境遇のヤツとは、結局うまくいかないんだってな」

「……わかってますよ。言われなくても……多分」

「だったらいいけどな」

口調は素っ気ないが、口ほどに嫌味な人柄でないことは心得ている。「泣いても慰めてやらないからな」と言いながら背を向けた柳に、曖昧に笑うしかできない。

ポケットから取り出したシフト表に目を通した柚は、小さくため息をついた。

柳が模擬挙式に参加することもあり、ブライダルフェアに合わせて組まれたシフトはかなり変則的だった。早番と遅番が交互に入り乱れているうえに単休ばかりのため、休日に予定を入れるのは躊躇われる。

これでは、佐伯と会う時間はなさそうだ。会えば会うで悩みも増えるが、会えなければ余計に想いを募らせてしまう。よくよく考えれば、なんら生活の接点がない佐伯と今まで頻繁に会えていたのは奇跡なのだ。

現在はかろうじて佐伯から手を差し伸べられている状態だが、いつその手が下ろされるともしれないのだ。それは彼に想いを寄せている柚にとって、想像すらしたくない現実だ。でもそう遠くはない未来に必ず訪れるであろうことは、頭の片隅で理解していた。

だったらいっそ、自分から距離を置いたほうが傷は浅くて済むのではないか。今なら忙しさを理由に、距離を取ることも可能なのだ。

(そんなこと、できないくせに)

心の中で自嘲した柚は、意を決したように携帯を手に取った。現在の状況と、都合のつきそうな数日を記してメッセージを送信する。

心が佐伯に占領されているのなら、行動したほうが建設的だ。余計なことを考えて落ちこんでいる余裕はない。

それに、プライベートにばかり気を取られるわけにはいかない。ブライダルルームを任されている以上、気を引き締めて臨む必要がある。

柚は自分を叱咤するように、ピシャリと両手で頬を叩いた。

金曜の夜、柚は佐伯のマンションに向かって歩いていた。

翌月のシフトをメールで伝えてからも連絡が来なかった佐伯から、「話がある」と呼び出されたためである。

緑豊かな木々の合間から、闇に紛れる直前のアースカラーの外観が見えてくる。初めて訪れた時よりもだいぶ日が延びて、頬を撫でる風も暖かい。日中は長袖ではもう汗ばむ陽気になっていて、着実に季節の移り変わりを感じさせた。

佐伯との約束は十九時だったが、少し早めに着いていた。コンシェルジュの大石に会うためだ。改めて礼を言いたいという柚の申し出を恐縮しながらも受け入れてくれたのだ。佐伯が取りなしてくれたのも、応じてくれた要因のひとつだろう。

御影石の階段を上がっていくと、柔和な笑顔を湛えた大石が出迎えてくれた。

「本城様、いらっしゃいませ」

「今日はお忙しいところ、お時間を取っていただいて感謝します」

「いいえ。こちらこそ、お気遣いありがとうございます」

大石に続いてロビー中央にある階段を上がると、以前佐伯と利用したことのあるラウンジスペースに案内された。大窓からは夕闇に暮れる佇むが見渡せて、ここが都内であることを忘れさせる風情を醸し出している。

一度コンシェルジュカウンターへ戻った大石は、ほどなくして上品な茶器を柚の前へ差し出した。

「どうぞ。私相手では退屈でしょうが、佐伯様がご帰宅されるまでお相手願えますか」

「い、いえ！　こちらこそ、大石さんとお話しできて光栄です」

柚は、狼狽えつつ頭を下げた。『evangelist』の元総支配人と聞いた後では、余計に大石の所作に目がいってしまう。無駄のない上品な物腰とさりげない気配りは、一朝一夕でできあがったものではない。物腰も優雅で、年齢はだいぶ違うが柚の上司である柏木の雰囲気にも通じるところがある。

「本城様のお役に立てるお話ができればいいのですが」

柚の対面に座った大石は、ふと笑みを零した。歳を重ねた男性にしか出せない貫禄に、柚は知らずと姿勢を正す。

「お話を伺えるだけでありがたいです。実は先日、佐伯さんに『evangelist』に連れて行っていただいて、勉強したばかりなんです」

「『evangelist』に……でございますか？」

「はい」

柚は『evangelist』の内部の様子や、スタッフのきめ細やかなサービスを思い出しながら、自分の刺激となったことを話して聞かせた。静かに耳を傾けていた大石は、どこか驚きを浮かべた表情で呟いた。

「そうですか。佐伯様が……。貴重な体験をされたんですね」

「はい。佐伯さんには、感謝しています」

柚の感想に大石は微笑し、その素直さを褒めた。ほかのホテルのサービスを受けて勉強するのは、今後のキャリアを積み重ねるうえで糧になる、とも。

「質のいいサービスを吸収できる機会は、どんどん作るといいですよ。それが自分の中に根付けば、いずれ仕事に結びつきます」

「肝に銘じます」

含蓄のあるアドバイスだ。柚はまだ発展途上であり、こうして先達と接するのも勉強になる。そしてそれは、佐伯との縁が運んできてくれた機会だ。

(佐伯さんと会ってから、本当に変わったな)

サービスに対する姿勢を改めて見つめ直すことができたし、人との縁にも恵まれた。大石や『cigar bar』の店長など、佐伯がいなければ出会えなかった人々だ。

「今までは、仕事を覚えるだけで精いっぱいでした。でも今後は、よりよいサービスを提供するための勉強もしていきたいと思います」

「本城様は、『evangelist』の理念に通じる考えをお持ちですね。私も微力ながら応援しております。これからの業界の未来を背負うのは、本城様のような若い方たちですから」

そう語る大石は、まさしく『evangelist』の理念を体現した伝道師だ。

柚は出会いに感謝しつつ、今日の目的を忘れないよう姿勢を正すと、持ってきた菓子折りを差し出した。深々と頭を下げ、礼を告げる。

「……ご挨拶が遅れて申し訳ありません。改めて、先日は大変お世話になりました。ほんの気持ちですが、よろしければ皆さんで召し上がってください」

勝山の一件は、大石が動いてくれなければ、状況はもっと悪化していたはずだ。多大な恩義を感じていることを伝えれば、「頭を上げてください」と声をかけられた。

「お気遣いありがとうございます。ですが、我々はお客様より個人的に物品をいただけない決まりになっております。お気持ちだけありがたく頂戴いたします」

淀みのない返答に、柚は言葉を詰まらせた。『Four gardens』でも、ゲストから個人的に贈り物を受け取れない決まりになっている。ホテルに限らず、サービス系の職種に携わる者であれば、暗黙の了解のようなものだろう。

あまり食い下がれば迷惑になる。ただ、このままでは気が済まない。

どうすればいいものか考えあぐねていると、おもむろに立ち上がった大石が柚の後方に向けて頭を下げた。

「お帰りなさいませ。佐伯様」

「お邪魔だったかな」

「佐伯さん……！」

口角を上げて現れた佐伯に、柚の鼓動は途端に忙しく跳ね上がる。

ブライドルレザーの上品なブリーフケースを携えた姿は一分の隙もなく、見る者を圧倒する存在感を放っていた。

佐伯はテーブルに置かれた菓子折りを眺め、大石に微笑みかけた。

「コンシェルジュとして品物は受け取れなくても、個人としてならいいんじゃないか？　あの一件は、仕事じゃなく個人で動いてくれたんだし」

「佐伯様……」

「本城さんは強情だから、受け取るまで粘られるかもしれないよ」

「それは大変ですね」

苦笑した大石は、「では、ありがたく頂戴いたします」と丁寧に告げ、柚に向かって恭しく頭を垂れた。そして、「私でよろしければ、いつでも昔話をいたします」と、ホテルマン時代の逸話を教えると約束してくれた。

「それでは、これで失礼いたします」

大石は柚と佐伯に会釈をすると、階段を下りていった。大石の背中に頭を下げた柚は、佐伯に向き直る。

自分の気持ちを認めてしまった今、彼を直視すると顔が赤くなりそうだ。これではまたからかわれそうだが、いかんせん自分ではどうすることもできない。

「とりあえず部屋に行こうか」

「は、はい」

佐伯の部屋を訪れるのは久しぶりだった。言葉少なに乗り込んだエレベーターは、すぐに五十三階に到着する。

彼を前に、どんな態度でいればいいのか。息を潜めて窺う間にも、煩わしいくらいに鼓動が騒ぐ。日を置いて冷静になったことで、佐伯への気持ちが膨らんでいる。

「適当にソファで寛いでいてくれ。コーヒーを淹れてくる」

「いえ！　お構いなく……！」

「今日のきみはゲストだ。遠慮は必要ないよ」

上着を脱いだ佐伯はそう言うと、キッチンへと消えた。

部屋にひとり残された柚は、ひとまずテーブルの上にあったワイングラスを片付け始めた。なにかしていないと、気分が落ち着かないのだ。

相変わらずモデルルームのような印象で生活感は皆無だが、珍しくテーブルの上が乱雑だ。一応ハウスキーパーを請け負っている身としては、定期的に通えないのを申し訳なく思ってしまう。

（忙しかったんだろうな……いったいなんの仕事をしているんだろう？）

ふと考えてから、慌てて自分の思考を停止させた。

恋をすれば、相手に興味が湧くのは当然だ。しかし佐伯との契約には、余計な詮索をしないという条件も入っている。好きな人のことを知りたいという気持ちは、彼のそばにいる限り隠し続けなければいけない。

どうして自分はこうも面倒な人物に心を惹かれてしまったのか。自問自答しながら手を動かしていると、背後から突然声をかけられた。

「本城さん、なにしてるんだ」

「えっ……？」

それまで自分の思考の中に入りこんでいた柚は、佐伯の声に驚き、うっかり手を滑らせてグラスを床に落としてしまった。

「っ、す、すみません！」

幸いガラスの破片が飛び散るようなことはなかったが、グラスは見事に割れている。慌てて破片を拾おうとすると、一瞬早く佐伯がそれを制した。

「俺が片付けるよ。きみはゲストなんだから、今日は動かなくてもいい」

「それならせめて、割れたグラスの片付けだけでもさせてください」

これでは単に、グラスを破損させたうえに手間を増やしただけである。

佐伯は肩を竦めると、ふっと笑ってみせた。

「本城さんに怪我をされたら困る。おとなしくしてくれ」

言うが早いか、彼は持っていたふたり分のグラスをテーブルに置いた。割れたグラスを拾い集め、キッチンへと向かう。

(はあ、なにしてるんだろう、わたし……)

佐伯の声を聞くだけで、妙に動揺してしまう。銀のフレームの奥にある瞳に自分が映りこんでいると、なんとも言えない高揚感があった。これ以上ふたりきりでいては、想いが抑えられなくなりそうで怖くなる。自分の中に育つ佐伯への想いを封じこめておくことが難しくなってきているのだ。

割れたグラスを片付け終えた佐伯が、柚の待つリビングへ戻ってきた。ソファに深く背を沈めたところで、勢いよく頭を下げる。

「すみませんでした！　大切なグラスを割ってしまって……」

「気にしなくていいよ」

そうは言うが、柚が割ってしまったワイングラスは、オーストラリア製でハンドメイドのシリーズものである。

この部屋にある品は、グラスひとつとってもこだわりが見える。しかも、そのこだわりの分だけ、値の張りそうなものばかりなのだ。

アッシュ材の木目が美しいローテーブルの上にある彫刻的なデザインの灰皿など、灰を落とすのがもったいないくらいの美しいフォルムで、彼がインテリアにも気を配る人物であることを示している。

恐縮して頭を上げない柚に、佐伯は彼らしい意味深な言葉を告げた。

「いいのか？　その調子だと、また身体で詫びてもらうことになる」

「……そういう紛らわしいことを言わないでください」

すでに知人ではありえないほどの距離で触れられている以上、冗談には聞こえない。佐伯に想いを寄せているからこそ、過剰に反応してしまう。

ふ、と、含み笑いが聞こえ、顔を上げた柚は、すぐさまそれを後悔した。彼と視線を合わせてしまったら最後、自覚できるほど顔に熱が集まってくる。

いくら文句を並べ立てたところで、これでは説得力がまるでない。反応を楽しまれていることは百も承知のうえだが、沸き立つ心はどうすることもできないのだ。

柚はひとつ咳払いをすると、さりげなく視線を外しながら会話の軌道修正を試みた。

「勝山さんの一件では、本当にお世話になりました。遅くなりましたが、心ばかりのお礼を持ってきたんです」

小さな包みを差し出すと、佐伯は小さく息を吐く。

「気にするなと言っただろ。礼は散々聞いたたし、それほどたいそうなことはしていないよ」

「わたしにとっては、〝たいそうなこと〟なんです。わざわざハウスキーパーのために、骨を折ってくれたんですから」

「あまり俺を買いかぶらないほうがいいんじゃないのか。誰にでもってわけじゃないし、なんの利もなく動くほどお人好しではないんでね」

「……だって、佐伯さんには、なんの利益にもならないじゃないですか」

「なるほど、そっちに反応したか」

佐伯はいつものように煙に巻く物言いで、品物を受け取ろうとはしなかった。しかしこれは彼のためだけに買ってきた品だから、受け取ってもらわなければ困るのだ。

力説したところ、佐伯が苦笑交じりに頷いた。

「わかった。ありがとう、素直に受け取っておくよ」

佐伯の答えにホッとして小さな包みを渡した時、少し指先が触れた。たったそれだけのことなのに、一気に体温が上がった気がした。意識している自分をごまかすように、柚はあたふたと話し始めた。

「たいしたものではありませんが、ライターなんです。使い捨てても大丈夫なので」

「残念ながら、俺は使い捨てはしない主義なんだよ。――物も、人もね」

包みを開いた佐伯は、ポケットから煙草を取り出した。ライターを手に取り眺めると、咥えた煙草に火を点ける。

「一度気に入れば、簡単には手放さない」

紫煙とともに吐き出された台詞に、どくりと心臓が音を立てた。

佐伯に見つめられ、つい目が泳ぐ。まるで自分に対して言われているような感覚がして、挙動不審になってしまう。

彼は楽しげにオイル式のライターを手で玩びながら、灰皿を自分に引き寄せた。灰をひとつ落とすと、ふたたび柚に向き直る。

「来月は時間が取れないって話だけど、忙しいんだな」

「あ……そうなんです。企画を任されることになったので、シフトが変則的で」

来月は夏期休暇を取るスタッフがいるし、高稼働になる時期だ。企画のこともあり、仕事に集中したいのだと説明する。

「なので、申し訳ありませんが……しばらくはこちらに来られません」

そもそも酔いつぶれた柚をひと晩介抱した佐伯が、『身体で詫びてもらう』と、ハウスキーパーの契約を持ち出したのが始まりだった。新たなハウスキーパーが見つかるまでの期間限定の契約――だが、佐伯宅を訪問し、業務を遂行したのは一度きりだ。現状で充分な働きをしているとは言いがたく、むしろ彼には助けられているから困ってしまう。

「本業を優先するのは当然だ。無理をしてまでここへ来る必要はないよ」

佐伯は灰皿に煙草を押しつけ、柚を見据えた。

「ハウスキーパーは、きみに会う口実だよ」

「え……」

突如放たれた台詞に目を見開き、返事ができなかった。意味を理解するのに時間が必要だったからだ。

口実を作ってまで、なぜ会おうとするのか。彼の言葉に特別な意味を見出したくなるのは、柚が恋をして冷静じゃないからとも考えられる。

(でも、こんなの……会いたいって言われてるみたいじゃない)

柚は心の中で呟き、忙しなく拍動する鼓動を抑えようとする。けれど、言葉の綾であろうと嬉しく感じてしまうのだから、恋心は厄介だ。

真意を窺うように佐伯を見据えるも、表情からはなにも読み取れない。むしろ、こちらの反応を楽しんでいる節すらある。

空調の音が聞こえるほどの静寂の中、口火を切ったのは佐伯だった。

「契約の変更をしようか」

「変更……って……」

「きみは多忙になるし、これまでのように休みを合わせるのも難しそうだ。新しいハウスキーパーを早急に探すよ」

「そう……ですか」

柚は膝の上で拳を握り、胸の痛みを耐えた。

もともと佐伯から押しつけられたハウスキーパー業務は、彼が必要なしと判断した時点で終了だ。彼への恋心を認め、そばにいたいと望んだ矢先に皮肉な結果となったが、柚に拒否する権利はない。

もとより『恋愛感情を持たないこと』が佐伯との契約だった。恋心を抱いた時点で契約違反である。いずれはそばにいられなくなるのは必然で、時期がただ早まっただけだ。

「佐伯さんには助けられてばかりで、なにもお役に立てませんでしたが……お世話になって感謝しています」

もしかして佐伯は自分の恋心に気付き、契約を切ろうとしているのではないか。なにかと聡い男だから、その可能性も充分ありえた。

居たたまれなくなった柚は、ソファから立ち上がると佐伯に深々と頭を下げた。

これ以上彼の前にいては、自分の想いをぶつけてしまう。それだけは避けたい。どうせ会うのが最後であれば、想いの丈を吐き出すよりも、感謝だけを伝えて別れたほうが後味がいいと考えたのである。

ところが佐伯は、今にもこの場を立ち去ろうとする柚を見ておかしげに笑った。

「本城さん、なにか勘違いしてないか。俺は〝契約の変更〟をすると言っただけで、きみを解放するつもりはないよ」

「……どういう意味ですか？」

「言葉通りの意味だよ。契約の変更イコール解雇じゃない」

表情を崩したままの佐伯に、柚は張り詰めていた緊張を解いて脱力する。

この男はいつも肝心なことは口にせず、言葉も行動も思わせぶりなのだ。だから柚は心を乱され、同時に強く惹かれていく。彼に意識をすべて持っていかれてしまう。

佐伯は、「少し落ち着いたらどうだ」と柚に座るように促し、真面目な口調で続けた。

「ひとまずハウスキーパーの契約は解消する。でもきみは、俺に詫びるほどの働きをしてないだろ？」

「……それじゃあ次は、なにをしろって言うんですか？」

彼との繋がりが今すぐ絶たれるわけではないようだ。安堵したものの、それを悟られないよう冷静に尋ねれば、目の前の男が不敵に笑った。

「そんなに構えなくてもいい。別に取って食おうというわけじゃないよ」

眼鏡の奥の瞳は柚から逸らさないまま、佐伯は冷静な態度を崩さず言い放つ。

「ハウスキーパーとしての契約は終了。その代わり、月に何度かの呼び出しに応じてくれればいい。もちろん来月は控えるから安心していいよ」

（……ということは、わたし……まだ佐伯さんのそばにいられるんだ）

突然の契約終了宣言と新たな提案に、考えが追いつかない。だが、なによりもまず嬉しさが先に立つ。

ハウスキーパー作業を請け負ってはいたものの、それも新たな人間が決まるまでの繋ぎでしかなかった。住む世界の違う佐伯との接点がなくなれば、二度と会うことも叶わない。いわば期間限定の関係だった。

だが――。

「期間については、きみに任せるよ」

「え……」

「きみがもう充分だと思ったら、そこで契約終了だ」

予想外の佐伯の台詞に、柚の思考は完全に停止した。

＊

柚に契約の変更を言い渡してから数日後。佐伯は、『evangelist』メインダイニングの個室で夕食をとり終えると、シャンパンを頼んだ。

今日は会食で訪れたが、相手はすでに帰っている。佐伯は契約しているジュニアスイートに泊まるつもりで来たため、部屋に戻る前に少しばかり飲もうと思ったのだ。

「お待たせいたしました、佐伯様」

男性スタッフが、流麗な所作でシャンパングラスを運んでくる。このスタッフは、柚と一緒に食事をしたときも給仕を担当していた。佐伯の旧知で、名を広田《ひろた》という。

「広田くんもだいぶ職場に慣れたようだな」

声をかけると、広田が嬉しそうな顔で答えた。

「はい、おかげさまで。佐伯様にアドバイスをいただいていなければ、『evangelist』へ転職しようとは思いませんでした」

「俺はただ背中を押しただけだ。選択したのも、その後努力したのもきみだろ」

広田との出会いは、ホテルやその他業種のスタッフを集めて行われる若手の勉強会だ。年に数回ほどの会合は大々的に募集していないにもかかわらず口コミで広がり、今では異業種間の交流や人脈形成の場として重宝されている。

ちなみにこの勉強会の初代主催者は千川である。まだ若いころ彼に誘われて参加し、この会合で築いた人脈はいまだに活きていた。

千川が描いていたのは、〝若手が萎縮せず自由に意見交換し、世界を広げること〟だ。かつての自分が先達に教えを請うたように、今は佐伯自身が若者を導く立場にある。だから佐伯は、今でも会合に誘われた際は時間を作って参加している。

「次の勉強会、久しぶりに参加していただけませんか？　佐伯様に会いたいという若手も多いです。ぜひ、お話を伺えればと」

「そうだな……」

グラスに口をつけながら、佐伯は考える素振りを見せた。

思い浮かんだのは柚の顔だ。彼女と出会ってからというもの、ふとした瞬間に脳裏に浮かぶ存在になっている。

愚直なほどひたむきで、ある意味とても不器用だ。仕事も恋も全力で、もう少し手を抜くことも必要だとは感じるものの、それが好ましくもある。

（あと一押しか）

佐伯が目的を持って事を進める場合、必ず達成するために綿密な準備をする。仕事ではそうして成果を挙げてきた。だが、恋愛に関してはそこまで情熱を傾けることはない。優先順位が限りなく低いためである。

ところが、柚に対しては必要以上に構っている。それがなぜなのか、自身の心が見えないほど佐伯は鈍い男ではなかったし、彼女に触れた時点ですでに自覚があった。

柚が目の前にいると、ついからかいたくなる。いろいろな表情を見せてくれるからだ。

しかしいつからか、会話を交わすだけでは物足りなくなっていた。抱きしめて、キスをして、深いところまで触れたくなる。特定の人物にそんなことを思うのは珍しく、だからこそ逃してはならないと胸に刻んでいる。

「勉強会に連れて行きたい人がいるんだけどいいか？」

「ええ、もちろんです。今回の会場は『evangelist』ですし、数名でしたら調整できます」

「それじゃあ頼む」

「はい。ほかの参加者も喜びます」

広田は喜びも露わにそう言うと、一礼して立ち去った。『誰を連れてくるのか』と余計な質問をしない辺り、知人といえども線引きがしっかりしている。佐伯はふっと笑みを浮かべ、ふたたびシャンパンを味わう。

（この勉強会で、すべて明かすことになる）

柚が、佐伯の素性を知りたがっているのはわかっていた。それでもあえて話さなかったのは、自身の肩書きが関係している。

彼女が失恋で落ち込む暇もないくらい振り回してきたが、柚を救っているようでいて、その実佐伯自身が救われていた。

米国を拠点に二十代をほぼ仕事に費やしてきた佐伯は、帰国する少し前からモチベーションが低下していた。決定的ななにかがあったわけではない。ただ、キャリアを重ねるにつれ、〝こなしていく〟ことが増えた。

人の上に立ち、目の前にある案件を上手く捌く自信も実績もある。ただ、ふとこれまで歩んできた道を振り返ったとき、どうしようもなく虚しくなった。

『燃え尽き症候群ってやつか』

帰国を知らせる電話で自分の状況を軽く伝えたとき、千川がそう言った。

『おまえ、今までずっと突っ走ってきただろ。いい機会だし、帰国したら息抜きしろよ。もう三十代なんだし、この辺で心と身体をメンテしとかないとキツくなるぞ』

『……そうですね。考えておきますよ』

そう答えたものの、身体に不調があるわけではない。帰国するのも、とある事業を遂行するためだ。休息している暇はない。結果を出すことを望まれ、そのために佐伯は今の役職に就いている。

——だが。徐々に気持ちに変化が出ていた。たとえば、柚を強引に呼び出したときもそうだ。慣れ親しんだ景色を『綺麗』だと感動している彼女の反応が意外だった。それと同時に、その素直さがやはり羨ましかった。

柚といると、自分が忘れて久しかった情熱が蘇る気がした。職責をまっとうし、成果が得られたときの喜びも、時間を共有したいと思える相手がいる嬉しさも、久しく感じられなかったことだ。

彼女と過ごすうちにゆっくりと心が解けていき、〝熱〟を取り戻せたのは間違いない。

最初に会ったときは、まさかここまで深く関わることになるとは予想していなかったが、これも人の縁ということだろう。

立場というフィルターを抜きに、ただの一個人として関わってきたが、それではもう済ませなくなっている。

シャンパンを飲み干した佐伯は、柚と今の関係を終わらせるべく動くことに決めた。

*

『Four gardens』の最寄り駅は、海沿いに面しているせいか、風向きによって独特の潮臭さが漂ってくる。遅番の出勤時、強風に目を細めて広がるスカートの裾を押さえながら、柚は駅のホームで東京方面の電車を待っていた。

梅雨入りした関東地方は、五月の爽やかな空気とは明らかに質が異なっている。肌にまとわりつくような湿気を帯びた風が吹きさらしのホームに流れていく中、どこか気鬱な思いでホームに入ってきた車体に乗りこんだ。

車窓から見える曇天は、柚の心模様のようだ。仕事をしているとき以外で考えているのは、やはり佐伯のことである。

(期間はわたしが決めろ、か……)

佐伯だって、わざわざ嫌いな相手を長く拘束しようとはしないはずだ。しかしそう思うのは、恋の作用による楽観的思考かもしれない。彼がただの酔狂で柚を傍に置いている可能性も充分あり得る。

それはまるで出口のない迷路を攻略するような、途方もない自問自答だ。恋とはこれほど人を悩ませ煩わせるものだと初めて知った。恋をした相手が問題なのか、それとも柚自身の経験値が足りないのか、あるいはその両方ともいえる。

こういうとき、いつもなら村野に話を聞いてもらっていた。公私ともによき相談相手である彼女は、的確なアドバイスと叱咤激励で柚の気持ちを落ち着かせてくれた。

しかし今回、ひとりで解決しようと決めている。佐伯と契約を交わしたのは自分である以上、決断を下すのは柚しかいないからだ。

車両がゆっくりと目的の駅に到着する。駅に降り立った柚は、ホテルまでの道のりを平時と変わらない足取りで進んだ。

プライベートを考えるのは、通用口に着くまでだと決めている。大きな企画を任されている今、仕事に全力を注ぎたい。恋も仕事も同時に上手く捌けるような器用さは持ち合わせていない。

だが、いずれ答えは出さなければいけない。それだけは確実だと柚は気づいていた。

館内に入ると、『Four gardens』のいたる場所で撮影クルーの姿を見かけた。ブライダルフェアの準備だ。スチールだけではなくムービー撮影も行われ、撮影風景は一般のゲストにも公開される。館内はどこか忙しなく、バックヤードでは所狭しと動き回るスタッフらの姿があちこちで目についた。

もちろん柚も例外ではなく、今日は結婚式のヘルプに呼ばれている。そのため、出勤して間もなくに黒のスーツに着替え、ホテルの敷地内にあるガゼボを訪れた。フェアへ向けて実際の式に触れてみたいと希望を出したところ、ブライダル部門のマネージャーが快諾してくれたのだ。

「式の手伝いといっても、後処理がメインになるの。人出が足りなかったからお願いしたけれど、頼りにしているわよ」

建物の端で待機中にそう声をかけてきたのは、ブライダルの女性マネージャーである。四十代のベテランで、ショートカットがよく似合う美女だ。柚は「こちらこそよろしくお願いします」と頭を下げ、手に持っている掃除道具を見遣る。

「噂には聞いていましたけど、すべて手作業なんですね」

主にフォトスポットとして使用されるガゼボは、周囲を池で囲まれている。そこに隣接しているテーマパークから人気キャラクターを呼び、新郎新婦と一緒に写真撮影することができるのだ。

池の周囲は木が植えられており、森の中にいるような演出がなされていた。新郎新婦とキャラクターがガゼボにいる姿は、さながらショーの一部のようだ。

ところが、この場で人知れず苦労するのが裏方であるスタッフである。写真映えの効果を狙いフラワーシャワーやコンフェッティシャワーが行なわれるのだが、後処理はかなり手間がかかる。

池に落ちた花や紙吹雪の残骸は、スタッフが虫取り網のようなもので掬い上げなければならない。また、この時期は水分を多く含んでおり、花びらや紙が地面に付着してしまう。普通に箒で掃くくらいでは取れないのだ。

「華やかな舞台の裏なんてどこも同じよ。特にこの時期の後処理は大変だけど、六月は式を挙げるゲストも大変だからね」

ジューンブライドなどと謳っているが、梅雨のある日本では幻想だとマネージャーは肩を竦める。

「うちはまだ、テーマパークの恩恵に与れるからマシだけどね。ほかのホテルでは、よっぽどのプランを打ち出すとかしないとこの時期稼働率は下がるわ。もちろんうちだって、キャラクター頼りだと先細りしてしまうけれど」

「だから、今回のフェアは力を入れているんですか？」

「そういうこと。ただ、各部署と連携しないといけないから縛りはあるし、不自由に感じることも多いのが悩みどころね」

マネージャーが苦笑したとき、ガゼボの周囲で歓声が上がった。見れば、人気キャラクターが到着し、新郎新婦と写真撮影をしている。

「今日の新婦は、以前『Four gardens』に勤めていたの」

「そうだったんですね……！　羨ましいです」

『Four gardens』での挙式は、柚が入社して以来の密かな憧れだった。

寿退社する先輩スタッフたちも、大抵はこのホテルで式を挙げ、皆に祝福されて旅立っていく。純白のウェディングドレスに身を包み、極上のロケーションで永遠の愛を誓い合うのは、柚でなくとも夢見るシチュエーションだろう。

目を輝かせている柚に、マネージャーが微笑む。

「あなたも式を挙げるなら、『Four gardens』を選んでね。六月だとなお嬉しいわ」

「……はい。じつは、憧れだったんです」

笑って答えた柚だが、佐伯の姿が脳裏を過り、慌ててそれを打ち消した。

(佐伯さんと……なんて、ありえるはずないのに……)

目の前にいてもいなくても心を掻き乱されてしまう。目の前にいなくてもこの調子だと、実際に顔を見たらどうなってしまうのか。考えるだけで怖くなるが、それと同じくらいに嬉しくもあった。

恋人や結婚の話題が出たとき、柚が真っ先に思い浮かべる相手は晴臣だった。しかし、今はもう違う。心の中にいるのは佐伯ただひとりだけだ。

（いつの間にか、過去になっていたんだな）

晴臣を思い出しても、すでに心は痛まない。佐伯と過ごしていく過程で傷が癒えていき、新たな恋によって癒やされたのだ。

「いつか、あなたの結婚式を手伝える日を楽しみにしているわ。まずは、フェアを成功させましょうね」

「はい、必ず」

次に佐伯と会うのは、契約の期限を決めたとき。恋を終わらせる覚悟を持てたときだ。

ガゼボでは、新郎新婦がフラワーシャワーを浴びている。柚は幸せに溢れたカップルを見つめながら、感傷を振り切るように思考を止めた。

第五章　きみが欲しい

七月も中旬に差しかかり、『Four gardens』は高稼働が続いていた。夏休みシーズンに突入し、ホテル近くにある大型テーマパークへの来園者が増えているためだ。

梅雨も明けた関東は、連日の猛暑日が続いている。今朝も天気予報では熱中症対策への喚起に余念がない。しかし悲鳴を上げているのは大人たちだけだ。電車を降りた瞬間、子供たちは皆、笑顔を輝かせてテーマパークのシンボルキャラクターやお城を見ては歓声を上げている。

大勢のゲストが滞留する駅構内から出た柚は、ホテルへの道のりを歩きながら、降り注ぐ陽射しの強さに目を細めた。パークのゲストが多いほど、周辺施設の混雑にも繋がる。ただでさえ暑いこの季節、涼を求めてホテルにやってくる人々もいるだろう。

生ぬるい潮風に晒されながら、滲む汗をハンカチで拭う。すると、バッグの中の携帯が音を立てた。

慌てて取り出した柚は、画面を見て肩を落とす。単なるクーポンのお知らせだったのだ。

(なんだか、携帯をチェックしてはガッカリしてる気がする)

仕事に集中したいからという柚の希望を聞き入れ、彼はあれから連絡してこない。それなのに、メッセージ音が鳴るたびに佐伯ではないかと期待してしまう。契約期間すら決めていないのに、なんとも勝手な話だと自嘲する。

佐伯の傍にいたいと思う気持ちと、傍にいることで想いを封じなければいけない辛さを天秤にかけた時、どちらに秤が傾くのか。

期間が長引くほどに、その分自分の想いに苦しむことになる。逆に、短期間で離れる選択をすれば、彼と会えなくなるという別の痛みがある。

契約の変更を言い渡されてから、幾度となく自分に問いかけてきた。叶うことのない恋心は出口を求められずに、思考という迷路をずっと彷徨っている。

(もう一カ月か……こんなに会わなかったのって初めてだ)

佐伯と出会ってから、なんだかんだと頻繁に顔を合わせていたし、そう間を開けずに連絡がきていた。それだけに、柚としても今の中途半端な状態はつらかった。

これまで共に過ごした時間は、柚にとってかけがえのないものになっていた。だからこそ、自ら期間を決めて手放すのは身を切られるような思いになり――すぐには答えが出せずにいる。

結局は、ハウスキーパーとして契約していた時と変わらない。

いくら柚の危機に手を差し伸べてくれようとも、どれだけキスを重ねようとも、ふたりの関係は変わらない。佐伯が、変化を望まない限りは。

仕事は少なくとも目標がある分、頑張りようもある。だが、あの男が相手だと、翻弄されてばかりでいつも後手に回っているから困りものだ。

（……いっそ、自分から誘ってみようかな）

たまには相手の意表を突いてもいいのではないか。

ホテルの通用口の前で立ち止まった柚は、思いついた勢いのまま、携帯を手に取った。時間を置いてからではまた余計に考えこんでしまい、躊躇が生まれるからだ。

『今日の二十時。新木場駅』

それだけを記してメッセージを送る。返信が来なくてもいいし、今日会えなくても構わない。佐伯がわずかでも振り回される側の気分を味わうならそれでよかった。もしも連絡がきたら、そのときは次に会う約束を取り付ければいい。

（わたし……佐伯さんに会いたいんだ）

顔を合わせれば揶揄われ、一癖も二癖もある男。けれど、それでも声を聞きたい。たったひと月会えないだけで、心が佐伯を求めている。

会っても会わなくても、やはりあの男のことが頭から離れない。この一カ月で、嫌というほど思い知った。

佐伯への恋心からは、すでに逃れられない。自覚して苦笑いを浮かべた時である。

「なんだ、本城。今から出勤か」

「柳さん……！」

バックヤードに入ったところで、制服姿の柳に声をかけられた。

ここ最近ブライダルフェアに携わっていることもあり、柳とは顔を合わせない日のほうが多かった。柚は久しぶりに会った上司に駆け寄ると、さっそく近況を尋ねる。

「どうですか？　模擬挙式のほうは」

「俺は添え物みたいなもんだからな。ぼちぼちやってる」

新郎役の柳は、ブライダルフェア当日の模擬挙式の他に、スチールやムービー撮影にも駆り出されている。しかしどの撮影も新婦をメインに据えての撮影であり、新郎役の負担はそれほどないという。

「おまえは？　ブライダルルームはどうなってる？」

柳から問われた柚は、つい口ごもる。

「はい、なんとか……頑張ってはいます」

「なんだ、歯切れが悪いな」

腕時計をちらりと見た柳は、「まだ時間あるな」と呟き、「ちょっと付き合え」と、更衣室の前を通り過ぎた。不思議に思いつつ後に続けば、彼は食堂に足を踏み入れた。

「暑いし、仕事に入る前になんか飲め」

「は、はい」

柳は自販機でコーヒーをふたつ買うと、ひとつを柚に寄越す。

「ほら、奢ってやる。話があるなら聞いてやるよ」

「えっ、どうしたんですか、柳さん!?」

席に座った柳に続き腰を下ろした柚は、驚いて目の前の柳を見た。普段が素っ気ない対応なだけに、突然優しくされると混乱してしまう。

「失礼なやつだな。……この前の礼だよ。前に話しただろ、彼女と喧嘩したって」

「あ……その後、どうなったんですか?」

「『大事だ』って言ってほしい時もあるって、おまえが言ってただろ。それで俺も、ちょっと考えるところがあったんだよ」

「柳さん、ちゃんと伝えられたんですね……!」

「……まあな。一応、礼を言っとく」

仕事が理由の喧嘩とあり、同じ職種に就く人間として身につまされるものがある。それだけに、仲直りの報告は嬉しかった。

そう伝えたところ、素直じゃない上司は「俺の話はこれで終わりだ」と眉を寄せ、「仕事の悩みなら聞いてやる」と、コーヒーに口をつける。

「ブライダルルーム、上手くいってないのか？」

「いいえ。問題なく進めています。特別なにかあったというわけじゃないんです。ただ……自分の中で欲が出てきたというか……」

フェアの開催に伴い、通常業務の合間を縫ってウェディングプランナーと打ち合わせを重ねていた。

柚の主な役割は、プランナーの案をもとに、『vista』の仕様を調整、管理することだ。フェアの前後にも予約が入っているため、設営や撤去は迅速に行わねばならない。時間の調整や人員の配置を任されたというわけだ。

それはそれでやり甲斐がある。しかしこのところ、自身の中に芽生え始めた想いが頭の中を占めている。

「フェアに関わっていくうちに、自分でも企画を起ち上げたくなったんです」

「ブライダルのってことか？　それともホテルの？」

「それはまだ、漠然としてるんですけど」

通常、『vista』でパーティなどの予約がある場合、プランに沿って会場の設営を行う。柚らスタッフは既に決まっている仕様通りに会場を創るだけだ。

今回柚が担当するブライダルルームは、テーマに沿って一から創り上げていく。それは重責であると同時に、新たな気持ちがこみ上げている。

「『vista』に一番映える装花や花器、食器を飾れないのか、とか。もっとテーマを深掘りして、ラウンジの独自色をもっと出せないのか、とか。つい考えてしまうんです」

しかし、どれだけアイデアが思い浮かんでも、口を挟むことはできない。それは、柚に任されている仕事の範疇ではないからだ。フェアはホテル全体のイベントで、コンセプトも予算も厳しく設定されている。

理解はしていても、以前、ラウンジのゲストである勝山の祝い事に関われなかったことが知らずと影響を及ぼしているのか、気負っている自覚はあった。

「わかってはいるんです。ただ、任された以上は半端な出来にしたくなくて」

「今さら言うことでもないけど、それぞれ部署には役割ってもんがある。今のおまえの仕事は、プランニングじゃないだろ」

部署によって役割が違い、下手に口を出せば越権になる。柳の語る内容はもっともだ。

「ですよね……」正論に肩を落とす柚に、柳は「でも」と付け加える。

「アイデアがいろいろ出るのはいいことだと思う。キャリアが長いと、どうしても企画がマンネリになったり〝上が好みそうなもの〟を出しがちになるからな。その点新人だと、経営陣受けに関係ない企画を考えられるし」

そうそうにコーヒーを飲み干して柳が言う。さすがに含蓄があると、柚は神妙に頷いた。

「ありがとうございます。打ち合わせの中で、しっかり折り合いをつけます」

「ああ。それと食器なら、メインダイニング辺りに相談して借りたらどうだ？　新しく揃えるのは予算上厳しくても、それなら問題ないだろ」

「あ……！」

柳のアイデアを聞いた柚は、視界が開けた心地になった。

「さっそく、プランナーと相談してみます！」

「ただ、レストランは気難しいやつが多い。上手く交渉しろよ」

「その辺は大丈夫だと思います。レストランには、貸しがありますから」

胸を張って答えると、柳が「そうだったな」と言ってニヤリと笑った。

『Four gardens』の宿泊者は、朝食をとる場所を複数の店舗から選べる。ジュニアスイート以上の宿泊者に限り、予約をすればラウンジを指定することができる。そのため早番のラウンジスタッフが各レストランの厨房から朝食を運ぶのだが、以前これは厨房スタッフの役目だった。

だが、厨房スタッフの負担が大きく、予約時間直前になっても朝食が運ばれてこないことがあった。そこで柚が柳に相談し、ラウンジスタッフが厨房まで予約分を取りに行くよう提案したのである。

「あれは、おまえの手柄だ。厨房のやつらも仕事が減って感謝してたし、こっちも時間通りに朝食を始められたからな」

「なので、お借りするのは可能だと思います」

会話をしながら、交渉の算段を考えている柚に、柳が感心したように呟いた。

「おまえ、ちょっと変わったな」

「え、そうですか?」

「前はちょっと勢い先行なところがあったけど、今はちゃんと周りが見えてる。アイデアが出せるようになったのも、目の前の仕事をこなすだけじゃないってことだろ」

思いがけない台詞に、驚いて言葉にならなかった。柳に褒められたことはほとんどなかっただけに、喜びもひとしおである。

自分では大きな変化は感じない。変わったとすれば、これまでの経験が糧になったのだろう。そして、佐伯との出会いも大きい。彼が、一流のサービスをゲストとして体験させてくれたことで、自分に足りないスキルを客観視できたのだ。

「ありがとうございます。まさか、柳さんに褒められる日がくるなんて思いませんでした。今日はなんだかいいことがある予感がします!」

「馬鹿か、調子に乗るな。ま、何事も経験だからな。まずは今の仕事をミスなくやれよ」

席を立った柳は、ひらりと手を上げて食堂を後にした。

柳の言う通りだ。まずは目の前の仕事に集中し、与えられた役割を完璧にこなさなければいけない。

柚はアドバイスを噛みしめつつ立ち上がり、更衣室へと向かった。


その後。朝食の時間が終わるとすぐに、『vista』内で催されるパーティのセッティングに入った。ホテルの敷地内にあるチャペルで式を挙げ、その後に『vista』でパーティの予約があったのだ。

パーティの準備は時間がかかり、スタッフの忙しさは会議用の設営などの比ではない。だが、祝い事に関われるのは人様のことでも気分が浮き立つものだ。フェアに携わるようになってから、ますますその想いが強くなっている。

退勤前は、マネージャーの柏木に進捗状況を伝えるために事務所へ寄った。ブライダルルームに飾る食器はメインダイニングから借りることが正式に決まったからだ。むろん、プランナーも了承済みである。

柳からの助言があって実現したのだと報告したところ、柏木は「フェアが楽しみだな」と鷹揚な笑みを浮かべ、「この調子で頑張るように」と激励してくれた。

諸々の雑用を済ませるころには、二十時を過ぎていた。

メッセージを送ってから何度か携帯を確認したが、返信は来ていなかった。既読にもなっていないことから、多忙なのだと察せられる。けれど、ひょっとして——と、期待してしまう気持ちもあり、結局は佐伯のことを考えている。

思えば長く付き合っていた晴臣にすら、突発的に『会いたい』と言ったことはなかった。佐伯と関わっていくうちに変化したのか、それとも単に抑えている恋心が暴走した結果なのか、判断は難しいところだ。いずれにせよ連絡はないのだから、佐伯が新木場駅に来ることはない。

彼を前にすると、今まで知らなかった自分を幾度となく見せつけられる。戸惑いながらもそれが嫌だと思えずにいるのは、佐伯によって齎された変化を楽しんでいるからにほかならない。

勤務が終わってホテルを出ると、テーマパークの外周道路をゆっくりと歩く。あと少し時間が遅ければ、テーマパークで打ち上げられる花火が見えるが、今日の風は意外に強い。もしかして花火は中止になるかもしれない。

アスファルトに燻る熱の滞留を攫うように風が吹き抜ける。潮の香りを漂わせた風に髪を遊ばせながら夜空を見上げた時、鈍い振動音が耳に届いた。

バッグの中から携帯を取り出して画面を見ると、メッセージではなく電話だった。

しかも表示されていたのは——。

「佐伯、さん……?」

会いたいと希っていた男の名前だった。

*

時は少し遡り、午後八時。

都内のホテルで打ち合わせが終わった佐伯は、駐車場に停めてある自車に乗り込んだ。

一昨日、ニューヨークから帰国したばかりでまだ疲れはあったが、現在手掛けている案件が大詰めを迎えている。今年初めに数年ぶりに帰国したのも、すべてはこのためだ。休んでいる暇はなかった。

発車させる前に煙草を咥え、オイル式ライターで火をつける。

ライターは柚からプレゼントされたもので、持ち歩くほどに気に入っていた。蓋の開閉を無為に繰り返しながら、紫煙を燻らせる。最近は煙草を吸う回数が増えている。その理由は明確だった。

(待つと決めたのに、案外こらえ性がないな、俺も)

仕事に集中したいという柚の意思を尊重し、連絡は控えている。だが、こうして意識の間隙を縫って彼女のことを考える時間が日に日に増していた。

会おうと思えばいつでも会える。だがそうしないのは、柚の邪魔をしたくないから。そして、顔を見れば触れたくなってしまうからだ。

以前は邪魔が入って理性を取り戻したが、次に同じ状況になれば必ず抱くだろう。常に理性的に動く佐伯だが、柚が相手だとペースを崩すことが多かった。

ひと言で表すなら、彼女の意外性に振り回されている。柚は、こちらの予想を上回る反応をすることがある。その最たる例が、『evangelist』ジュニアスイートでの出来事だ。

差し出した手を取った彼女に、らしくもなく動揺した。それと同じくらいに、これまでになく柚が自分に踏み込んできたことが素直に嬉しかった。

彼女は、仕事への情熱も、こちらに向けられる感情も、照れてしまうほどまっすぐだ。会えば必ず感情が動かされ、自然と顔が綻んでいる自分に気づく。そのような相手は、佐伯にとっては希有だった。

しかし、彼女の顔すら見ることができない今、焦らされている気分を味わっている。柚を振り回しているようで、自分のほうがよほど翻弄されている。苦笑した佐伯は、ポケットの中から携帯を取り出すと電源を入れた。

打ち合わせが続き、プライベート用の携帯はほとんど見ていなかったため、何件もメッセージがある。その中の一件を見た瞬間、佐伯の顔に驚きが浮かんだ。

『今日の二十時。新木場駅』――そう記されたメッセージは、柚からのもの。佐伯が有無を言わさず呼び出す時に使う文言だ。

（なにかあったのか？）

腕時計を見た佐伯は、すぐに電話をした。指定された二十時を十分過ぎている。返信をしていないから待ってはいないだろうが、もしもということも考えられる。今から向かっても新木場までは三十分以上はかかるため、会えない可能性が高い。

焦りに似た気持ちで呼び出し音を聞いていると、ようやく繋がった電話口から『すみません！』と謝罪が届く。

『朝に送ったメッセージは、気にしないでください……！』

「……ずいぶん元気だな。てっきりなにかあったのかと思ったんだけど」

『ち、違うんです。あの……ちょっとした出来心というか……』

どうやら何事もなかったようだ。安心したものの、そうすると今度は笑ってしまう。

「出来心で俺を呼び出したのは、きみが初めてだよ。本城さん」

『本当にすみません。忘れてください。どうかしてました……』

かなり恐縮している様子が、電話の向こうから伝わってくる。時折声に混じる風の音から、彼女がまだ外にいることが窺えた。

「今、どこにいる？」

『まだホテルの近くなんです。来月のブライダルフェアの件で打ち合わせがあって』

「フェア?」

ラウンジ所属の柚の口から、ブライダルフェアというイベント名が出たのが意外だった。聞き返したところ、柚は、八月にあるフェアでブライダルルームの担当になったのだと弾んだ声で説明する。

「なるほどね。だから忙しかったのか」

タブレットで『Four gardens』のサイトを開けば、フェアの情報がトップに表示されていた。フェアをやるのは知っていたが、柚が携わっているとは意外だ。本人も予想していなかったようで、『すごくやり甲斐があります』と嬉しそうだった。

『フェアが終わればひと息つけそうです。いい経験になりました』

「本城さんは、本当にホテルが好きなんだな」

『はい。今は、もっとスキルを磨きたいって、そう思っています』

静かな車内では、柚の声が明瞭に聞こえる。疲れた身体にじんわり染みこみ、気が緩みそうになる。彼女が手の届く場所にいたなら、箍が外れていたに違いない。

内心で苦笑したとき、柚が遠慮がちに問いかけてきた。

『佐伯さんも……忙しそうですね。メッセージ、既読にならなかったですし』

「ああ、ちょっとね。今日は打ち合わせが続いて、携帯を見ていなかったんだ。でも、ある意味いいタイミングの連絡だったよ。一昨日まではニューヨークにいたから」

『えっ、すみません！　そんなときに、用もないのに呼びつけて……』

「そこまで気にすることはないよ。今日だって、気づくのが早ければきみに会いに行っていた。用があってもなくてもね」

告げた言葉に嘘はない。『会いたい』と柚に言われれば、今からでも車を走らせる。しかし、彼女は言わないだろうことも理解していた。契約期限を決めていないからだ。

『っ……。ご心配をおかけしてすみません。でも、本当に大丈夫ですから』

案の定、柚は恐縮している。謝らせたくて電話をしたわけではないのだが、素直にそう伝えても柚は気にするだろう。

佐伯はあえて意味深な台詞を選び、からかい混じりの口調で告げる。

「どうせ詫びるなら、言葉よりも別の方法にしてもらいたいけどね」

『そ……そういう思わせぶりなことばっかり言わないでください！』

「俺は、別の方法で、と言っただけだよ」

柚は不服そうに、『うう』と唸り声を上げている。

自然と笑みが零れるのは、佐伯自身もこの時間を欲していたから。仕事ですら空虚に感じていた数カ月前には考えられなかった変化だ。

「ひと月後に会おうか」

煙草を消した佐伯は、ごく自然にそう口にした。

『ひと月後って……どうしてですか？』

「ブライダルフェアが終わるころだろ？　話したいこともあるし……そろそろ、契約期間を決めてもらわないと」

柚が息を呑んだ気配がした。しかしすぐに、『わかりました』と承諾する。

このままの状態でいられないのは、彼女もわかっているはずだ。

すでに充分すぎるほど佐伯は待っていたし、時は満ちていた。あとは、きっかけだけだ。

「また連絡する」

佐伯は名残を惜しみつつも、通話を終了させた。これ以上長引かせれば、柚の帰宅が遅くなるからだ。

ため息をつくと、シートベルトを締めてアクセルを踏む。

柚と会うまであと一カ月。今までよりも長い時間になりそうな予感で、知らずと眉間に皺が寄った。

＊

八月中旬。ブライダルフェアの最終日を迎えた『Four gardens』は、朝から賑わいを見せていた。柚が携わったブライダルルームも同様で、期間中は予想よりもはるかに多くのゲストが訪れている。

『vista』では特別な一日を飾るにふさわしいラグジュアリーな空間が演出されていて、見学に来たゲストからは一様に感嘆の声が聞こえてくる。その様子に確かな手ごたえを感じた柚は、ひそかに顔を綻ばせた。

何度もプランナーと打ち合わせを重ねていくうちに、フェアに対する熱意が伝わっていた。プリザーブドフラワーを使ったクラウンやブーケの展示スペースでは、柚の意見も取り入れられており、いずれも好評を博している。

また、レストランに協力してもらい、稀少な食器を『vista』で展示しているが、当初予定になかったムービー撮影も行われた。サイトで公開された映像の反響もあり、しばらく大安は披露宴の予約で埋まっている。

失態を犯して以来、ゲストにとって最上の空間と最高のおもてなしを提供することだけを考えてきた。今日やっと、本当の意味でその第一歩を踏み出せたような気がする。

イベントを創り上げることができた達成感に浸りつつ、展示スペースを窺っていた柚は、すぐに意識をラウンジに向けた。

フェアの参加者に開放しているため、いつになくラウンジはゲストの出入りが激しい。この様子では休憩どころか、定時の十八時で上がるのはまず無理そうだ。

（佐伯さんからも連絡がないし、ちょうどよかったのかも）

『ひと月後に会おうか』

そう提案されたとき、素直に嬉しかった。契約期間を決めなければならず頭を悩ませたが、それでも佐伯との約束があったから仕事に身が入ったのだ。彼と会ったときに、誇れる自分であれるように。

「本城、これからヘルプか?」

バックヤードに入ったところで、柏木に声をかけられた。柚が「はい」と頷くと、「いい仕事をしたな」と労われる。

「ゲストの反応も上々だし、役員たちの評価も悪くない。この手のイベントではラウンジの存在感は薄かったが、今回はいいアピールになった」

「そう言っていただけると嬉しいです。初めてで手探りでしたけど、いい経験になりました。このイベントをわたしに任せてくださりありがとうございます」

ブライダルルームを担当したことで自信になった。ひとつの企画をやり遂げた達成感は、柚を間違いなく成長させている。

「最後まで頼んだぞ」

「はい!」

柏木に頭を下げると、急ぎ次の現場へ向かう。

柚が駆り出されたのは、以前と同じくガゼボの清掃だ。フラワーシャワーやコンフェッティシャワーの後処理要員としてスタンバイすることになっている。

清掃用具は現場で準備しているため、館内を通って移動する。

この日は午後になっても、ゲストは多く滞留していた。

ポーターがバゲージカートを押して動き回る姿を横目に見つつ、柚は中庭へと急いだ。

模擬挙式後にフォトスポットで記念撮影があり、タイミングがよければ撮影風景を拝める。仕事とはいえ、以前より憧れていた『Four gardens』の挙式を間近で見られるとあり、自然と足取りも軽くなる。

「本城さん、お疲れ様」

フロント前を通り過ぎた時、ブライダルのマネージャーに呼び止められた。

「今からヘルプ？」

「はい。ガゼボへ向かうところです」

「それなら、ちょうどいいタイミングだったわね」

マネージャーが微笑んだ次の瞬間、フロント周辺にいるゲストから、不意に小さな歓声が上がった。

ゲストの目は、中庭を見渡せる大きなガラス窓へと向けられている。その視線を追いかけた柚は、歓声の理由を理解し、その光景に釘づけになる。

（あっ、柳さんだ……！）

模擬挙式を終えた新郎新婦が、ガーデンチャペルから出てきたところだった。

青空に映える白の円錐形の屋根、そして柱に小さな花が施されているチャペルは、池の畔にあるためか、館内からは池の中に浮かんでいるように見える。大窓に切り取られたその景色は、さながら空中庭園のような神秘的な空気を醸し出していた。

新郎新婦役のふたりが屋根の中に収まると、池の畔にいるゲストやブライダルスタッフらが、色とりどりの花々を宙へ放った。ムービー撮影も行われているため、テーマパークの人気キャラクターが登場すると、ホテル内にいた子供たちからひと際大きな歓声が聞こえてくる。

「柳くん、新郎役を頑張ってくれたわね。あんなに笑顔を作れるなんて思わなかった」

「ラウンジ自慢のアシマネですから。普段は無愛想ですけど、仕事は完璧ですよ」

わずかの間その場に留まっていると、館内のゲストやスタッフたちと一緒に挙式に参列しているような心地を味わった。

緑葉の中、ライスシャワーに混じってバルーンが空に舞う。まるでドラマか映画のワンシーンを見ているような幸せ溢れる光景に、この場に居合わせたゲストは見入っている。

「柳くんも本城さんも、全力でフェアに取り組んでくれて感謝しているわ。また機会があれば、あなたたちを指名するわね」

「光栄です。楽しみにしていますね」

憧れていた『Four gardens』の挙式を間近で目にしたことが、柚の感慨を深くすると同時に、ホテルスタッフとしての想いを新たにさせる。

今はまだ力不足だが、いつの日か自分が企画したイベントを立ち上げて、ゲストの笑顔に出会いたい。

人々の笑顔を眺めながら、柚はおぼろげに自分の進むべき道が拓けた気がしていた。


更衣室で着替えを済ませる頃には、二十時を回っていた。

ブライダルフェアもこれで終了だ。任された時はどうなることかと思ったが、いざ終わってしまえば寂しさを覚える。それだけ充実していた証だろう。

わずかな感傷に浸りながら通用口へ向かっていた柚は、ふとバッグの中で振動している携帯に気付いて手に取った。

最終日は予想よりも遥かに忙しく、ブライダルルームの撤収作業にも手間取ってしまったため、携帯を確認する余裕もなかった。だが、頭の片隅では気にかけていた。佐伯との約束があるからだ。

(フェアも終わったし、答えを出さないと)

契約期間をいつまでにするか、佐伯に伝えなければいけない。正直、まだ決めかねていたが、先送りにしたところで問題は解決しない。

自分に言い聞かせつつ携帯を見た柚は、思わず目を丸くした。

『仕事が終わり次第連絡を』

佐伯からメッセージが入っていたのだ。時刻は十九時。ちょうどラウンジを抜けた頃に送られてきている。

『声が聞きたい』——シンプルな気持ちに突き動かされ、すぐさま佐伯へ電話をかける。すると、数回のコールのあとに、落ち着き払った声が聞こえてきた。

『本城さん？　仕事が終わったのか』

「さっ、佐伯さん！　あの、わたし、今メッセージに気付いて」

『少し落ち着いたらどうだ。今、どこにいる？』

いまいち会話が嚙み合っていない。眉をひそめつつホテルを出たばかりだと告げた柚は、次の言葉が浮かばないまま進めていた足を止めた。

『本城さん？　どうした』

「……いえ。少し気が抜けただけです。ここしばらくずっと、無我夢中だったから」

目の前のガードレールに腰を預けると、ふっと空を仰ぐ。フェアを終えてひと区切りついたところで佐伯の声を聞いて安心したのか、身体は心地良い疲労感に包まれている。

『きみが頑張っていたのは、俺も知ってる。——お疲れ様、本城さん』

労いの言葉が、身体中に染みこんでいく。束の間、その感覚に浸っていたが、地響きのような大きな低音が響き渡り、見上げていた夜空が真昼のごとく明るくなった。テーマパークの中で、花火が打ち上げられたのだ。

園内でパレードが行われているようで、大音量を轟かせながら夏の夜空に華麗に彩りを与えている。

「佐伯さん、聞こえますか？　今、花火が上がってます」

『ああ』

「佐伯さんと電話をしながら花火を見ているなんて、なんだか不思議な気分です」

打ち上がった花火は、仕事に区切りがついたことを祝うようなタイミングだ。見慣れているはずなのに、今日はひと際輝いて見える。好きな人と話しながら観賞する花火は、今まで頑張ってきた自分へのご褒美に思えた。

『壮観だな。人が集まるのもわかるよ』

「え……？」

あたかも同じ光景を見ているかのような発言に、思わず首を傾げる。佐伯は柚の疑問を感じ取ったのか、打ち上がる花火の音に乗せて告げた。

『駅の近くに商業施設があるだろ？　今、その四階にいる』

「ど、どうして……」

『きみを待ってる。――早く来い』

佐伯は言いたいことだけを言うと、通話を終了させた。

否応なしに呼びつけるくせに、その声は疲れを労るように優しい。柚は弾かれたように、彼が待つ場所へと急いで向かった。

佐伯がいるのは、テーマパークの出入口とは駅を挟んで逆方向にある複合商業施設だ。百店舗以上のショップやレストランがあり、駅から徒歩一分の立地ということもあって、テーマパークの来園者も気軽に立ち寄れる空間である。

四階までエスカレーターで上がると、探すまでもなく佐伯の姿はすぐに見つかった。

彼は、階下を見渡せる場所で手すりに凭れて立っていた。その姿は、嫌になるほど様になっている。何気ないしぐさでも人目を引きすぎるのだ。

「……佐伯さん」

「あぁ、お疲れ様」

声をかけると、佐伯はいつものように口の端を上げた。こうして会うのは久しぶりで、心臓がぎゅうっと締め付けられる。なんの心構えもなかったため、柚は妙な緊張を味わいながら彼の横に立った。

「来るなら言ってもらえれば、お待たせせずに済んだんですけど」

「それじゃ面白くないだろ。強いて言うなら、この前の仕返しだよ」

一カ月前、柚が突然呼びつけたことへの返礼らしい。なんとも彼らしい物言いだ。抗議の目を向けたものの、佐伯は軽く柚をいなした。

「食事はまだだろ？　フェアの終了祝いに、なにか食べようか」

佐伯は流れるような仕草で柚の背に手を添え、斜め前にある店へと誘った。

入ったのはカジュアルなイタリアンレストランだ。職場の近くだが、来たのは初めてだ。見た目よりも奥行きがあり、暖色系の照明にうっすら浮かぶ店内は、以前訪れた『cigar bar』を思わせる。

店内をしげしげと眺めていると、対面に座った佐伯はふっと目を細めた。

「この店は初めてなのか」

「はい。なかなか機会がなくて。佐伯さんはよく来られるんですか？」

「仕事関係でたまに利用するんだ。ここは地ビールが美味いんだよ」

慣れた様子でふたり分の注文を済ませた佐伯は、運ばれてきたグラスビールを柚へ向かって傾けた。同じようにグラスを彼のほうへ傾けると、小気味のいい音が耳に届く。

「乾杯」

「なににですか？」

「本城さんの働きに、でいいんじゃないのか」

言いながら、佐伯はビールを美味そうに飲んでいる。

彼と行動する時は車移動が多いため、酒を飲んでいる姿を目にすることはあまりない。新鮮だと思いつつ、ふと頭にもたげた疑問を口にする。

「もしかして今日は、この近くでお仕事だったんですか？」

「どうしてそう思う？」

「佐伯さんが飲んでいるので……なんとなくです」

「本城さんにしては読みが鋭いな。実は昼に、『Four gardens』に行っていたんだよ」

失礼なひと言に眉を寄せたものの、その後に続いた台詞への驚きのほうが大きかった。ひょっとすると、ブライダルルームも見学したのだろうか。もしもそうだとすれば、感想を聞きたいところだ。

質問しようとしたところで、アンティパスト《前菜》が運ばれてきた。佐伯はコース料理を頼んだようで、「アンティパストとセコンド、ドルチェを組み合わせたメニューにした」との説明を受けた。

「今夜は、少しゆっくりできるだろ？　まずは食事を楽しもうか」

「は、はい……」

この男の前では、どうにも落ち着きがなくなってしまうのが困りものだ。

柚がひとりであたふたとしていると、上品な仕草で前菜を口にした佐伯は、思い出したように付け加えた。

「今日、本城さんが携わっていたブライダルフェアも、少し覗いたんだ」

「え……どうでしたか？」

テーブルに身を乗り出す勢いの柚に、佐伯は柔らかな笑みを浮かべる。

「よほど思い入れがあるんだな」

「その……今回は、わたしにとっては特別だったんです」

「それは興味深いな」

笑みを深めた佐伯に鼓動が跳ねる。アルコールと好きな男性の笑顔は、疲労した身体には覿面に効くらしい。柚は頬の火照りを感じながら、ブライダルフェアを経て感じたことを素直に吐露した。

今回のフェアを通じ、いつか自分で企画を立ち上げたいと思ったことなどを整理しながら佐伯に語っていく。

彼は茶化すことなく静かに耳を傾けていた。時折考えこむような表情を見せながらも、柚が話しやすいようにうまく誘導している。もともと話術に長けている印象であったが、聞き手役に回っても巧みである。

セコンド《メイン》・ピアット《料理》で出てきた仔羊の炭火焼を食べ終える頃になると、柚は自分の話ばかりしていたことに気付いて俯いた。

「すみません。ひとりでしゃべってましたね」

「構わないよ。今日はきみを労うための席だ。それに」

佐伯が一度言葉を切る。柚が顔を上げると、ちょうどドルチェのティラミスが運ばれてきたところだった。スタッフが下がったところで、彼は会話を再開させた。

「きみの話を聞いて、俺も思いついたことがある」

「なんですか?」

首を傾げた柚に、佐伯は表情を変えた。それまでの上品で柔らかな微笑とは一転し、冷静な眼差しで見据えている。

「佐伯さん? あの、なにか」

「本城さん、きみ……企画営業に興味はあるか?」

「えっ……」

唐突な問いだった。彼の意図が摑めず困惑を隠せない。柚の戸惑いに気付いたのか、佐伯は眼鏡の奥の瞳を緩めた。

「きみの話を聞いて思っただけで他意はないよ。いつか、企画を立ち上げたいんだろ? それなら、いずれ今の部署を離れることになる」

「……そこまで具体的に考えていませんでした」

柚は今、ようやく今後の仕事に対して指針が見えたに過ぎず、それはおぼろげな夢のようなものだ。

だが、このままラウンジ業務に就いていれば、自分で企画を立ち上げる機会はまずないと言っていい。ホテルという巨大な枠組みでは、完全な分業制を敷いている。役割も各部署によって異なり、それを超えれば越権行為になってしまう。

「今までわたしは、憧れだった『Four gardens』へ入社したことに満足して、自分の意思でなにかを成し遂げたいと思ったことがなかったんです」

ラウンジに配属されてから日々の仕事に忙殺されているだけで、この先の展望を見据えていたわけではなかった。佐伯に指摘されるまで、そんなことすら気づけなかった。

仕事に対する自分の甘さを痛感していると、佐伯が苦笑を零す。

「皆が皆、最初から夢や目標があるわけじゃないさ。やりたいことが見つかったきみは幸運だよ。——ただし、実現できるかどうかは、その後の努力とタイミング、あとは運かな。本人の持っている資質もあるだろうし」

「運、ですか」

「たとえ夢や目標があっても、誰もが希望通りの道に進めるわけじゃない。だから、タイミングと運も重要になってくる」

「確かにそうかもしれないですね……」

柚は素直に佐伯の言葉に聞き入っていた。彼の言葉には重みがあり、それは今までの経験から齎されたのだと直感したからだ。

「タイミングと運っていうのは、佐伯さんの経験談ですか？」

「どうだろうな。一般論ということにしておこうか」

佐伯は曖昧にかわすと、思いのほか真剣な柚をリラックスさせようとしたのだろう。目の前にあるティラミスをフォークで掬い、柚にも勧めた。

「せっかくのドルチェだ。きみも食べるといい」

「……そうですね」

勧められて断るわけにもいかず、ティラミスをひと口食べると、ほど良い甘さが口の中に広がった。

上手く話をかわされてしまったと思うが、もとより詮索は禁止されている。それでも踏み込もうとすれば、見えない壁に阻まれてしまう。その壁は、佐伯の意思がなければ取り払うことは不可能だ。

「本城さんは、目の前にチャンスが転がっているとしたらどうする？」

黙々とデザートを食しながら考えていると、佐伯が突然問いかけてきた。

「あの……おっしゃっている意味がよく……」

「目の前には、自分の夢を手にするチャンスがある。しかしそれを手にするには、相応の対価が必要だ。さて、どうする？」

「……その対価にも、よると思いますけど」

突拍子もない問いに対し、柚は首を捻りつつも答えた。この男が無意味な問いを発することなどありえない。なにか意図があるはずだ。

佐伯は柚の返答に、「もっともだ」と頷いた。「きみらしく慎重だ」とも称されて、ますます困惑する。

「いったいなんの話ですか?」

「ああ、もってまわった言い方だったな」

眼鏡の奥の瞳が、ゆっくりと柚に据えられる。まるで上司を前にした時と同種の緊張感に、知らずと居住まいを正してしまう。

「本城さん、『Four gardens』を辞める気はあるか?」

「えっ……」

「きみの夢は、現状『Four gardens』で実現するかがわからない。それなら、転職も視野に入れるべきじゃないか?」

「だからって、いきなり辞めようとは思いません」

柚にとって、『Four gardens』は憧れであり誇りなのだ。この業界に入ろうと決め、狭き門だったホテルに入社できた時は、本当に嬉しかった。

良き理解者である村野をはじめ、ラウンジの柏木や柳といった上司にも恵まれ、どれだけ仕事が辛くても辞めようと思ったことは一度もない。

自社への愛情を語る柚に、佐伯がたたみかけてくる。

「『Four gardens』を辞めることが、夢を叶えるために必要な対価だとしたらどうする？自分の夢と愛社精神を天秤にかけて、どちらに傾くのか聞かせてくれないか」

「……もしもの話なんて、考えられないです」

質問の意図を理解しかねて眉をひそめると、テーブルの上で指を組んだ佐伯が、抑揚をつけずに言い放つ。

「それが、もしもの話じゃないとしたら？」

「な……」

柚は笑おうとしたが、頬を引き攣らせだけで上手く笑えなかった。彼の眼差しは真剣で、とても口を挟める空気ではなかったからである。

「単刀直入に言おう。『Four gardens』を辞めるつもりがあるなら、本城さんの望む環境を用意するよ。もちろん、ホテル業のね。一応言っておくが、これは冗談でもからかっているわけでもない。俺は本気だよ」

混乱を極める柚とは対照的に、佐伯は悠然と続けた。

「なにもそう驚くことじゃない。今のきみの話と、その状況を考慮した結果を口にしているだけだ」

これが佐伯相手でなければ、現実味のない話だと一笑に付すところだ。しかし、今まで

目の前の男は、柚が『Four gardens』を辞めれば、本人の宣言通りに柚の望む環境を提供するだろう。単なる契約相手であるはずの柚の危機を救い、手を差し伸べてきたこの男であれば。


「……どうしてそこまで言ってくれるんですか？　それは後からついてくる。それに、俺は誰にでもチャンスを与えるほどお人好しではないよ」

「初めから実績がある人間なんていないさ。ただ将来的にやりたいというだけで、なんの実績もないわたしに……」


「だったらなおさら、買いかぶりすぎてます」

「そうかな。これでも人を見る目はあるつもりだけど」

もともとこういう男ではあったが、今はその余裕めいた態度が憎らしい。

渋面を作った柚に、佐伯が口の端を上げた。ドキリ、と鼓動が騒ぐ。それはもう幾度となく見てきた、柚の心を最もざわめかせる表情だった。

目を逸らしたいのに逸らせずにいると、佐伯の強い眼差しが柚を射抜く。

「俺は、きみがほしいんだよ。本城さん」

「……どういう意味ですか？」

「強いて言うなら、きみの人柄、それに将来性を買っている。これじゃ不服か？」

さらりと告げられた言葉に、柚は頬が紅潮していくのを感じて目を伏せた。

(この人は、ずるい。そんなふうに言われたら勘違いするじゃない)

『きみがほしい』などという告白にも似た台詞に、そうではないとわかっていながらも彼の顔を直視できない。

冷静になれと念じながら、膝の上で拳を握る。佐伯が自分を評価してくれたことは純粋に嬉しい。だが。

「不服というか……いきなりそんなことを言われても、どうしていいかわかりません。佐伯さんのことだって、なにも知らないのに」

素性を知らない状態で職場を辞めろと言われても、誰だって簡単に頷くことはできない。それに、佐伯への気持ちと仕事への想いは無関係だ。混同するほど恋に盲目的ではないし、なによりも『Four gardens』のスタッフとして誇りもある。

「……佐伯さんに、そう言っていただけるのは光栄です。でも」

「本城さんの『Four gardens』への思い入れは、わかっているつもりだ。だけど俺は、気に入ると手もとに置いておきたくなる性分でね。もしもきみが今の職場を辞める決意ができるなら、疑問にはすべて答えるよ。それなら納得できるんじゃないか」

意味深な言葉に息を詰めた時、佐伯はスーツの内ポケットからチケットを取り出す。

「来月の半ばに、異業種交流会がある。チケットが二枚あるから、村野さんを誘ってくるといい。きみが知りたがっていることのひとつは、そこでわかる」

（どういうこと……？）

問い返そうとした時、携帯の振動音がした。どうやら着信があったらしい。「悪い」と詫びて柚の傍らに立った佐伯は、唇を耳もとへと寄せてくる。

「チャンスはそうそう転がっていない。タイミングを見極めるのも大事なことだ。よく考えておいてくれ」

そう言い残し、佐伯は席を外した。柚はその背中を見つめながら、放心してしまったように身動きひとつできず、ただ彼の言葉を頭の中で反芻する。

佐伯は柚の疑問に「すべて答える」と言った。その言葉に嘘がなければ、柚に用意するという職場の話だけではなく、自身の素性、さらには、柚に対する気持ちまでも答えてくれるということになる。

そして極めつけは、「手もとに置いておきたくなる」という言葉――その意味を考えた時、ある予測が柚の脳裏に思い浮かぶ。

（契約期間について聞かれるんだと思っていたのに、まさか転職を勧められるなんて）

降って湧いた佐伯からの提案。それは、今まで食べていたドルチェの味もわからぬほどに、心を激しく動揺させるものだった。

残暑の厳しさに嘆いていた八月から暦が変わり、九月になった。

夏はその印象が強烈である分、去ってしまえばどこか寂しい。この夏はブライダルフェアに携わっていたこともあり、余計に感傷的になっているのかもしれない。

その日、勤務を終えた柚が向かった先は、創作居酒屋『青葉』だった。今日の待ち合わせの相手は村野である。

しばらく互いに仕事が多忙であったため、プライベートで会うことが叶わなかった。九月に入り調整がついていて、久々にゆっくりと話せる時間が取れたのである。

村野はすでに来ていたようで、店に着いてすぐにカウンター席の一番奥へ通された。

「お待たせしてすみません、先輩」

「いいのよ、別に。わたしが早く来ただけだから」

柚が店員にグラスビールを頼むと、村野も何品かの料理と自分の飲み物を追加注文した。テーブルを見れば、お通しと料理が一品あるだけだ。どうやら柚が到着するまで料理の注文を待っていてくれたようである。

村野が笑顔で答えたところで、注文の品を持って店員がやって来た。乾杯をして喉を潤すと、さっそく話題に上がったのは佐伯のことだ。

「それで、佐伯さんとなにか進展はあったの？」

「進展は、ないんですけど……ちょっと、いろいろあって」

会えない間もメッセージで近況を伝えていたため、佐伯との関係が気になるようだ。しかし今日の相談内容は、転職話がメインである。

村野はまだ柚が入社して間もない頃より、実務的なものからホテルスタッフとしてのあり方までを教えてくれた先輩だ。

まず誰よりも先に話をするべきだと思ったが、現在『Four gardens』で働いている彼女に転職の相談をしていいものかと躊躇した。自分を育ててくれた相手に対し、裏切っているような気分になるからだ。

口ごもる柚に首を傾げた村野だったが、いつもと違う様子になにかを察したのだろう。表情を改めて、まっすぐに見つめられた。

「話せるところまででいいから聞かせてよ。柚はひとりで思い詰めるから心配だわ」

村野は話の先を急かすでもなく、ただ純粋に柚を心配してくれている。

迷ったものの、彼女の優しさに勇気づけられ、躊躇いながらも口を開いた。

「……実は、先輩に相談したいことがあるんです」

柚は、ブライダルフェアをきっかけに芽生えた仕事への想い、そして、それを知った佐伯から転職を勧められたことを説明した。

まだ整理しきれておらず、言葉を詰まらせることもあったが、村野はジョッキに口をつけながら静かに耳を傾けてくれている。

柚よりも長く『Four gardens』に勤める村野が同じ立場に立ったなら、いったいどのような選択をするのか。自身の夢に向かって着々とキャリアを重ねている彼女の考えは、ぜひ聞いてみたかった。

「難しいところね」

柚が話し終えるのと、ジョッキが空になるのとはほぼ同時だった。追加で注文しようとした柚を制した村野は、真剣な顔つきで継げた。

「本気で企画営業をやりたいなら、転職もありだと思うわ。未経験でもいいって誘ってくれたなら、柚には適正があるって認められたんだし。キャリアを積むにはチャンスよ」

「先輩ならどうしますか……？」

「もちろん、チャンスがあれば摑むわ。『Four gardens』は好きだし、できればずっといたい職場よ。だけど、どちらか一方を選ぶなら、わたしは自分の夢を選ぶ」

意外なほどに、村野には迷いはなかった。自らの将来をしっかり見据えているからこその決断力だろう。

「わたしはまだ、そこまで強く言い切れなくて……ちゃんと考えないとですね」

「柚は夢を持ったばかりじゃない。迷うのも当たり前よ。それに、誘ってきたのが佐伯さんでしょ？　ちょっと複雑よね」

「そうなんですよ……」

頭を抱えたくなる思いで、柚はため息を吐く。

佐伯の言葉を額面通りに受け取るならば、柚を気に入っているからこそ、自分の元へ来ることを望み、チャンスを与えようとしている。芽生えて間もない自分の夢が実現するのであれば、願ってもいない機会だ。

なにより、契約期間に関係なく佐伯と関われるのは単純に嬉しい。その一方で、深みに嵌まったら抜け出せなくなりそうなあの男を恐れている。

「佐伯さんと会ってから、プライベートや仕事についていつも悩んでいる気がします」

「うーん。柚は、対人関係で大事なのってなんだと思う?」

唐突に訊かれたものの、いきなり問われて答えられるほど口が達者ではない。首を傾げると、村野はちらりと店内に目を走らせて声をひそめた。

「いかに自分のために行動してくれたかよ。言葉ならいくらでも繕えるけど、行動は嘘をつかないもの。ま、佐伯さんみたいに、肝心なことを隠してるのは考えものだけど……でも彼の行動は、柚のことを大事に思ってるのが伝わってくるわ」

佐伯とほぼ接したことのない村野でも、彼が柚を大切に扱っていると感じるようだ。

柚とて自覚はある。しかし、交わした契約が常に頭の片隅にあり、素直に認められないのも正直な気持ちだ。

「恋愛感情を持つなって言われても、そばにいて大事にされたら好きになっちゃうわよ。悩む気持ちもわかるわ」

しみじみと言われてしまうと、苦笑いするしかない。「厄介な人ですよね」と返せば、村野はなにか考えこむように押し黙った。

「いらっしゃい、おふたりさん」

会話が途切れたのを見計らったように現れたのは千川だ。店内は入ってきた時と同様に賑わっていたが、息抜きできる程度には落ち着いているらしい。

自ら料理を運んだ千川は、サラダのサーバースプーンとサーバーフォークを器用に操り、柚たちに取り分けてくれた。

「千川さん、わざわざすみません」

「これくらいのサービスはさせてもらわないと」

『Four gardens』にいた頃はホールスタッフも経験していたらしく、さすがに手つきは堂に入ったものである。美しく盛り付けられたサラダに柚が見惚れていると、それまで口を閉ざしていた村野が不意に千川に疑問を投げかけた。

「ねえ、千川さん。佐伯さんってもしかして、ホテル関係者なの？」

「せっ……先輩⁉」

「話を聞けば聞くほど、そうとしか思えないのよねえ」

それはまさしく、今回の話を持ちかけられた時に柚も感じていたことだった。『気に入ると手もとに置いておきたくなる』と佐伯は語った。そして、望む環境――つまりホテル業での企画営業に携われる場を用意する、とも。

佐伯の言葉から、彼がホテル従事者、もしくはそれに近い職種であることが窺えるが、確証が持てない。転職の決意をした時に疑問を明らかにすると明言されたこともあり、憶測を口にするのは控えていたのだ。

千川を見れば、一瞬虚をつかれたように手を止めるも、すぐに口角を上げた。

「なんだよいきなり。佐伯に興味があるのか？」

「冗談じゃなく、柚の人生がかかってるの。興味本位じゃないわ」

「ふうん？　人生がかかってるとあっちゃ、穏やかじゃないな。なにがあったんだ？」

千川と村野の視線を同時に浴びて、柚は身体を縮こまらせた。ホテルスタッフとしてだけではなく、社会人としてのキャリアが自分よりもずっと長い両名である。そのふたりから話すように促されれば、首を横に振るわけにはいかなかった。

搔い摘まんで事の成り行きを説明し、顔色を窺うようにふたりを仰ぎ見る。すると千川は「意外だな」と呟いた。

「佐伯がそこまで本城さんに肩入れしているとは思わなかった。まあ、これは俺の勝手な印象だから気にしないでいいけど」

「気になるに決まってるじゃない。そんなの」

村野が食い下がると、千川は珍しく困ったような微笑を浮かべた。そしてサーバーを皿の上に置くと、カウンター内のスタッフにドリンクを持ってくるように声をかける。

「少し落ち着けよ。佐伯は本城さんに、自分から説明するつもりだろ。その前に俺が口を出すのもなぁ」

眉間に皺を寄せる村野に苦笑し、千川がスタッフから受け取ったふたり分のドリンクをテーブルに置く。

「転職と恋愛、ふたつの局面で頭を悩ませてるわけか。本城さんは、面倒な相手に惚れたもんだな」

千川に視線を向けられた柚は、目の前にあるカシスオレンジを飲むことで誤魔化した。

佐伯の提案は柚にとっては魅力的なものである。彼に対する自身の気持ちが、日増しに大きくなっているからだ。だからこそ、迷いが生じている。

しばし考え込むように目を伏せた柚に、千川の声が追ってくる。

「いずれにせよ、本城さんがどうしたいのかが一番肝心だ。佐伯のことは抜きにして、『Four gardens』を辞めて夢を追いかけるのか、今の状態でキャリアを積んで機会を待つのか……すべては気持ちひとつだよ。佐伯が相応の環境を約束した以上、ヤツは必ず実行する。俺が言えるのは、佐伯の身元について心配はいらないってことくらいだな」

柚は千川の言葉を噛みしめると、ふたりの先輩を交互に見た。

『Four gardens』の外へ出た千川と、『Four gardens』の中で着々と自身のキャリアを積んでいく村野。どちらの進んでいる道も、とても魅力的に思える。ふたりが、自身の仕事に誇りを持って取り組んでいるからだ。

「そうですよね……自分の気持ちと、しっかり向き合ってみます」

頼りがいのある先輩ふたりに励まされ、柚は自身の心に目を向ける。

柚にとって『Four gardens』は原点だ。仮に他の職場へ移ったとしても、自分を育ててくれた人たちに対し、顔向けできなくなるような仕事だけはしたくない。それだけは、今の自分の中で唯一、明確な気持ちだった。

(じっくりと考えて、答えを出そう。中途半端なことだけはしちゃダメだ)

決意を新たにすると、カシスオレンジを一気に飲み干した。飲みっぷりを見た千川に「ほどほどにな」と窘められた時、柚は今日の目的のひとつを思い出す。

「そういえば、千川さんと先輩は異業種交流会ってご存じですか？」

「それって、この人が発起人の会じゃない？」

千川を見つつ、村野が答える。思いがけない情報に柚は目を丸くした。

「じつは、佐伯さんから誘われたんです。菜摘先輩と一緒にどうか、って」

バッグから取り出したチケットをテーブルに置くと、千川の顔に驚きが浮かんでいる。

「へえ……この会に誘ったってことは、佐伯は本気なんだな。ちょうどいい。交流会にふたりで行ってみたらどうだ？」

「わたしは構わないけど、この会と佐伯さんってなにか関係あるの？」

不思議そうな村野に、千川が「まあ、そうだな」と説明を始めた。

年に数回、『Four gardens』及び、同業他社のスタッフを集めた勉強会があるという。堅苦しいものではなく、若手の親睦会だそうだ。他のホテルのスタッフと交流できる貴重な機会で、人脈を広げられるだけでなく、オフレコで情報交換もできるらしい。

「この会を佐伯に紹介したのは俺なんだよ。あんまり公にすると気軽に参加できなくなるし、一応表向きはプライベートの集まりってことになってる」

「そんな会合があったんですね……菜摘先輩は行ったことありますか？」

「ええ。何年か前に、千川さんに連れて行ってもらったことがあるわ。まだ柚が入社する前の話だけど、ホテルスタッフのほかにもいろいろな業種の人が集まってたわ」

「他のホテルで働くスタッフの話を聞くのもためになるぞ。それに、佐伯も来るとなると……本城さんの知りたがってたことがわかるかもな」

柚にとっては、他のホテルの現状を知ることのできるまたとない機会だ。そして、おそらく佐伯はこの日に自分の素性を明かそうとしている。柚へ勧めた転職話が、本気なのだと示すために。

その後。交流会について村野と軽く打ち合わせをした。

日程がちょうどふたりともに早番のシフトだったため、当日は待ち合わせて会場へ向かうことで話が纏まると、今回の酒席はそこでお開きとなった。

(なんだか最近、目まぐるしく状況が変わってるな)

路線の違う村野と東京駅で別れると、酔いざましで有楽町駅まで歩くことにした。

一日のほとんどを室内で過ごしている柚にとって、こうして外を歩くことは、肌で季節を感じられる貴重な時間だ。

人波に身を任せながら、頭の中で千川の言葉を反芻する。

『佐伯が相応の環境を約束した以上、ヤツは必ず実行する。俺が言えるのは、佐伯の身元について心配はいらないってことくらいだな』

千川は佐伯が何者であるかを知っている。彼が『佐伯は必ず約束を実行する』と明言したということは、佐伯は柚に仕事を与えられる立場だということを示していた。

信号が赤になり立ち止まった柚は、携帯を取り出した。交流会に参加する旨を記したメッセージを佐伯に送り、そっと空を仰ぐ。

(後悔だけはしないように、ちゃんと考えよう)

この先自分は、仕事と恋において、どの道を選ぶことになるのか。

星ひとつ見えない夜空のように、今はまだ先行きが見えずにいた。

第六章　好きにならずにいられない

日常は、大小様々な選択肢に満ちている。今日身につける洋服や晩の献立などといった生活に纏わるものもあれば、人生に於いて数度しかないような大きな分かれ道に遭遇する場合もある。

いわゆる〝岐路〟と呼ばれる状況だ。時にそれは予期せず訪れる。柚にとっては、佐伯と出会った瞬間から目の前に広がっていたのかもしれない。

小さな選択を重ねていった結果として〝今〟がある。後悔がないと言い切れるほど自信はないが、すべては自分が選んだ道だから受け入れる覚悟はある。

だが、やはり恐れはある。今日を境に今のままではいられないと察しているからだ。

九月末。若手ホテルスタッフの集う勉強会の会場として来たのは、『evangelist』――以前、佐伯と訪れたホテルだった。

交流会が『evangelist』で行われると知ると、柚は内心で狼狽した。ホテル自体に問題があるわけではない。佐伯とのあれこれを思い出し、羞恥に駆られているだけである。

落ち着きのない姿を緊張のためと思ったのか、村野は「大丈夫よ」と笑った。

「そんなに緊張する会じゃないし、今年の幹事は『evangelist』のスタッフなんですって。千川さんも知ってる人みたいよ。面白い話が聞けそうだし楽しみだわ」

「そうですね……楽しめるようにリラックスしたいです」

村野と話しつつ、美術館を彷彿とさせるロビーを歩いていく。

以前訪れた時とは、絵画や調度品の配置が変わっている。著名なフラワーデザイナーがコーディネートした花々がロビーを彩り、前回とは違った趣を感じさせた。

『evangelist』のシンボルとなっている獅子の像を横目に、エレベーターで宴会場のある二階へと上がる。踏みとどまってしまいそうなほど柔らかでゴージャスな絨毯を踏みしめながら、隣を歩く村野を仰ぎ見た。

「そういえば今日は、どれくらいの人数が集まるんでしょうね」

「んー、三十人程度って聞いたわ。千川さんが幹事をしていたころから、参加者を絞ってるんですって。多すぎると、話ができない人も出てくるからって理由みたい」

千川が幹事を退いたあとも、メンバーが入れ替わりながら会は存続した。今もホテルスタッフたちをはじめとした、若手の人脈作りや情報交換の場として大いに役立っている。

千川の功績は大きいのだと村野は語った。

「普段はあんな人だけど、人望だけはあるのよね」

言葉はきついが、どこか誇るような物言いである。千川への信頼を感じて笑みを浮かべた時、今日の勉強会が行われる会場の前に着いた。

（もう佐伯さんは来てるのかな）

佐伯に今日参加するとメッセージを送ったところ、『わかった』と返信があった。『俺も顔を出す』とも。この場で自身について明かすつもりで柚を呼んだのは明白だ。

彼が期待してくれているのだと思うと嬉しい。だが、すぐに転職に結びつけることはできない。未知の世界に迷いなく飛び込めるほどの自信がないのだ。

「佐伯さんと、ちゃんと話せるといいわね」

「……はい」

短く柚が答えると、村野が軽やかに扉を開く。すると、こちらに男性が近づいてきた。

「今回幹事を務めております、『evangelist』レストラン部所属の広田です。チケットを拝見いたします」

笑顔で声をかけてきたのは、以前、佐伯と『evangelist』メインダイニングを訪れた時に、席まで案内をしてくれたスタッフだったのだ。

（一度お店で会っただけだし、覚えてないよね……？）

たとえ広田が覚えていたとしても問題はないのだが、気恥ずかしい思いに駆られた。むろん彼も立場上、客のプライバシーに立ち入るような真似はしないだろうが。

村野と共に、ホテルと自分の名を名乗り挨拶を交わす。広田はチケットをチェックし、

「ありがとうございます」とにこやかに言って他の参加者のもとへ向かった。会場に目端を利かせる姿は、幹事だからという理由だけではない。

感心しつつ眺めていると、村野が感嘆の吐息を漏らす。

「さすが『evangelist』だわ。小宴会場でも格が違うわね」

「……確かに、そう思います」

村野の視線を追うようにして、柚も会場へと目を向ける。

『vista』よりも少しだけ広い会場内は、壁面が淡いブルーの照明で彩られ、全体的に柔らかなイメージだ。さほど広くない空間だからか、ゆったりと落ち着けるような雰囲気が漂っている。

参加メンバーは、『evangelist』を始め、一流と呼ばれるホテルに勤務する人間が多かった。柚のように接客スタッフもいれば、かつての千川のように厨房スタッフもいる。村野は知り合いもいたようで、話に花を咲かせていた。

挨拶を交わしつつ、名前と顔を一致させる作業に追われていた柚は、あらかた会場を回って一息ついた。

他のホテルスタッフと話をする機会はあまりなかったが、それは相手も同じらしい。

自分と同じ年頃だという気安さからか、最初は緊張していた柚も段々と打ち解けていき会話も弾んだ。普段はあまり感じないが、様々な部署で働くスタッフと交流すると、改めてホテルは多様な職種の坩堝なのだと、今さらながらに感心していた。

「ちょっと外すわね」

挨拶回りも落ち着いた頃、村野が化粧室へ向かう。

柚は会場全体を見渡せる壁際で、ひとりソフトドリンクに口を付けた。気づけば無意識のうちに出入り口を見てしまっている。せっかくの交流会だというのに、佐伯がいつ現れるのか気になって仕方ない。

(佐伯さんは、本当に来るのかな)

謎に包まれていた彼の正体をやっと知ることができる。そう思うと、知らずと眉間に皺が寄った。緊張しているのだ。佐伯との関係が変化することに対する恐れもある。

「本城さん、楽しまれていますか?」

笑顔と共に柚にグラスを差し出したのは、幹事役の広田だった。

メインダイニングで見た時よりも若い印象を受けるが、さり気ない気遣いと洗練された身のこなしは熟練のスタッフのそれである。

「『evangelist』は素晴らしいホテルですね。広田さんの美しい振る舞いを見てなおさらそう感じました」

「光栄です。レストランに配属になった時に、だいぶ扱かれたので。その成果ですね」

広田の話によれば、『evangelist』に入社して、徹底的に礼儀作法を叩きこまれたという。それまで接客らしい接客をしたことがなかった広田は、ずいぶんと苦労したらしい。

「そのおかげで、今なんとか続けられています」

「わかります。わたしも、そうだったので」

これまでの出会いが柚を成長させたように、広田にもいい出会いがあったのだろう。人との関わりが自分の糧となったと語る彼は、仕事への情熱に溢れていた。

最初に感じていた気まずさも忘れ、しばしなごやかなムードでホテルについて語り合った。

ところが――。

「そういえば本城さんは、以前うちのレストランをご利用くださいましたよね」

広田が発したひと言に、心臓が大きく跳ねた。

「……一度しかお会いしていませんが、覚えてくださっていたんですか？」

「仕事柄、来店されたゲストの方は、記憶するよう努めているんです」

まさか覚えられていたとは思わず、忘れかけていた羞恥がふつふつと蘇ってくる。慌てて話題を変えようと、顔に笑みを貼りつけた時である。

「実は……本城さんが、佐伯さんのお連れ様だったので。印象に残っていたんです」

「佐伯さんの……？」

「はい。それに、佐伯さんから交流会のチケットを二枚頼まれました。本城さんと村野さんの分だったんですね。チケットを頼まれたのは初めてだったので驚きました」

広田の口から出た佐伯の名に、柚の心は騒ぎ始めていた。

佐伯は、月に一度ふらっとレストランへ訪れると言っていたし、長く通っている常連なのだろうか。そう尋ねると、広田が不思議そうに首を傾げた。

「もしかして、佐伯さんの立場をご存知ありませんでしたか？　本城さんが『Four gardens』にお勤めだと伺って、てっきり例の件だとばかり」

「えっと……どういうことでしょう？」

佐伯の話題だけでも動揺していたのに、『例の件』とはなんのことなのか。まったく見当がつかずに困惑する。広田も柚がなにも知らないことに驚いたようで、「余計なことを言いました」と、謝罪を口にした。

「申し訳ありません。佐伯さんには内密にしてください。口が軽いと叱られてしまいます」

「それは構いませんが……広田さんは、なにをご存じなんでしょうか？」

核心に迫るべく柚が問う。勉強会はオフレコの話も飛び出す情報交換の場だとも聞いていたが、まさかこの場で佐伯に関する話を聞けるとは思いもよらなかった。

固唾を飲んで次の言葉を待っていると、不意に広田の視線が出入り口へ向いた。

「お尋ねの件は、私よりもご本人から直接お聞きになるのが一番だと思いますよ」

広田の言葉と同時に、会場がざわめいた。参加者の視線が一点に集中している。自然と吸い寄せられて視線を向ければ、心臓が高鳴った。

佐伯が会場入りしたのだ。

広田は一礼してその場から離れると、佐伯へと歩み寄っていく。すでに参加者に囲まれていたが、そのほとんどが『evangelist』で働くスタッフだ。

集まった人々と挨拶を交わした彼は、ごく自然に人の輪を抜けた。少し離れた場所で控えていた広田とひと言二言交わし、柚に視線を投げる。

瞬間、ありえないくらいに鼓動が乱れた。直接顔を見ると嫌でも気づいてしまう。どうしようもなく、佐伯に心を奪われているのだ、と。

彼の素性を知りたい気持ちよりも、会えた喜びが先に立つ。悩んでも迷っても、彼が好きなのだと思い知らされた。

「本城さん、久しぶりだな」

立ち尽くす柚の前に歩み寄ってくると、佐伯はまったく変わらない様子で不敵に笑う。

「村野さんはどうした？」

「あ……今は、席を外していて……」

話したいことも聞きたいこともたくさんあるが、周囲の目が気になった。皆、佐伯と話したそうにこちらを伺っているのだ。これでは込み入った話はまずできない。

「……人気者ですね。みなさん、佐伯さんを見てますよ」

「珍獣扱いをされているみたいだな」

苦笑した佐伯は、会場を見まわした。

「交流会の感想は？」

「とても勉強になります。幹事の広田さんが気配りされていらっしゃるので、知らない方ともスムーズにご挨拶できましたし」

「彼は優秀だからな。でも、きみに失言をしたと本人から申告があったよ」

どうやら広田は、柚と交わした会話を佐伯に伝えたようだ。『例の件』という文言は、彼にとって失言だったのだ。

「広田さんは、なにも変なことは言っていません。佐伯さんと一緒にレストランに行ったのを覚えてくださっていたんです。……だから、いろいろ佐伯さんのことを知っていると勘違いされたみたいで」

「なるほど。口が滑ったのか」

ちらりと広田を見た佐伯だが、彼の発言を重要視はしていないようだった。この場に柚を呼んだ時点で、その程度は想定済みだったのだろう。

「悪かった。彼は、きみが同業だと知ったから、俺のことをわかっていると思ったんだ。レストランに誰かを連れて行ったこともなかったし」

淡々と説明する彼は、柚とは対照的だった。冷静沈着を絵に描いたような態度を崩さずに、人々の視線を受け止めている。

羨望と呼ぶにふさわしいそれらを注がれるのが、ごく当たり前の人物。そう考えると、ただの憶測が形を変えて現実味を帯びていく。

「佐伯さんは、ホテル関係者……なんですね。それもただのスタッフじゃなく、希望する部署へ人を送り込める立場にいる。違いますか？」

駆け引きなしに、真っ向から質問をぶつける柚に、佐伯は余裕の笑みで頷く。

「正解、だけど、正確じゃないな。今日俺がきみに用意した答えはこれだよ」

佐伯は内ポケットから名刺入れを取り出し、中から一枚取り出した。

「――『evangelist』日本支社、総括責任者の佐伯尊です」

差し出された名刺を丁寧に受け取った柚は、信じられない思いで紙片を凝視する。

（佐伯さんが……総括責任者……）

佐伯尊は、柚の予想通り、ホテル業に従事している人間であった。しかし現場スタッフではなく、マネジメント職にいる立場だったのである。

『evangelist』は外資系のホテルであり、運営と経営が完全に分離している。いわゆる、マネジメント・コントラクト方式《管理運営受託》である。

この場合、ホテルの経営は現場に任されており、経営会社に所属する総支配人より下のスタッフがその役割を担う。社員の所属はあくまでも経営会社であり、『evangelist』本体ではない。運営母体は海外にある別会社——つまり佐伯は、大本である運営会社から出向してきた人間なのだ。

総括責任者とは、言い方を変えれば社長と言っていい。だが、佐伯は確か三十歳だったはずだ。その若さで一流と呼ばれるホテルの総括責任者を任されることなどありえるのか。

信じられないといった面持ちの柚に、佐伯が説明を加えた。

「俺は、入社した時からゼネラリストコースでね。海外の系列ホテルの総支配人を務めていたんだけど、今回ホテルの開業計画が立ち上がって帰国したんだよ」

佐伯の話では、『Four gardens』のあるリゾートエリアで『evangelist』系列のホテル開業の話が進んでいるという。

「それじゃあ、佐伯さんが……そのホテルの責任者になるんですか」

柚の問いかけに、彼は首を縦に動かすことで肯定する。

語られた内容は、今まで漠然と予想していたことを遥かに凌駕していた。唯一理解できたことといえば、やはり佐伯は住む世界が違う人間だったという事実だけだ。

日本のホテルの組織体系と海外のホテルのそれではまるで異なる。日本ではまず現場に出てサービスを学び、そこから経営に関わるマネジメント職に就くことが多い。一方、海外のホテルでは、現場サービスとマネジメントは最初から区別されている。

そのため、ホテルに入り、マネジメント——いわゆるゼネラリストコースを選択すれば、若くして総支配人に就くことも珍しくない。

むろんホテルの形態や経営戦略によって細かな部分は異なるだろうが、いずれにせよ佐伯は『evangelist』日本文社のトップになるべく、この地にやってきたのだ。

同業種、だが、ライバルでもあるホテルの総括責任者。それがこの数カ月、柚を悩ませ続けてきた男の正体だったのである。

(だから佐伯さんは、『evangelist』の宴会場を押さえられたんだ)

柚の脳裏に、佐伯とマンションのコンシェルジュである大石の会話が蘇ってくる。

『お名前をお出ししてもよろしいでしょうか』

『かまわないよ。任せる』

失態を犯して途方に暮れる柚を前に彼らが交わした会話は、話を裏付けるには充分な出来事だった。

大石が元『evangelist』総支配人だったとはいえ、ブライダルシーズンにたやすく宴会場を押さえられないだろう。だからこそ柚が後日訪ねた時、『この前の件は、私より佐伯様のお力なんです』と言っていたのだ。

頭の中で、散り散りになっていたパズルのピースが合わさっていき、今まで疑問という霧に覆われていた視界が開けていく。

「きみが『Four gardens』を辞めるなら、新ホテルでのポストを約束する。正式なプレスリリースはまだ先だが、来年の秋口にはオープンさせる予定だ」

「来年……!?」

柚の勤めている、『Four gardens』をはじめとするホテル群が並ぶリゾートエリアには、広大な敷地が多くある。しかし、着工から竣工までは最低でも一年はかかるはずだ。新たなホテルが建設されるという話は、噂レベルでも入ってきていない。

「オーナー側との交渉次第では、もう少し早まるかもしれないが」

「え……それは……どういう」

新たにホテルが建つわけではないのだろうか。疑問が脳裏をかすめた時、柚の表情からそれを感じ取ったのか、佐伯は「近いうちに公表される情報」だと前置きしたうえで、からくりを語った。

「オーナーはそのままに、運営権だけを『evangelist』に委ねてもらう交渉をしていてね。交渉が成立次第、改修工事をして開業になる。そうすれば、更地から施工するよりも早く開業できるからな」

柚は今聞いたばかりの話を整理しようと頭を巡らせる。けれども自分の立場では、考えても現実感がないというのが本音だ。

佐伯が『evangelist』の総括責任者だったことや、『evangelist』が新たにホテルをオープンさせること——佐伯のことを知りたいと願っていたが、いざこうして明らかになれば、すべてが現実感に乏しい。いきなり大量に差し出された情報が動揺を誘い、戸惑いばかりが生まれていく。

(だから最初から予防線を張っていたの……?)

そう感じるのは、彼の置かれている立場が、あまりにも自分とかけ離れているからだ。大学時代から付き合ってきた晴臣との交際でさえも、環境の変化から終わりを告げてしまったのだ。佐伯のような住む世界も立場もまるで違う相手へ恋心を抱いても、結果は目に見えている。

そこまで考えたところで、重要なことが頭の中から抜け落ちていたことに気付く。佐伯への恋心と同じくらいに大切で、今後の人生を左右する大きな決断を迫られていることに。

『本城さん、「Four gardens」を辞める気はあるか?』

柚の夢を知った佐伯が口にした言葉だ。

あの時はまだ素性を知らなかったが、彼の立場が明らかになった今、言葉の正確な意味も同時に知る。

佐伯は『evangelist』の総括責任者なのだ。すなわち、申し出を受けた場合、柚は彼の下で『evangelist』に勤めることになる。

「きみなら『evangelist』で、やり甲斐を感じられるはずだ。完全実力主義で、若手でもベテランでも関係なく活躍の場がある。もちろん、未経験でも問題ない。前にも言ったけど、俺はきみの将来性を買っている。よく考えて結論を出してくれ」

佐伯が柚の肩を叩いたところで、タイミングを見計らっていた他の参加者がすかさず彼に声をかけている。自然と距離が開いてしまい、壁際まで退いて佐伯を見つめた。

佐伯の話をすぐに整理するには、衝撃が大きい。一度に知りすぎてしまった情報は、柚の心を激しく波立たせている。

「どうしたの、柚？　なにかあった？」

化粧室から戻ってきた村野が、心配そうに顔を覗き込んできた。けれども、一瞬で心配そうに眉根を寄せる。

「ちょっと、顔色悪いわよ。とりあえずここを出て休んだほうがいいわ」

明らかに様子のおかしい柚を、村野は見逃さなかった。幹事の広田に断りを入れると、すぐさま柚の腕を引いて『evangelist』を後にした。

「すみません……せっかく一緒に来てもらったのに」

「バカね、気にしなくていいのよ。ある程度の顔つなぎはできたし、目的は果たしたもの。化粧室へ行く途中にも連絡先を交換できたし、参加した甲斐はあったわ」

鷹揚に笑った村野は、近くにあるカフェへ柚を促した。

店内はさほど客は入っておらず、話をするにはちょうどいい静けさを保っている。窓際の席に腰を落ち着けると、身体から力が抜けていくのを感じた。慣れない場所での緊張感、それに佐伯から齎された話が、知らずと身体を強張らせていたのだ。

「で、どうしたのよ。そんなに青い顔して」

「実は……佐伯さんが来たんですが……意外な話を聞いてしまって」

「佐伯さんが？」

柚は、運ばれてきたホットカフェラテを両手に持つと、ひと口喉に流しこんだ。ゆっくりと広がるカフェラテの甘さが、どこか現実感のない心を現実に引き戻してくれる。

一度長い息を吐くと重い口を開き、先ほどの出来事を話して聞かせた。

佐伯が『evangelist』の総括責任者で、『evangelist』系列のホテルが開業するらしいということを、順を追って説明していく。

まだ動揺の収まらない中でうまく説明できるか不安だったが、自分にも言い聞かせるように咀嚼し、事実だけを伝えるように心がけた。

話がひと区切りつくと、村野はなんとも言えず複雑そうな表情を浮かべて呟いた。

「まさか佐伯さんが、『evangelist』の責任者だったなんてね」

「はい。どこかのホテルに勤めている人事関係の人なのかも、くらいにしか思ってなかったから……ビックリしました」

「わたしだって同じよ。『evangelist』のホームページでも紹介されていないし、そんな大物だなんてわかりっこないじゃない」

携帯でホテルのサイトを調べた村野が、やれやれというように肩を竦める。

「それに、新しいホテルを開業させるなんて……ビッグニュースになるわよ」

今回『evangelist』が参入しようとしているのは、日本有数の大型テーマパークに隣接するホテル群の一角だ。ビジネスマンよりも観光客が多く、テーマパークの稼働やイベントに影響を受ける。いわば、テーマパークありきのホテルである。

『evangelist』がリゾートエリアに本格参入するとなれば、多くのメディアに取り上げられるに違いない。ただし、このエリアには独特のルールが存在するため、慣れたスタッフのノウハウが必要になる。

「企画営業の経験のない私に佐伯さんが声をかけてくれたのは、リゾートエリアに開業するのが理由かもしれません」

リゾートエリアで営業するホテルにおいて、トップの稼働率を誇る『Four gardens』である。一流ホテルのスタッフという柚の経歴、それに近く開業するホテルの立地条件。企画営業が未経験であるのを差し引いても、新規スタッフとして引き入れるのは有益だと判断したのだろう。

「どこのホテルと交渉しているのか知らないけど、今の話だと社員は刷新されそうね。今までの従業員はある程度残すと思うけど。ホテル自体に愛着のある人もいるだろうから、退職者も多くなりそうだわ」

『evangelist』の経営方針も、新たに開業しようとしているホテルとの契約内容もわからないが、契約いかんによってはスタッフの入れ替えは充分に考えられる。

もしも柚が佐伯の導きに応じた場合、かなりの覚悟が必要だ。そもそも自分は、『evangelist』の制服に胸を張って袖を通すことができるのか。自問したが、即答することができない。

今の心の内を表すかのように視線を彷徨わせた柚に、村野は優しい眼差しを向けた。

「考えても仕方ないこともあるわ。すぐに答えを出そうとするんじゃなく、少し時間を置いてみれば？　混乱してる頭で考えても、答えなんて出ないわよ」

あえてどう考えているのかは問わず、自分で考えて答えを出せと村野は言った。

「柚がどの道を選択したとしても応援するわ」

「先輩……」

それは、佐伯への想いや自身の夢との間で迷い続ける柚を、これ以上悩ませたくないという彼女なりの気遣いだ。村野の優しさに触れ、今まで張り詰めていた気持ちが緩み、気付けば目には涙が浮かんでいた。

「ちょっと！　お化粧が崩れるわよ！」

「すみません、先輩……大好きです」

「バカねぇ。言う相手が違うわよ」

苦笑している村野に謝ると、柚はハンカチで目頭を押さえた。

これからなにを選択し、その結果なにを捨てることになるのか。それは柚自身にもまだわからない。

だが、自分の選んだ道がいかなるものであっても、村野は笑顔ですべてを受け入れてくれるはずだ。それはなによりも心強く、安心感を与えてくれる。改めて、彼女と出会えたことを感謝せずにはいられない。

（佐伯さんとの契約期間も決めないといけないし、転職についても考えないといけない）

今はまだ動揺が大きいため、少し冷静になる必要がある。じっくり自分の気持ちと向き合い、そのうえで身の振り方を考えていけばいい。

落ち着きを取り戻した柚だったが――状況はめまぐるしく変化し、考える時間を与えてくれないのだと思い知らされることになる。


十月初旬。頬を撫でていく風に、季節の変わりを意識し始めた頃。『evangelist』が各メディア媒体へ向けて、正式に新ホテルの開業を発表した。

柚がそのニュースを知ったのは、ちょうど休憩時間に食堂でテレビを見ていた時だ。大々的に報じられたニュースを見た瞬間、心臓が大きな音を立てた。

『大型テーマパークに隣接するホテル群に、「evangelist」が進出。開業は、来春予定』

アナウンサーの声と共に、リゾートエリア全体を空撮した映像がテレビ画面に映し出される。柚はテレビを食い入るように見つめながら、自分に残された時間はもうわずかなのだと知らしめられた。

（……最近は、新ホテルの話題で持ちきりだな）

『evangelist』がリゾートエリアに進出するとプレスリリースがあって以来、情報誌だけではなく、普段読まないような経済誌にまで目を通すようになっていた。

来春の新ホテル開業へ向けて、『evangelist』の総括責任者である佐伯尊が、メディアへの露出を始めたからである。

今まで表立った活動を控えていたらしく、衆人の耳目を集めることのなかった佐伯が、満を持してメディアへ登場した。同じ業界に身を置く人間には否応なしに情報が耳に届き、柚自身もまた、率先して『evangelist』を扱った報道を注視していた。

若き『evangelist』の総括責任者が精力的に活動したことも相まってか、今までどれだけ望んでも知り得なかった佐伯のバックグラウンドは報道で知ることになった。

『evangelist』を取り上げたどの媒体も、若いながら一流ホテルを統率する佐伯の風格と実力を伝え、経営哲学や方針を綴ったインタビュー記事では、彼が新ホテルの開業に尽力していることが窺えた。

しかしメディアから情報を得るほどに、佐伯との距離が広がっていく気がしていた。

「――本城、勝山様がいらしてる。ここはいいから、ラウンジに戻れ」

「わかりました」

午後に入ってから『vista』で会議用の設営をしていた柚は、柳の声に頷いた。

勝山がラウンジを訪れるのは、ずいぶんと久しぶりのことである。以前ミスをしたときは佐伯の計らいで『evangelist』の宴会場を押さえることができたものの、『Four gardens』での婚約披露パーティを望んでいた勝山の気持ちには応えられなかった。それがずっと心苦しく、教訓となって胸に刻まれている。

いささか緊張しながらラウンジへ戻ると、窓際の席に座る勝山へ歩み寄った。

「いらっしゃいませ、勝山様」

「やあ、本城さん。最近忙しくてね。やっと顔が出せたよ」

娘の結婚準備や仕事の都合で時間が取れなかったのだと相好を崩す勝山に、柚も自然と笑みを浮かべる。

「お待ちしておりました。遅くなりましたが、お嬢様のご婚約おめでとうございます」

「ありがとう。その節は世話になったね」

「いえ、ご迷惑をおかけしてしまって……お詫びの言葉もありません」

深々と頭を下げると、勝山は柔らかな声で顔を上げるように言い、「すでに済んだ話だよ」と恰幅の良い身体を揺すった。

「もう充分に、謝罪の気持ちは受け取っているからね。だからこの件はもう終わりだ。それに『evangelist』でも相当気を遣ってもらった。逆に申し訳ないくらいだよ」

「そんな……でも、そう言っていただけて安心しました」

ミスがあっても、まだホテルや柚に信頼を置いて、こうしてラウンジに足を運んでくれる。勝山の気持ちに応えるような仕事をしなければいけないと、心から思う。

「そうそう、『evangelist』といえば、以前ここへ連れてきたことのある佐伯さん、覚えているかい？」

「は、はい……」

勝山の口から出た名前に、狼狽えそうになりつつも小さく頷く。勝山は「イケメンだし、印象的だからね」などと、からかうような口調で続けた。

「もう知っているかもしれないが、彼は『evangelist』の総括責任者なんだ。若いのにやり手でね。娘の婚約披露パーティでも、いろいろと便宜を図ってくれたんだよ」

なにげない言葉だったが、胸に鋭い痛みが走った。それと同時に疑念が脳裏を掠める。

佐伯はいったい、どこまで計算して動いていたのだろうか。

柚がミスしたことを知った佐伯は、リカバーに奔走していた時に手を差し伸べてくれた。しかしそれは、純粋な助力というよりは、勝山へのアピールだったのではないのか。

勝山は大手電機メーカーの社長である。今、彼の会社は『Four gardens』のラウンジと年間契約を結んでいるが、これを機に『evangelist』に乗り換えてもおかしくはない。

今のところそのような話は出ていないが、贔屓にしてくれている勝山でなければ、ミスが発覚した時点で契約を切られていたかもしれない。

勝山の電機メーカーとの契約を見越しての行動だとは思いたくないが、なんらかの利を見出したからこそ佐伯は動いたのであろう。

佐伯への想いを募らせていた柚にとって、彼の行動が利益を追求するためだけのものだとは思いたくない。だが、たとえその行動がすべて計算ずくであったとしても、それを責める権利はない。もともと友人でもなければ恋人でもない。単に、契約で結ばれた関係でしかないのだ。

「娘も、『evangelist』を気に入ってね。式はあちらで挙げることに決めたそうだ」

「そうですか……。『evangelist』でしたら、きっと素敵なお式になると思います」

本来であれば、勝山の娘の結婚式は『Four gardens』で執り行われていたはずだ。それを思えば後悔してもしきれないし、祝い事に関われないのは残念でならない。けれど、嬉しそうな勝山の顔を見れば、自分の感情は些細なものだと思える。

もう一度祝いを述べると、微笑んだ勝山は窓の外に視線を移した。

「久しぶりに来たけれど、このラウンジから見る景色はやっぱりいいね。落ち着けるよ」

「ありがとうございます。わたしもこの場所が大好きなんです」

勝山の視線を追った柚もまた、大窓に切り取られた景色を目に映す。

窓の外に広がるのは、黄葉しかけている庭園と蒼茫たる東京湾だ。四季を彩る庭園の景色は、ここに配属されて以来慣れ親しんできた。ブラウンで統一されているラウンジの上品な空気の中に身を置くと、『Four gardens』が好きだと再認識する。

ゲストからのみならず、スタッフからも愛されている空間。この場で働けるのは、喜びであり誇りだ。

感慨に耽っていると、勝山はふと両目を細めて柚を見つめた。

「眺望もだけどね、私はこのホテルもラウンジも好きなんだよ。なんというか、私にとっては大切な場所になっているんだ。もちろん、本城さんや柏木さん、皆さんを含めて、このホテルが好きなんだと、今改めて思ったよ」

柔和に笑う勝山に、柚は胸の奥が熱くなるのを感じた。

『日頃の接客が、認められているんだよ。信頼関係は、一朝一夕でできるものじゃないからな。そこは自信を持ちなさい』

以前失態を犯した柚に対し、マネージャーの柏木からかけられた言葉だ。

ホテルとは、ゲストに寛げる空間を提供することを目的としたサービス業である。スタッフは常日頃よりゲストへのおもてなしに心を砕き、ゲストは提供されるサービス及び空間に対して対価を払う。

その関係性から、時には『金を払っているのだから』と言って、無理難題を押しつけられたり、言いがかりのようなコンプレインも残念ながら存在する。

だからこそ、提供している空間やスタッフへの褒め言葉はなによりも嬉しい。この仕事に就いていて良かったと思える瞬間だ。

今の勝山の言葉は、自分に対するだけのものではない。柏木や柳、その他スタッフたちの日頃のサービスが認められての言葉なのだ。それだけに柚の心を深く震わせた。

「……ありがとうございます。勝山様のお言葉、他のスタッフにも伝えます」

丁寧に腰を折って頭を下げると、心の中で決意を固める。

佐伯の素性を知って以来、ずっと考え続けてきた自分の身の振り方を彼に伝えなければいけない。中途半端に迷いながらの仕事では、ゲストに対しても失礼だ。

(会って、返事をしよう)

決心すると、深々と下げていた頭を上げる。晴れやかなその表情に、勝山はひとつ頷き微笑んでいた。

早番の勤務を終えた柚がタイムカードを打刻したのは、十八時を回った頃だった。引き継ぎを済ませたその足で更衣室に来ると、善は急げとばかりに携帯を取り出して佐伯へメッセージを入力する。

ブライダルフェアが終わった日、他のホテルへの転職を勧められて以来、彼から積極的に連絡が来ることはなかった。考える猶予を与えてくれたとも受け取れるが、最近のメディアへの露出頻度を考えると、柚に構っている余裕がなかっただけかもしれない。

柚は『お話があります』と、用件だけ記したメッセージを送った。このタイミングで佐伯に連絡を取るということは、なんらかの決断を下したのだと言わずともわかるはずだ。

ロッカーに背を預けた柚は、そのまま床に座りこんだ。仕事を終えたばかりで身体は疲れていたが、気分はどこか軽くなっている。

佐伯の素性を知ったことで、彼の真意に考えを巡らせていた。けれど、いくら考えたところで答えが出るわけでもない。今まで知り得なかった情報が開示されたことで動揺し、自分の立っている場所さえも曖昧になっていたのだ。

しかし今第一に考えるべきは、目の前にある仕事に対して誠実でいること、それだけだ。自分の夢も大切だが、このホテルも同じくらいに大切だった。そんなことも見えなくなるほど、佐伯の申し出に浮き足立っていた。

柚は自嘲気味に笑みを浮かべると、小さく息を吐き出した。

今まで支えてくれたのは、柳をはじめとする先輩スタッフ、それに常連の勝山たちゲストの存在だ。まさにこの場で育ててもらったと言っていい。

（『Four gardens』を辞めるなんて、考えられない）

夢は逃げないし、焦る必要はない。たとえ遠回りになったとしても、今は『Four gardens』でキャリアを積んでいきたい。

それは勝山との会話の中で改めて気付かされた。なによりも大事な気持ちだった。

心の奥ではとうに結論は出ていた。にもかかわらず、佐伯に伝えるのを先延ばしにしていたのは、『疑問にすべて答える』という言葉が引っかかっていたからだ。

佐伯はなぜ柚を手もとへ置きたいと望んだのか、その心の内を知りたかった。けれど、彼への想いは抜きにして、自分の夢や置かれている状況を冷静に見つめた時、柚の心は真っ直ぐ結論に辿り着いた。

目の前のチャンスに手を伸ばすことも時に必要だ。ただ柚の性格では、むやみにチャンスを与えられたところで、自分自身が納得できないのだ。

回り道であろうと、一歩一歩着実に進んでいく。そのうえで目の前にチャンスがあれば、堂々と掴みとればいい。そのほうが自分らしいと思えたのである。

(あとは、佐伯さんとの契約期間を決めるだけだ)

恋愛感情を持たないのが条件の契約だから、本来は契約違反である。けれど、この気持ちさえ隠していれば、まだ彼の傍にいられる。そんなずるい気持ちが、日に日に強くなっていた。

ある意味これは、転職するか否かの決断よりも難しい。柚が苦笑した時、傍らに置いていた携帯から軽やかな音が鳴った。

(えっ……)

まさかと思いつつ携帯を手に取る。着信ではなくメッセージだ。内容を確認した柚は、弾かれたように立ち上がり、すぐさま制服を脱ぎ始めた。

『新木場駅。十九時』

(どうしてあの人は、いつも突然なの……⁉)

心の中で文句を言いながら、それでも支度をする手を休めない。

逸る気持ちを抑えて私服に着替えると、勢いよくホテルを飛び出した。

最寄り駅に到着すると、テーマパーク帰りの観光客や、近隣施設の従業員と思しき集団でごった返している。

明らかに尋常ではない様子を不思議に思いながらホームに上がる。すると、電車を待っていた柚の耳に、電車が遅延を知らせるアナウンスが聞こえてきた。どうやら平時より混雑しているのは、強風によるダイヤの乱れが原因らしい。

こんな時に限って……と、気ばかりが急いている自分に気付き、落ち着こうと宙を仰ぐ。肌を撫でるというには強い風が身体から熱を奪っていき、コートの襟を掻き合わせた。

たった二駅、電車に乗れば数分の距離だ。それなのに、どうしてこんなに急いでいるのだろうか。自分自身に問いかけたが、答えは既にわかっていた。

ただ、佐伯に会いたかったのだ。転職の件や佐伯の素性、そういったすべてのしがらみを上回る気持ちが、彼のもとへと急がせている。

予定時刻より十五分遅れで電車が到着した。車体に吸いこまれていく人の波に乗ると、電車は緩やかに発車を告げる。

思えばこの半年近く、佐伯には振り回され続けてきた。有無を言わさず呼びつけられるたびに心の中で毒づくも、断ったことはなかった。

けれど柚は、今回初めて佐伯からの提案を断ろうとしている。それがふたりのあやふやな関係にどんな作用を齎すのか、想像するのは難しい。

(考えても仕方ない。今はただ、自分の気持ちを素直に伝えよう)

覚悟が決まると同時に、新木場駅ホームに電車が滑りこむ。柚は人の波を掻き分けるように、早足で改札を抜けた。

駅を出てすぐにロータリーに目を凝らしたものの、佐伯の車は見当たらなかった。

携帯を取り出して時間を確かめれば、十九時を十分ほど過ぎている。指定してきた時間に彼が遅れるのは珍しい。

一瞬渋滞かとも考えたが、ひょっとして仕事がまだ残っているのかもしれないと思い直す。現在、佐伯が多忙を極める立場にいることは、想像に難くなかった。

自分が連絡したことで、無理をして時間を割いてくれたのではないか。不安を抱きつつ、彼がいつも車を停めている付近まで足を運んだ時だった。

柚の不安をかき消すかのように、背後から低くクラクションの音が響いた。振り向こうとした矢先、見覚えのある車体が静かに横付けされる。

優雅に車から降り立った人物は、確認するまでもない。

「佐伯さん……！」

「待たせてすまない」

「いえ、わたしも電車が遅れて……今、来たところです」

そう言いながら、佐伯の顔からわずかに視線を逸らした。彼の素性を知り、どういう態度で接すればいいのか戸惑っていたのである。

そんな不自然な態度を気にせずに、佐伯は柚の背中に手を添えて車へ促した。

「とりあえず移動しようか。立ち話で済ませられる話じゃないだろ？」

佐伯に変わった様子は見られない。常に余裕を崩すことのない姿が憎らしい半面、いつもと同じ態度は妙に落ち着ける。

気付かれないようにホッと息を吐くと、車へと乗りこんだ。

「……すみません。お忙しいのに」

「いや、待ちわびていた連絡だからね。時間は作るさ」

さらりと告げられた台詞に、頬が紅潮する。

佐伯は自分の連絡を待っていてくれたのだ。もちろん彼にも思惑はあっただろうが、柚の夢を考慮してくれた提案だったのは間違いない。自身の素性を明かしてまで『evangelist』に誘ってくれたのは事実なのだから。

「あの、それでお話なんですが」

「話は部屋で聞く。その程度の時間はあるだろ?」

「わたしはいいですけど、佐伯さんが……」

「俺も構わない。なにも問題はないな」

柚の返事を待たずにロータリーを抜けた車は、夜の首都高を快調に走り始めた。

あいかわらずマイペースな男である。出会った頃よりそれは変わらない。変化したのは、彼に対する柚の気持ちだけである。

柚が口を開かないからか、それとも運転に集中しているせいか、佐伯は珍しく口数が少なかった。ひと言でも話せば性質の悪さを滲ませる物言いで翻弄するが、口を開かなければ整いすぎた顔立ちについ見入ってしまう。

隣で涼やかな顔をしているこの男が、『evangelist』の総括責任者なのだ。

こうして車を運転する佐伯を見ていると、現実感が乏しくなってくる。メディアを通して見る彼は、直に声を聞けない分どこか遠い存在だった。実際は、それが本来のふたりの距離感なのだろう。

一介のホテルスタッフでしかない柚と、『evangelist』の総括責任者である佐伯とでは、会話を交わすことさえままならないはずだ。しかし今、隣で車を操る男は、そういった立場の違いを感じさせることはなかった。

これまで接してきた佐伯は、尊大な態度と物言いをしながらも、柚のために時間を割き、手を差し伸べてくれる優しさを持っている。立場やしがらみを理解したうえでも、惹かれる気持ちを抑えられない——極上の男だった。

やがて車窓に見慣れたタワーマンションが現れると、車は高級車の並ぶ地下駐車場に滑りこんだ。

地下駐車場からエレベーターで五十三階に到着する間も、佐伯と会話はない。

柚は徐々に高まる緊張感に鼓動を響かせながら、佐伯の後に続いて部屋に入った。

「かけていてくれ。コーヒーを淹れるから」

「あ……おかまいなく」

「そう緊張しなくてもいいだろ。意識されると、悪戯心をくすぐられる」

「佐伯さん……っ、またどうして、そういうことを……」

「冗談だよ」

佐伯がこの手の台詞を吐くと、冗談で済まない場合がままある。過去のやりとりを思い起こして声が裏返ってしまった柚に、佐伯は笑みだけを残してキッチンへと消えた。

（やっぱり性質が悪い）

思いきり叫んでやりたい衝動をなんとかやり過ごしたが、佐伯の軽口のおかげで緊張は解れたようである。

柚はひとつ息を吐くと、久しぶりに足を踏み入れた部屋を改めて見渡した。

約半年前にこの部屋で目覚めた時は、まさか佐伯に惹かれることになろうとは想像もしていなかった。

しかし、あの時に気付かなかったことが今ならわかる。二十四歳になったその日に彼と出会ったのは、なによりも幸運だった。運命などと言うつもりはないが、この出会いは間違いなくギフトだと断言できる。

そんなことを考えていると、妙に照れくさくなってくる。赤くなりそうな頬を自身の手で覆った時、コーヒーの香りと共に佐伯がリビングに戻ってきた。

「本城さん？　顔が赤いな」

「な、なんでもありません」

「そんな顔をしていると、誘われている気分になる」

佐伯の台詞で、ますます顔が熱くなる。

軽く睨みつけると、佐伯は肩を揺らして笑いながら、柚の対面に腰を下ろした。ソファに深く身を沈めてネクタイを緩めると、柚に視線を向ける。

「本城さんから連絡をくれたってことは、この前の話の結論が出たと思っても？」

「……はい。本当は、もっと早くにお返事するべきだったんですが……」

「いや、それはかまわないよ。大事なことだから、熟考してくれていい」

言いながら、佐伯は英国製のコーヒーカップに口を付けた。プラチナで描かれた動植物の絵柄が上品で、彼にもこの部屋にも良く似合っている。ホテルのラウンジで寛いでいるかのような優美な雰囲気に、柚はふたたび佐伯の立場を強く意識させられた。

「それで？　まずはきみの話を聞こうか」

「……はい」

それまでの空気が一変し、ふたたび緊張で身体が固くなる。心は決まっていたが、それを伝えるのはなかなかに難しい。

柚は言葉を選びながら、慎重に話し始めた。

「佐伯さんからお話をいただいてから、ずっと考えてきました。経験もない自分に、企画営業が務まるのか。不安と、やってみたいという気持ちの間で迷っていたんです」

そして口にすることはできないが、佐伯のそばにいたいという想いから、転職へ心が傾いていた。それは否定できない。

——だが。

「本当に、わたしにはもったいないお話なんですが……申し訳ありません。この件は、お断りさせてください」

これまで散々迷ったが、やはり自分の夢は『Four gardens』で叶えていきたいと、今日勝山と交わした会話で強く思った。

夢を持つことができたのも、『Four gardens』で働いてきたからこそだ。今まで関わってきた人々に、これから仕事で恩返しをしていきたい。それが、考え抜いたうえで出した結論だった。

柚は自分の決意を隠すことなく伝えた。そうすることが、声をかけてくれた佐伯に見せられる誠意だと思ったのである。

「せっかくのチャンスをふいにして、後悔はしないか?」

話を聞き終えた佐伯の目が、柚を試すように見据える。その視線を正面から受け止めると、大きく頷いてみせた。

「後悔はしません」

「そうか。本城さんは、こうと決めたら強情だったな」

苦笑を浮かべた佐伯に、柚はもう一度頭を下げた。

実際、結論に至るまでは揺れ動いていた。スキルアップを望むのであればまたとないチャンスだし、提示された条件での転職は夢を叶える近道になる。

そう断ったうえで、気持ちを吐露する。

「わたしはまだ『Four gardens』で学んでいきたい。勉強しなければいけないことが山ほどある……そう思ったんです。だけど今回、佐伯さんに誘っていただかなかったら、こんなに真剣に今後について向き合えなかったかもしれません」

柚は顔を上げると、佐伯に向かって微笑んだ。

「だから佐伯さんには、感謝しています。本当に、ありがとうございます」

「きみの性格から、断られることは想像していたよ。『Four gardens』で働くことに、なによりも喜びを感じているようだったしね。……だからこそ、ほしいと思ったんだけど」

どういうことかと首を傾げると、佐伯から柔らかな眼差しを向けられる。

「なかなかいないんだよ。職場に愛着を持てるスタッフというのは。スキルは磨けても、気持ちだけは本人の持っている資質が大きい。きみのような若手スタッフが育っていくのを、そばで見たかったというのもあるかな」

本心からの褒め言葉なのだろう。佐伯の声音や表情からは、珍しく裏を感じない。

嬉しい半面、複雑な思いに駆られた柚は、膝の上で拳を握った。

「それは……『evangelist』の総括責任者として、ですか……？」

佐伯が『evangelist』の総括責任者だと知る前であれば、彼の言葉を額面通りに受け取った。だが、『evangelist』の人間だと知った今、胸の奥のしこりが心を鈍く軋ませている。

彼は、柚が『Four gardens』に愛着を持っているのを知ったうえで、ライバルとなる新ホテルへ誘ったのだ。それを責める権利はないが、複雑な心境であることは否めない。

ぽつりと漏らした柚に、佐伯はふっと息を吐いた。

「質問は受け付けないよ。言ったろ？　疑問に答えるのは、きみが『Four gardens』を辞める時だって」

「じゃあ佐伯さんは、最初からわたしの疑問に答えるつもりはなかったんですか？」

「きみが俺の元へ来るなら、すべて答えるつもりだったよ」

しれっと言った佐伯だが、断られるのを承知で柚に話を持ちかけたのだ。ということは、はなから疑問に答える気はなかったということになる。

「……ずるいです、佐伯さんは。どうして最初から、『evangelist』の総括責任者だって言ってくれなかったんですか？　わたしを認めてくれるのは嬉しいですが……素直に喜べないんです。教えてください、佐伯さん。いったいどこまでが本心なんですか？」

「おかしなことを言うな。俺は、嘘を言った覚えはないけど」

「そうじゃなくて……っ、どこまでが佐伯さん自身の言葉なのかがわからないんです。わたしを手助けしてくれたのも今回のお話も、すべては仕事の延長線上だったんですか？」

それは佐伯の素性を知って以来、ずっと抱えていた問いだった。彼の言動すべてが仕事を絡めたもので、彼自身の心がなかったのだとは考えたくない。

けれど、本人が真意を語らない以上、単に自分がそう思いたがっているだけではないかという気持ちも拭えない。

「本城さん、落ち着いたらどうだ。今のきみは、俺がなにを言っても信じられないだろ」

「そんなこと……！」

「だから、だよ」

佐伯はおもむろに立ち上がると、柚の隣へ腰を下ろした。反射的に身体を背けた柚の肩を摑み、向き合う格好にさせる。

せめて視線を逸らそうとしたが、それよりも早く佐伯の片手が柚の頬に触れた。

ぴくりと身じろぎすると、彼の手を振り払おうとする。けれども佐伯の強い眼差しに射抜かれて、指一本すら動かせなくなる。

「今回の転職話を持ちかけた時、俺の立場を知れば混乱するだろうと思った。だからなにも言わなかったんだよ。現に今、きみは混乱してる。違うか？」

「それは……」

「余計な先入観なしに、転職の話を考えてほしかった。きみの答えを聞く前に新ホテルのプレスリリースがあったけど……その前にはもう気持ちは決まっていたろ」

確かに佐伯の言う通り、柚は『Four gardens』への思い入れが強い。迷っていたとはいえ、いずれは断りを入れただろう。

押し黙った柚に、佐伯は表情を緩めた。

「俺も賭けだったよ。最初から望みは薄いとわかっていたけど、もしもきみが『Four gardens』を離れる決意をしたなら、その時は時間をかけて育てたいと思っていた」

淡々と語る佐伯に、昂ぶっていた柚の感情は次第に凪いでいき、そして気付く。自分はただ、彼の口から聞きたかっただけなのだ。今までの行動は仕事と関係なく、佐伯個人の気持ちだったのだと。

たとえそれが嘘だとしても、本人の口から聞けば信じられた。——信じられるくらいに、共に過ごした時間に心が囚われていた。

しばし無言のまま、ふたりの視線が宙で交わる。間近で見ても、佐伯の整った顔立ちから真意を読み取ることは叶わない。転職の話を断った以上、彼は柚の疑問には答えはしないだろう。そうとは知りつつ、なおも食い下がった。

「確かに、動揺はしました。でもそれは、今回の転職のお話とは無関係です」

「それは、どういう意味で？」

「わたしは……佐伯さんが、『evangelist』の関係者だと最初から知っていても、きっと同じように迷って、同じように決断したと思います。だけど」

一度言葉を切って、佐伯を真っ直ぐに見つめた。先ほどのように感情の昂ぶりをぶつけるのではなく、冷静になれと自分に念じながら想いを繋ぐ。

「動揺しているのは、今までの佐伯さんのすべてが、新ホテル開業への布石かもしれないって、そう思ったからです」

吐息が触れそうな距離にいると、心臓が否応なく早鐘を打っている。まるで、全身で好きだと佐伯に伝えているようだ。

このままなにも言わなければ、まだこの男の瞳に映っていられる。契約の期間を決めずにいれば、しばらくは曖昧な関係を続けていけるはずだ。

(でも、これ以上自分の気持ちを誤魔化せない)

柚は、自身の賢しさに蓋をして覚悟を決めると、目の前の男へ告げる。

「今までの佐伯さんの行動や言葉が、仕事を通してのものだと思いたくなかったんです」

「なぜ?」

「それは……」

それまで淀みのなかった柚の声に躊躇が生まれる。

この先を続ければ、佐伯のそばにいられなくなる。そう思っても、一度溢れ出した想いは止まることはなく、ごく自然に零れる。

「……好き、なんです」

それは佐伯と関わっていくうちに、柚の中で育まれてきた想いの結晶。しかし、彼と交わした契約もあり、けっして口にすることができなかった。

初めて言葉にできた嬉しさが胸に迫る。その一方で、彼の反応が怖くもあった。

けれど、もう取り消しはできないし、したくはない。

柚は彼から視線を外すことなく、もう一度同じ言葉を伝えた。

「……佐伯さんが、好きなんです」

消え入りそうな声だったが、確かに佐伯には届いていた。なぜなら、いつも余裕の態度を崩さない男が、わずかに息を呑んだから。おそらく純粋に告白に驚いているのだ。

柚は相手の返事を拒むかのように、さらに言い募る。

「佐伯さんが仕事の延長線上にわたしを見ていたなんて、思いたくなかった。恋愛感情を持っちゃいけない契約だって、わかってはいたんです。だけど、自分ではどうしようもないくらいに……好きに、なってしまったんです」

そこまで一気にまくし立てると、柚は声を詰まらせた。今まで抑えこんできた感情は、自分が思っていたよりもずっと大きく育っていた。冷静になれと念じたところで、佐伯を前にしては柚の意識などたやすく奪われてしまうのだ。

「本城さん、意味がわかって言ってるのか？」

逃げ場のない至近距離で問われ、視線を落として頷いた。

恋愛感情を持っていると告白した以上、もう契約は解消される。視線を合わせたままで、その言葉を聞くほどの心構えはなかった。滲みそうになる視界を遮るように目を閉じると、かすかに空気が揺れた。

「そうか。わかった」

端的なひと言を告げた佐伯の声は抑揚がなく、柚の耳に冷たく響く。

胸に言いようのない痛みが走ったが、後悔はなかった。もとより住む世界の違う男だったし、むしろ今まで関わってこられたのが奇跡なのだ。

自身に言い聞かせていた時だった。

目尻に柔らかな感触がして、びくりと肩が上下した。

それが佐伯の唇だとわかるまでに、時間はかからなかった。まるで今にも零れ落ちそうな涙を止めるように、唇が優しく触れる。

柚は咄嗟に彼の胸を押し返して距離を取ろうとした。だが、その手は佐伯によって封じられ、身動きできなくなってしまう。

佐伯はソファに柚を押し倒すと、顔を近づけてきた。そして柚が抗議を示す間もなく、すべてを飲みこむように唇を重ねた。

（どうしてキスなんてするの？）

疑問が頭の中を駆け巡る中、それでも佐伯のキスを受け入れてしまう。

彼のキスは甘やかで、頭の芯から蕩けてしまいそうだ。触れてしまえばもう、逃れられなくなるほどに。

唇が離れる頃には、すっかり息が上がっていた。キスの名残りで身体が熱く火照り、自然と潤む目で佐伯を見つめる。期待と不安が入り交じり、ありえないほど胸の高鳴りが増していた。

「本城さん」

いつもならば、頰を紅潮させている柚をからかうであろう佐伯だったが、今日は違った。その代わりに、冷徹とも言えるひと言を投げかけた。

「契約は、今日で終了だ」

第七章　本気できみを抱く

十一月初旬。ようやく目覚めた太陽が、空を青に染め始める時間。身を切るような風に晒されながら、柚は新木場駅ホームで千葉方面の電車を待っていた。その目は見慣れたはずの景色を拒むように、きつく閉ざされている。

すっかり冷気を帯びた風が、剝き出しの肌を突き刺すように触れる。風から逃れてマフラーに顔を埋めると、身を竦めた。

どこか顔が腫れぼったいのは、早起きに悲鳴を上げているだけではない。

ここ一カ月、朝は常に顔の腫れと格闘することから始まっていた。佐伯から契約終了を告げられてからというもの、ベッドに入ると意思とは関係なしに涙が出てくるためだ。

あの日、佐伯から契約の終了を告げられた柚は、逃げるようにして部屋を飛び出した。

これ以上誤魔化しきれずに伝えた想いだが、受け入れられないことはわかっていた。そして告白したその時が、佐伯との別れを意味することも。

気持ちを伝えたことに後悔はない。あるのは鈍く痛み続けている心と、佐伯にされたキスの感触だけだ。

晴臣に振られた時でさえも、そう長く落ちこむことはなかった。傷つきはしたが、知らない間に傷が塞がっていた。佐伯と出会い、振り回され、気づけばあの男が心に侵入していたからだ。

だが、傷を塞いでくれた男によって、柚はふたたび傷ついていた。しかも、以前よりも深く、である。

皮肉なものだと自嘲的に白い息を吐いた時、電車がホームに滑りこんできた。じんと熱くなった鼻先は、冷風に晒されていたせいだ。そう自分自身を誤魔化すと、電車へと乗りこんだ。

いくら辛かろうとも、逃げ出すわけにはいかない。今残されているのは、自分が選んだ『Four gardens』での仕事だけだ。仕事をおろそかにしては、彼の申し出を断った意味がなくなってしまう。

一歩ずつ、夢に向かって歩いていくこと。その決意だけが、柚の精神を支えていた。

この時期のリゾートエリアは、一カ月以上先のクリスマスに向けて、一層華やかに彩られている。テーマパークでは早々にクリスマスのパレードが行われていたし、駅から徒歩一分の場所にある複合商業施設を始め、近隣ホテルでも様々なイベントが催される。

当然『Four gardens』も例外ではなく、館内ではリースやツリーといったクリスマスムードを高める装飾品をいたる場所で見ることができた。

正面玄関を入ってすぐにあるクリスマスツリーには、リゾートエリアならではの人気キャラクターのオーナメントが飾られ、子供連れやカップルたちの目を楽しませている。また、ロビーからアトリウムカフェの吹き抜けは、クリスマスカラーのイルミネーションが鮮やかで、館内に足を踏み入れたゲストの気分を浮き立たせていた。

柚のいるラウンジでは、控えめにリースが飾られているだけだったが、それでもクリスマスを意識させるには充分だった。

「……クリスマス一色、ですね」

午後になり、会議の予約が入っている『vista』で設営作業をしていた柚は、同じように作業する柳に向けて——というよりは、限りなく独り言に近い声を漏らした。

「なんだよ、いきなり。まさか休みの催促じゃないだろうな」

すかさず険を含んだ柳の声が飛んでくる。柚は慌てて首を振った。

「違いますよ。なんならクリスマス前後は、遅番で入ってもいいですし」

「ふーん。それは助かるけど……いいのか？　いつか言ってただろ、おまえ。格差恋愛してる〝トモダチ〟の話」

会議で使用されるスクリーンの位置を調整していた柚の手が、ピタリと止まった。

柳は遠回しに、いつだったか相談したことのある〝トモダチ〟が、格差恋愛の相手と過ごす予定はないのかと聞いているのだ。彼の言わんとしていることは理解できるが、不意打ちで問われれば答えに詰まってしまう。

強張りそうになる表情を抑えているだけで精いっぱいの柚に、柳は顔をしかめた。

「遅番でいいって言うなら構わないけど、後から変更するって言っても遅いからな」

「はい、大丈夫です」

「それと、もうひとつ」

柳は細い眉を寄せると、舌打ちでもしそうな勢いで続けた。

「そろそろそのシケた顔をどうにかしろ。おまえこのところ、ずっと落ち込んでるだろ。毎日顔つき合わせてるとわかるんだよ。ゲストの前でしてないからいいけど、いい加減シャキッとしろよ」

聡い柳のことである。柚の態度や表情から、なにかあったと気付いているのだろう。

以前も同じような指摘を受けたことを思い出し、成長していない自分に情けなくなりながら頭を下げた。

「柳さん、わたしをコキ使ってください。夢を叶えるために、キャリアを積みたいんです。だから、仕事を思いきりしたいというか」

「思いきりねぇ」

テーブルのセッティングを終えた柳は、片目を眇めて鼻を鳴らした。

「やる気があるのは結構だけどな、仕事に逃げるなよ？」

「……どういう意味ですか？」

「問題から逃げて仕事に没頭しても、モノにならないってことだよ」

にべもなく言い放つ柳に、なにも言い返せずに口を閉ざす。

佐伯への想いを断ち切るために、仕事を頑張ろうと決めた。それを逃げだと言われてしまえば、確かにそうなのかもしれない。けれども今の柚には、叶うことのなかった恋心を仕事で紛らわせるしか術がなかった。

「今は……仕事のことだけを考えるって決めたんです」

「それもいいけどな。ただそれじゃ、おまえの取り柄がなくなるって言ってるんだよ」

溜め息と共に投げかけられた柳の声に、柚は首を傾けた。

「取り柄、ですか？」

「おまえの取り柄は、愚直なくらい真っ直ぐなところだろ。あとは、鬱陶しいくらいに元気なところか。おまえからそれがなくなったら、ただの厄介者だろうが」

「ひ、ひどいです……」

肩を落としたところで、柳の持つスタッフ専用携帯が鳴った。「無駄話は終わりだ」と言った柳は、柚に残りの設営を任せて『vista』を後にした。

残りの設営といっても、作業はほぼ終わっている。柚は部屋をぐるりと見渡してチェックを終えると、窓際に足を向け外の景色に目を凝らした。

東京湾岸やテーマパーク、それに『Four gardens』の誇る庭園を眺めていると、大抵は気分が晴れていた。だが、今は心が晴れるどころか曇天模様で、柳の言葉の意味を考えずにはいられない。

『Four gardens』に育てられた恩返しをしたい。だから佐伯の申し出を断り、このホテルでキャリアを重ねようと決めた。それだけならまだいいが、契約を破って告白したことで、そばにもいられなくなってしまった。柚にはもう、仕事だけが拠りどころだ。

それなのに、『問題から逃げて仕事に没頭しても、モノにならない』と諭された。それは柚のためを思っての苦言であったが、今、受け止めるには厳しい言葉だ。

佐伯と出会い、悩み、迷い、立ち止まることもあったが、少しは成長できたと思っていた。しかしそれは勘違いで、晴臣に振られてからまるで変わっていないのではないか。

自虐的な思考に陥り、窓に向かって溜め息を吐く。柳に言い返せなかったのは、自覚があったからだ。

仕事を頑張ろうと思う気持ちに嘘はない。けれど、忘れよう、考えまいとすればするほどに、佐伯の存在の大きさを思い知らされてしまう。

そばにいてもいなくても、意識を縛りつけて魅了する。はた迷惑だといくら毒づいたところで、心に住みついている男を追い出すことはできなかった。

柚はもう一度息を吐くと、頭を切り替えろと自身に念じ、『vista』の扉を開いた。


仕事が終わった柚は、その足で有楽町へ来ていた。村野からの呼び出しがあり、急遽駆け付けたのである。

彼女が指定してきたのは、千川のいる『青葉』ではなく、佐伯と訪れたことがある『cigar bar』だった。彼らはたまたま休みが重なったようで、久々にプライベートで飲もうという話になったらしい。そこで、柚を誘ったというわけだ。

久しぶりに来たバーは、相変わらず隠れ家の様相を呈している。足早に狭い階段を下り、目の前に現れた木製の扉を開いた。

シガーの香りが身体を包んだと同時に、扉上部の鈴が軽やかに鳴る。するとカウンター席に腰掛けていたふたり組が、柚の姿を認めて軽く手を上げた。

「柚、お疲れ様」

「本城さん、久しぶりだな」

「千川さん！　お久しぶりです」

先に着いていたふたりと挨拶を交わし、村野の隣に腰を下ろしたところで、店長がドリンクの注文を取りにきた。久々に来店した柚を笑顔で出迎えてくれた店の主は、三人分のオーダーを受けて店の奥へと消える。

店内に三人だけになると、すかさず村野が口を開く。

「柳さんの言う通り、冴えない顔色ね」

「え……柳さんですか？」

「柚がなにか悩んでるみたいだから、発破をかけてやれって言われたのよ」

まさか、柳が村野に連絡を入れていたとは思わなかった。上司の気遣いや、時間を割いてくれた村野、そして千川にも申し訳ないと思いつつ苦笑いを浮かべる。

「おふたりとも、すみませんでした。せっかくのお休みだったのに」

「いや？　近いうちに本城さんとも話そうと思ってたからな。ちょうど良かったよ」

村野を挟んで左手にいる千川は、シガリロを燻らせながら村野に視線を向けた。

「今、村野と話してたんだよ。――佐伯のことを」

千川の口から出た名前に動揺し、わずかに柚の肩が上下した。その様子を見た村野は、納得したように両目を細め、柚の頭をひと撫でした。

「やっぱり佐伯さん絡みで落ちこんでたのね。なにがあったの？」

優しく問いかけられ、思わず涙腺が緩みかけた。これ以上、心配をかけるわけにはいかない。だが、声を出せばきっと泣いてしまう。返事ができずにいると、目の前にカウンター内からグラスビールが差し出された。

「どうぞ。御用があったら、また呼んでください」

目を向けると、店長は穏やかに微笑み、ふたたび場を離れた。以前訪れた時と同じだ。客の好きに過ごさせてくれる店の流儀が、今はありがたく思える。

柚は波立った気持ちを落ち着けようと、ビールを喉に流し込んだ。きめの細かい泡が美味で、喉に苦味が広がっていく。

動揺をアルコールと共に飲み干すと、村野に顔を向けた。

「わたし……この前、佐伯さんに告白して振られたんです。気を付けているつもりだったんですけど、落ち込んでいたのが顔に出ちゃったみたいで」

笑みを作ったが、表情の強張りは誤魔化しきれない。自覚した柚は、わざと場にそぐわない明るい声を上げた。

「菜摘先輩も千川さんも、いろいろご心配をおかけしてすみません。でも、大丈夫です！……大丈夫に、なりますから」

「柚……」

柚の言葉に村野は渋面を作り、千川は細い目を眇めている。

ふたりの視線に晒されて居たたまれなくなり、店内へ視線を泳がせた。

今日は客入りが少ないからか、店内に緩く流れるジャズがよく聞こえてくる。以前佐伯と来た時は、ゆったりと寛げる空間だと思った。だが、彼との思い出が鮮明に残るこの場所は、今は少し辛いものになっている。シガーの香りすら佐伯と過ごした日々を想起させ、胸を軋ませていた。

「なぁ、本城さん。佐伯は、本城さんになんて言ったんだ?」

意識を戻せば、思いのほか真面目な顔をしている千川と目がかち合った。

柚はまたグラスを手にすると、勢いづけるように残りのビールを飲み干した。アルコールの勢いでもなければ、冷静に話すことができなかったのだ。

「……たったひと言です。『契約は、今日で終了だ』って……それだけです」

「え……それだけなの?」

驚きの声を上げた村野に、柚は自嘲気味に肯定する。

「はい、それだけです。もともと恋愛感情を持たないって契約だったし、わたしが恋愛感情を持った時点で、契約は終了なんです」

「それじゃあんまりじゃない！　佐伯さんってそんな薄情な人だったわけ?　千川さんも、どうしてそんな人を紹介するのよ……！」

怒りのこもった村野の声が、千川にぶつけられる。彼はカウンターに肘をつき、考えこむ素振りを見せた。

「薄情というか、もともと事務的なヤツなんだよ。ヤツは仕事柄もあってか、昔からそういう面もあったんだ。でも本城さんに対しては、違ったんじゃないのか」

怒り心頭といった風の村野を宥めながら、千川はカウンター内の店員に新しいドリンクを頼んだ。ほどなくして柚の前にカシスオレンジが差し出されると、自身も琥珀色の液体を舐めながら会話を続ける。

「本城さんを自分のそばに置こうとしたんだろ？　俺が知ってる佐伯は、そこまで女のために動くヤツじゃなかったよ。佐伯の人となりは、俺よりも本城さんのほうがわかってるんじゃないのか？」

話を振られた柚は困ったように俯くと、目の前のカシスオレンジを口に含む。ほど良い甘酸っぱさは口当たりが良く、気まずい話題も相まって酒の進みが早くなる。

「……佐伯さんのことなんてわかりません。いつも本心を煙に巻いて隠してますし」

「俺も佐伯の本心はわからないけど、本城さんの話を聞く限り結論を出すのは早いと思うけどね。言われたのは契約の終了ってだけなんだろ？」

「それって、もっとちゃんと振られたほうがいいってことですか？」

「佐伯からはまだ、なにも答えをもらってないじゃないか。だから本城さんも、踏ん切りがつかない。違うか？」

柚が答えられずにいると、そこで会話が途切れた。

店内に流れるジャズだけが耳に馴染む中、千川の言葉の意味を反芻する。

佐伯から答えをもらわずに逃げたのは、契約終了が彼の答えだと思ったからだ。

柚が『Four gardens』にいることを選んだだけではなく、告白したことで契約違反になった。だから彼は契約終了を宣言した。それが告白への返事なのだと、そう思った。

（でも……どうしてあの時、キスしたの……？）

好きだと告げた直後にキスをされれば、柚でなくとも期待に胸が膨らむはずだ。にもかかわらず、無情なひと言を放たれて心が折れてしまった。

もともと住む世界が違う相手だ。恋人になりたいなんて分不相応な高望みはしない。

――だが、それでも。

（どうせ最後なら、もっと食い下がればよかったのかもしれない）

佐伯の顔を思い浮かべながら、静かに目を瞑る。

契約終了を告げた佐伯の声は、今でも耳の奥にこびりついている。抑揚もなく、なんの感情も見出せない声だった。

事務的とも思える態度を前にして食い下がれるほど、柚の神経は太くなかった。結局、真意を知ることができないまま、契約終了という言葉で締め括られてしまったのだ。

「あ……」

これまでの経緯をつらつらと考えていた柚は、不意に小さく声を上げた。千川や村野に「どうした」と問われたが、返事をするより先に今思い浮かんだ閃きを追いかける。

『恋愛感情を持たないこと』、そして『詮索をしないこと』が、佐伯との契約だった。

しかし、その契約関係は終わりを告げたのだ。それは、つまり。

（なんの制約もなくなった今、どんな疑問をぶつけようと構わないってことだ）

もとより告白した時点で契約違反になっているのだから、告白の答えだけでも聞けたかもしれない。

目から鱗が落ちた心地で伏せていた顔を上げると、村野と千川に向き直った。地の底まで落ち込んでいた先刻とは打って変わり、全身が覇気で満ちている。

「……千川さん、菜摘先輩。わたし、もう一度佐伯さんに会いたいです。会って、佐伯さんの気持ちを聞きたいです」

それがどんなに辛い結果であろうとも、自分自身が納得しなければ前へ進めない。

今後取るべき行動、その方向性を見つけた柚は、千川と村野に晴れやかな笑顔を向ける。

彼らは顔を見合わせると、ひとつ頷いてみせた。

「そうだな。そのほうが本城さんらしいよ」

「今まで振りまわされてきたんだもの。文句のひとつでも言ってやればいいのよ」

「おいおい。本城さんは、喧嘩しに行くんじゃないんだぞ」

酔いが回っているのか息巻く村野に、千川が苦笑する。

「少なくとも俺には、佐伯は本城さんを特別に扱ってるように感じたぞ。そのあたり、しっかり確かめてくればいい」

「……はい。でも、会ってくれれば、の話ですけど」

契約が終わり、転職の話も断っている。現状では、佐伯とはもうなんの接点もない。

それでも、なんとかして直接会って、偽りのない気持ちを聞きたい。そう言葉を締め括ると、千川が口角を上げた。

「じゃあ本城さんに、俺からプレゼントをするか。会えるかどうか不安なら、会える場所に行けばいい。だろ？」

「もうっ、その会える場所がわからないんじゃないの」

すかさず千川に嚙みついた村野にヒヤヒヤしつつも、実は柚も同じ意見だった。

佐伯と会える場所といえば、彼のマンションしか思いつかない。だが、仮にマンションに行ったとしても、拒まれれば面会は叶わないのである。

「ふたりとも焦るなよ。本城さんは、『evangelist』の中に直営のシガー・バーがオープンするのは知ってるか？」

「いえ、初耳です」

「そのオープニングレセプションに、佐伯も出る。だから本城さんは、そこで佐伯をとっ捕まえればいいんだよ」

さらりと言ってのけた千川に、柚は勢いよく両手を左右に振った。

「む、無理ですよ！　そんなこと……だって佐伯さんは、『evangelist』の責任者として出席するんですよね？　職場に私的な理由で押しかけるなんて……」

「でも、確実に佐伯に会えるのはレセプションしかないぞ」

佐伯は日本にいないことも多く、スケジュールが摑めないのだと千川は言う。それも一理あるが、レセプションパーティは当然ながら招待客しか入れない。招待状もなくのこのこと会場に行くほど、柚も常識外れではなかった。

柚の懸念に、千川は「実は、俺と店長は招待されてな」と、カウンターの端を目線で示した。その先には、朗らかに他の客に応対する店長の姿がある。

「店長が隠居するって知った佐伯は、今度オープンする店舗で働かないかって打診したらしい。でも店長は断った。今年いっぱいで隠居するって話だ。店長と本城さん、佐伯はふたりに振られたわけだ」

「わたし、そんなつもりは……」

「でも、結果を見ればそういうことだ」

なぜか楽しげな様子に、なんと答えていいかわからず唸り声を出す。すると千川は、シガリロを咥えたまま「だから」と繋げた。

「本城さんと佐伯の間には、妙な契約もなければ仕事上の繋がりもない。それは逆に言えば、対等な立場で会えるってことだ。どうする？　パーティに行くなら、チケットは俺が手配するよ」

お膳立ては整っていると言わんばかりに、千川は答えを待っている。

確かに今は、なんの誓約もない。あとは柚の決断ひとつで、佐伯との対面が叶う。このままひとりで鬱々とするよりも、行動したほうがよほど建設的だろう。

柚は千川、そして村野を交互に見ると、ふたりに向かって頭を下げた。

「お願いします。わたし、佐伯さんに……会いたいです」

「わかった。詳しい話はまた今度するとして、レセプションがクリスマスだってことは頭に入れておいてくれ」

「……はい。よろしくお願いします」

柚は千川にもう一度頭を下げると、シガーの香りに包まれながら、佐伯と過ごした日々に思いを馳せる。あとひと月と少し待てば、佐伯に会える。長いひと月になりそうな気もするし、あっという間に過ぎてしまう気もする。

オープニングレセプションがどの程度の規模か想像がつかないが、『evangelist』の直営店舗としてオープンするのだから、通常よりも大きな規模になるに違いない。きっと当日も佐伯は多忙を極めるだろうし、話せたとしてもわずかの間だろう。

でも、それでもいい。佐伯への想いを中途半端にしたままで仕事に打ちこめるような、器用な人間ではないのだ。

（チャンスをくれた千川さんや心配をかけた先輩に報いるためにも、佐伯さんの気持ちを正面から聞いてみよう。どんな結果になってもいい。あの人のことで悲しむのは、クリスマスで最後にしよう）

それは柚自身のケジメだった。強く胸に決意を刻みながら、柚は目の前のグラスをひと息に呷るのだった。


十二月に入ってからの『Four gardens』では、クリスマスに向けて様々なイベントが催されていた。ホテルのメインダイニング『Un temps du jardin』をはじめとする各店舗では、クリスマスディナーはもちろんのこと、有名人を招いてディナーショーなどを楽しめるプランが用意され、万全の態勢でクリスマス本番を迎えようとしていた。

しかし華やいでいるのは表舞台だけだというのは、サービス業の常である。客室はほぼ全室が予約で埋まっており、まさに猫の手も借りたい忙しさが続いている。

柚も十二月は当然のことながら連休はなく、単休のみで勤務に就いていた。『evangelist』

にオープンするシガー・バーのレセプションパーティに参加するためである。

パーティの話が纏まると、柚はすぐにシフトの調整をするべく柳に相談した。舌の根も乾かないうちに『クリスマスは早番、もしくは休日がほしい』とは頼みにくかったが、柳は意外にもふたつ返事で了承してくれた。

『どうせそんなことだろうと思ってたから、おまえは早番で組んである。その代わり、十二月は連休なしだからな』

細い眉を不機嫌に寄せる柳に深く頭を下げ、優しい上司に感謝を伝えた。

それからというもの、クリスマス当日までひたすら目の前にある仕事に没頭した。連休を取れないことで疲労が溜まっていたが、忙しく動いていれば余計なことを考えずに済む。

繁忙期のホテルで忙殺されているうちに、瞬く間に時間が過ぎていき――気持ちの準備もないまま、『evangelist』で行われるオープニングレセプションの日を迎えたのである。

（わ……ギリギリになっちゃったな）

早番で仕事を終えた柚は急いで支度を済ませると、千川との待ち合わせ場所である『evangelist』へ向かった。千川も夕刻までは仕事で、『青葉』から直接来るという。

イルミネーションに彩られた街並みの中、クリスマスムードに浸る人の群れを縫うように足を進める。吐き出す息は白く、夜半には雪がチラつきそうなほど外気温が低い。手袋をしていても指先の感覚が鈍くなるほどだ。

『evangelist』に近い商業ビルでは、毎年玄関先に巨大なツリーが飾られており、メディアで多く取り上げられている。ツリーが目当てと思しきカップルの会話では、これから目にする景色への期待が聞こえてくる。

クリスマス当日に街を歩くのは妙な感覚だ。

世間が盛り上がるイベント時は、同時にホテルの書きいれ時を意味していた。だからクリスマスや正月といった時期は、ホテルの中で過ごすのが恒例となっている。

(これも一種のクリスマスプレゼントかも)

このイベントが終われば、すぐに新年がやって来る。今日の光景を思い出に、年末年始を乗り切らねばならない。

しばらくすると、視界の端に『evangelist』の門柱を捉えて足を止めた。コートの襟を掻き合わせ、数十メートル先にある正面玄関を見据える。

自分は数時間後、浮き立つ街中を笑顔で歩くことができるだろうか。ふとよぎった疑問に緊張してしまい、身体が強張った時。

「本城さん、ちょうど良かった」

「千川さん！」

振り返った柚の目に映ったのは、スーツにネクタイを締めた千川の姿だった。長髪を後ろで結び、黒のロングコートを羽織って歩く様は、『青葉』にいる姿とはまるで違っているが、普通のビジネスマンにも見えない。有名俳優さながらの華やかさである。

先ほどまでの緊張はどこへやら、思わずしげしげと見つめてしまった。

「いつもとイメージが違って驚きました。スーツもすごく似合いますね」

「堅苦しいのは苦手なんだけど、責任者様から直々の招待だし一応な」

悪戯っぽく笑った千川は、招待状を指に挟んで柚の目の前に翳した。

「さて、それじゃあ責任者様に会いに行くか。しっかり捕まえるんだぞ」

「……はい！」

軽やかな足取りの千川にエスコートされ、柚は『evangelist』へと足を踏み入れた。

館内ではクリスマスソングが緩やかに流れ、ロビーは賑わいを見せている。慣れた様子でロビーを通り過ぎる千川に続き、扉を開いて待っているエレベーターに乗りこんだ。

目的は三十二階――以前佐伯と訪れたことのあるメインダイニングの一階下である。

「緊張してるなぁ。向こうからのお誘いなんだし、そう身構えなくても大丈夫だよ」

「……でもわたしは、佐伯さんから誘われたわけじゃないですし」

「パーティなんて、人が集まってナンボだろ。気にしない気にしない」

そうは言われても、柚はイレギュラーで参加するに過ぎない。本来なら来ることの叶わなかった場所にいるだけでも、緊張で胃が収縮する思いだ。

しかも千川は、柚と共にパーティに参加することを佐伯には伝えていないという。

「今日はクリスマスだ。俺から佐伯へサプライズプレゼント、ってところかな」

「は、はぁ……」

楽しげに語る千川に曖昧に答えた時、エレベーターが三十二階に到着した。

エレベーターを降りると、厚みのある絨毯を踏みしめながら進んだ先に、ひしめき合う人々が目に入ってきた。

多くのスタンド花が店舗の入口に並ぶ煌びやかな雰囲気だが、臆することもなく受付で招待状を翳した千川は、そっと背中に手を添えて柚を中へといざなった。

（わ……すごく拘りを感じる造りをしてる）

もともとあった店舗を改装して作り替えたという店の中は、柚の知っている『cigar bar』とはだいぶ異なっていた。店内を囲むように壁面が窓に覆われ、その窓に沿ってスツールが置かれている。都内の夜景を一望できる造りで、人気のデートスポットになりそうだ。

店の中央には大きな円形のカウンターテーブルが配置され、その中のガラスケースには豊富な種類のシガリロが取り揃えてある。『evangelist』直営店の中では、敷居の高さを感じさせない雰囲気の店だった。

盛況を博す店内に視線を巡らせていると、さりげなく近づいてきたスタッフがシャンパンをふたりに手渡した。ゲストの数が多いのに、仕事ぶりにはそつがない。感心していると、千川はグラスを柚に向かって傾けた。

「景気付けだ。メリークリスマス」

少し躊躇したが、千川に勧められてグラスに口を付ける。炭酸が口の中で弾ける感触が心地よく、疲れた身体にアルコールが染み渡る。

「落ち着いたか？　入ってみれば大したことないだろ」

「いえ、やっぱり圧倒されます。なんかもう食欲もないです」

店内の一角には『evangelist』のメインダイニングで用意されたと思しきフレンチを始め、中華やイタリアンも並んでいた。だが、精神的なものなのか、見ているだけで満腹になってしまった。

千川は苦笑すると、「重症だな」と言って、柚の顔を覗き込んできた。

「本城さんは、ありのままで佐伯にぶつかれば大丈夫だよ」

「え……」

「あいつはな、少し前まで仕事に対して情熱を失ってたんだ。糸が切れた状態っていうのかな。それまで保っていたモチベーションが、急激に失せていく感覚は俺にも覚えがある。まあ、俺の場合はそれで転職したんだけど」

懐かしそうに言いながら、千川は自身のシャンパンを飲み干した。

「きっと、佐伯にとっても本城さんと過ごす時間は特別だったはずだ。なにせ、帰国した当初よりも今のがずっと生き生きしてる」

「そう……なんでしょうか」

「ああ、自信持て。もし振られたら、村野と一緒に慰めてやるから」

軽い口調で語る千川だが、緊張している柚を励ましているのだろう。笑みを浮かべて頷くと、彼はそっと柚の耳もとに口を寄せた。

「そろそろ始まりそうだぞ。ほら、ステージ」

「あ……」

弾かれたように顔を上げた柚は、瞬間、心臓がわし掴みにされたように苦しくなった。

数メートル先にある一段高いフロアに現れた人物は、大勢の人がいる中でも決して埋もれない存在感を放っている。優雅な立ち居振る舞いに、ともすれば冷たくも見える眼鏡の奥にひそむ涼しげな目。

衆人環視の中で堂々と立っているのは、契約終了を言い渡されて以来に見る佐伯だった。息を呑んで見つめていると、隣の千川が笑みを零す。

「スピーチの後、招待客の間を回るはずだ。その時に、とっ捕まえればいい」

まるで佐伯が逃亡犯であるかのような口振りである。千川の物言いに苦笑しかけると、店内にこの場の主役の声が響き渡った。

「本日はお忙しい中お越しくださりありがとうございます。『evangelist』、総括責任者を務める佐伯尊です」

　佐伯のひと声に、店内の空気が変わった。『evangelist』を担う若き責任者に、招待客の耳目は一瞬で奪われる。客の中には著名人も多く見受けられるが、その中においても佐伯はひと際輝きを放っていた。

　ラウンジでＶＩＰと接する機会の多い柚だが、あの男は異質の存在だと感じる。そしてそれは、一層強く彼との距離を意識せざるを得なかった。

　気後れした柚は、頼りなく会場に視線を走らせる。今まで幾度となくパーティの設営はしてきたが、客としての参加は片手で足りる程度の回数しかない。

　佐伯のスピーチに耳を傾けながら、ひどく自分が場違いに思えてならない。知らずと身を竦め、嘆息した時である。

「っ……！」

　佐伯の目が、大勢の招待客の中から柚の姿を捉えていた。

　宙で交わる視線に、鼓動が大きく跳ね上がる。彼が自分を見つけてくれたと思えるほど自惚れは強くない。ただの偶然だ。そう思う一方で、目が合うだけで嬉しいのだから救いようがない。

　動揺を誤魔化すように視線を外すと、千川から小声で話しかけられた。

「サプライズ、成功かな。珍しく驚いてる」

そっと壇上に目を向けたものの、佐伯の表情はいつもと変わらない。完璧に営業用に作っている顔である。これでは感情が見えず、どこが驚いているのか見当がつかない。

「気のせいですよ。だって、変わった様子はないですし」

「そうか？　まあ、後でわかるよ」

千川が一癖ありそうな笑みを浮かべたところで、佐伯はスピーチを恙なく終わらせた。大きな拍手と共に、すぐに彼の周囲に人だかりができる。あっという間の出来事に呆気に取られた柚は、遠巻きに人垣を眺めるしかできなかった。

「人気者だな。そのうち身体も空くだろうから、それまでは楽しんでいればいい」

「そう、ですね」

柚が答えると同時に、数名の招待客がこちらに歩み寄ってくるのが見えた。顔が広い千川は、知人も参加しているのだろう。あまり気を遣わせては申し訳ないため、「ひとりで店内を回ってみる」と断りを入れ、別行動を取ることにした。

店の片隅に立つと、ぼんやりと店内に視線を巡らせる。改めて客層を見ると、大企業の重役クラスが多く目につく。それらの人々は、皆ひっきりなしに佐伯に声をかけていた。

（本当に、住む世界が違う人なんだな）

すっかり場の雰囲気に気圧されてしまい、つい後ろ向きな考えに陥ってしまう。

佐伯に会って気持ちを聞き出すまではと気を張ろうとしても、目の前の華やかな光景と自分の間で見えない壁に阻まれているようだ。

小さく息を吐くと、空になったグラスを取り換えようとスタッフの姿を探す。すると、それを見計らったかのように目の前に現れたスタッフから、静かにシャンパングラスが差し出された。

「お久しぶりです、本城さん」

「広田さん……！」

柚にグラスを差し出したのは、若手ホテルスタッフらが集った交流会の幹事を務めた広田であった。今日の彼は臨時でシガー・バーのホールスタッフに駆り出されたようで、ブラックスーツにタイという出で立ちである。

見知った顔にほっとして笑顔を見せると、彼は手のひらサイズの封筒を柚に握らせた。

「『本城さんに』と頼まれたものです。では、僕はこれで」

忙しいのだろう、広田は用件だけを簡潔に告げると、すぐに目の前から去っていく。

その背を茫然と見送った柚は、わけもわからぬまま渡された封筒を開き、入っている紙片を取り出した。

（これ……！）

紙片に目を走らせた柚は、思わず息を呑んだ。広田に封筒を託した人物は、先刻までスピーチをしていた佐伯だった。そして――。

『三十分後、部屋で』

そう短く記された紙片と共に、光沢のあるブラックカードが挿入されていた。

それはこのホテルの最上階にある、『evangelist』の名を冠した、ホテル最上級のスイートルームのカードキーだったのである。


三十分後。千川に断りを入れた柚は、客室専用エレベーターに乗り込んだ。階数表示板の脇にある差し込み口にカードキーを入れると、三十五階を押した。

国内外の要人も多く宿泊するという『evangelist』のスイートルームは、防犯上の理由で一般の宿泊者は足を踏み入れられない。三十五階へ行くには、宿泊者の証明であるカードキーが必要になる。キーがなければ、階数表示板を操作することもできない。

エレベーターが最上階に到着し、おぼつかない足取りで降り立った柚は、手にしたキーを穴が開くほど見つめていた。しかし何度確かめたところで、キーにはスイートルームの部屋番号が印字されている。

『evangelist』のスイートルームは、一泊で柚の三カ月分の給料相当の価格が設定されている。部屋の広さや調度品、サービスに至るまで、値段に見合うだけのものを提供し、ゲストを満足させる自信があるのだ。まさに最高、最上級のゲストルームである。

自分が勤める『Four gardens』のスイートですら、足を踏み入れることは滅多にない。ましてや他のホテルのスイートなど未知の世界である。

厚みのある絨毯を踏みしめ、静寂に包まれたパブリックスペースを進む。指定された部屋の前で立ち止まり、小さく深呼吸をした。

扉からして一般の客室とは違い、重厚感のある細工が施されている。緊張しながらキーを差し込むと、物音ひとつしない静かな廊下に控えめな解錠音が響いた。

本当に入っていいのだろうかと思いながら、ドアノブに手をかけて扉を開く。その途端、視界には、別世界のような光景が飛びこんできた。

(すごい……これが『evangelist』のスイートルーム……!)

感嘆の息を漏らしながら、なにかに導かれるようにして部屋の中へと入った。

都内最大級である二百平米を誇るこの部屋は、まずその広さに圧倒される。室内の左手には広々としたリビングとダイニングに、座るのも躊躇しそうなソファが並んでいる。モスグリーンを基調としたリビングは、ひと目見て高級だとわかる調度品が配され、さながら王族の住まう宮殿の一室のようである。

さらに奥に進むと、突き当たりはベッドルームになっていた。こちらはボルドーを基調とした色合いで、シャンデリアの光が柔らかく室内を照らしている。キングサイズのベッドが入っているが、それでも余裕のある広さだ。手織りの絨毯が贅沢に敷き詰められ、べッドルームだけでも贅を極めた造りだった。

「——ベッドルームに興味があるのか」

「っ！」

すっかりスイートルームに見惚れていた柚は、背後から聞こえてきた声に思わず大声を上げてしまいそうになった。

ゆっくりと首を巡らせ、声の主を仰ぎ見る。口角を上げて興味深そうな視線を向けてくるのは、柚をこの部屋へ導いた張本人。

「……佐伯、さん」

「リビングにいないから来ていないのかと思ったけど、まさかベッドルームにいるとはね」

「すみません、つい……あまりにも見事で、見惚れていました」

「見ているだけじゃつまらないだろ。使ってみようか」

距離を詰めた佐伯は、柚の肩に手を置いた。腰を折ると、艶やかな低音で囁く。

「いつかの続きをここでしても、俺はいっこうにかまわないよ」

「佐伯さん……っ、なに言って」

久しぶりに会ったはずなのに、まるで変わらない態度に戸惑いを隠せない。佐伯は軽く「冗談だよ」と言いながら、肩に置いていた手を背中へ移した。

「わざわざパーティに足を運ぶくらいだ。話があるんじゃないのか」

指摘されてハッとする。日常からかけ離れた空間を前に、舞い上がっていたようだ。内心で反省しつつ、促されるまま移動する。リビングは五面を窓で覆われており、独立した空間になっていた。

窓を背にソファがあり、猫脚のフォルムが美しいローテーブルを挟み、バロック調の肘掛け椅子が二脚置かれている。サイドテーブルにはガラス細工のスタンドが上品な輝きを放って柚を迎えた。

「座ったらどうだ？　落ち着かないだろ」

「……はい」

柚に座るように勧めると、佐伯は一度ダイニングへ向かった。ふたたび戻ってきた彼は、高級そうなワインとグラスを持ってきた。いわゆる〝ウェルカムアメニティ〟と呼ばれるホテルからのプレゼントで、通常のゲストルームでは見られないサービスだ。

優雅にソファへ身体を預ける佐伯を見て、柚も肘掛け椅子に腰を落ち着けた。ベルベットの心地良い肌触りに、ふっと身体の力が抜けた時、ワインの栓が開いた音がした。

「ワインで構わないよな？」

「は、はい。お気遣いなく……」

なんとも間の抜けた返答である。一方佐伯は、ボトルからグラスへと注ぐ一連の動きにもまったく無駄がない。つい見惚れていると、目の前にグラスが差し出された。ぎこちなく受け取った柚に、佐伯は軽くグラスを掲げて口を付けた。

この非日常的な空間にありながら、彼は妙に馴染んでいた。『evangelist』の責任者という立場からなのか、それとももともと持っている資質なのか。豪奢な室内と佐伯の存在に、ワインを口にするのも忘れて目を奪われてしまう。

(呆けてる場合じゃない。やっと会えたんだから、後悔しないようにしよう)

気を取り直して小さく息を吐き、ソファで寛ぐ佐伯を見つめる。なんと切り出そうかと迷っていると、先に声を上げたのは佐伯だった。

「きみは、いつも俺の意表をついてくるな」

「そう……ですか？」

「まさか、千川さんと来るとは思わなかったよ。事前に言ってくれれば、きみのチケットはこちらで用意できたんだけどね」

自分を振った相手に連絡などできるわけがない。そんなことがわからない男ではないはずだが、相変わらず真意が読めなくて困惑する。

佐伯の態度は、柚の告白などなかったかのように変わらない。それが不可解で、同じくらい胸を切なくさせる。

所詮、彼にとっては、取るに足らない存在なのだ。言外に告げられたような気がしたが、それでも柚は挫けそうな心を奮い立たせて覚悟を決める。

「佐伯さん。わたし……どうしても、お聞きしたいことがあって来たんです。だから千川さんにお願いして、ここまで連れてきてもらいました」

佐伯の気持ちを直接聞かなければ、いつまでも前へ進めない。何度も念じてきた言葉を思い浮かべながら、絞り出すように声を出す。

「佐伯さんは、『evangelist』の総括責任者として、今までわたしに接していたんですか？　それとも……個人的にですか？」

「それを聞いてどうする？」

佐伯の両目が細められ、口の端が上がる。それは良く見知った性質の悪さを感じさせる表情で、彼がこの顔をした時には注意が必要だ。いやというほど思い知っているが、ここで引き下がるわけにはいかなかった。

「佐伯さんが、『evangelist』の責任者として目的があって手助けしてくれていたんだとしたら……わたしは、佐伯さんを諦められます」

スイートルームを包む静寂の中、吐き出された柚の本音。それは身体に纏わりついて、心に重くのし掛かる。自分で決めたはずなのに、いざそれを口にするとひどく苦しい。

「だから、聞かせてください。佐伯さんの本音を」

契約が終わった今、嘘偽りのない本音を聞いてもいいはずだ。なにを言われようとも、冷静に受け止めよう。

少しでも気を抜けばこの部屋から逃げ出してしまいそうな緊張感の中、悲愴な決意で佐伯を見つめた柚だが、対する彼の態度はどこか楽しげだった。

「本城さん、そんなに緊張してると、悪戯心をくすぐられる。前にも言っただろ」

「茶化さないでください……!」

「茶化すつもりはないよ。これも俺の本音だしね。それに、そういう男を好きだと言ったのはきみだろ?」

悪びれもしない言葉に声を詰まらせる。佐伯は柚の様子を眺めながらワインを飲み干すと、苦笑とも取れる複雑な笑みをたたえた。

「本城さんは、契約終了の本当の意味をわかっていなかったんだな」

「本当の意味……?」

そんなものがあるのだろうか。まったく見当がつかない。謎かけのような佐伯の物言いに、柚はますます混乱する。

いったいなにをわかっていないと言うのだろうかと、首を傾げるばかりだ。これではまた煙に巻かれてしまい、せっかく会えたというのになにも収穫が得られない。

柚は挑みかかるように佐伯を見据え、今までの気持ちを彼にぶつける。

「『本当の意味』は、正直わかりません。ですが、契約が終わったなら……わたしが佐伯さんの気持ちを知りたいと思っても問題はないはずです」

　この男と出会ってからずっと振り回されてきた。その見返りというわけではないが、最後くらいは本心を明かしてほしいと願ってもいいはずだ。

「たとえなにを言われても、佐伯さんを煩わせたりしません。こうしてお会いするのも、これっきりにします。だから」

「……それは、困るな」

　それまで薄く笑んでいた佐伯の表情が変わった。柚が意味を考えるより先に、彼はさらに言葉を被せてくる。

「俺が契約終了と言ったのは、きみを手放すためじゃないよ。今、自分でも言っただろう。問題はない、と」

「どういうことですか……？」

「言葉通りの意味だけど」

（もう、この人は……っ！）

　そう、佐伯は端からこういう男だった。思わせぶりな態度で人を振り回し、肝心なことはなにひとつとして言わない。それなのにいざという時に助けてくれるのだから、心惹かれるのは当然だ。

　超一流ホテルの日本支社を任されている実力者。明らかに住む世界が違う男は、性格も一筋縄ではいかない。今までの柚であれば、関わることを避けてきた。関われば、心穏やかに過ごせないだろうことは明白だから。

けれど、彼を好きになった。平穏な恋を望んでいた自分は、すでに過去でしかない。

「……佐伯さんは、ずるいです。そんな風に言われたら、変に期待するじゃないですか」

「おかしなことを言うな。本音を聞きたいと言ったのはきみだろ？」

心外だとでも言いたげに肩を竦めた佐伯は、さらりと付け加える。

「俺は本城さんを、ビジネスを通して見たことは一度もないよ。それは、今までに過ごした時間でわかっていると思っていたけど」

あまりに自然に告げられて、柚は自分の耳を疑った。ずっと知りたいと思っていた佐伯の本心だが、当の本人は聞かれる意味がわからないという口振りである。

喜びと戸惑いがない交ぜになった複雑な心境で、柚は眉を八の字にした。

「だってそんなこと……なにも言わなかったじゃないですか」

「直接は、ね。でも俺はかなりきみを構っていたし、なんとも思っていない女性に手を出すほど不実ではないよ」

「そんなの……言ってくれなきゃわかりません……！」

柚の瞳は、期待で昂ぶった感情が涙となって溢れる寸前だった。必死で耐えていると、佐伯は子供をあやすような柔らかな口調で続けた。

「待ってたよ、ずっと。契約が終わる日を」

佐伯の手が、柚に向かって差し出される。半ば無意識に立ち上がると、彼の声に誘われるように手を取った。次の瞬間。

「あっ……！」

手を引かれて体勢を崩した柚は、佐伯の胸にダイブする形で倒れ込んだ。気付けば彼の腕の中に閉じ込められており、驚いて顔を上げる。

「さっ、佐伯さん……」

「俺としても、予想外だよ。最初は千川さんに頼まれたから引き受けただけだったから」

「……千川さん、ですか？」

「きみが俺の部屋で目覚めた朝に言っただろ？『千川さんの頼みを、半分しか聞けていない』って」

佐伯の腕の中で問われ、その日の記憶をたぐり寄せる。

言われたような気もするし、言われていないような気もする。要はまったく覚えていない。それも仕方ない話で、あの朝はひたすら動転し、些細な会話を覚えていられるような精神状態ではなかったのだ。

無言の柚に記憶がないことを悟ったのか、佐伯が含み笑いを漏らす。

「まあ、覚えてないだろうな。あの日のきみは、ひどく動揺していたしね」

「すみません……」

身を縮こませた柚に、佐伯は千川から頼まれたという内容を聞かせてくれた。

あの日。佐伯は、柚の介抱と『失恋したばかりの彼女を慰めてやってほしい』と千川から依頼されたという。最初は厄介ごとなどご免だと断ろうとしたものの、とある計画のために引き受けたのだと佐伯は語る。

「千川さんは、あれで腕のいい料理人だ。いずれ『evangelist』に引き抜きたい。そのために貸しを作っておくのもいいかと、軽い気持ちで引き受けた」

「それじゃあ、千川さん目当てでわたしを介抱してくれたんですね……」

思わず口から落胆が零れ、大きく肩を落とす。

千川から頼まれた佐伯は、失恋で落ちこむ柚を慰めた——というよりは振り回した。結果として失恋の傷は癒え、それどころか恋に墜ちている。しかしそれは、まんまとこの男の思惑に嵌まり、手のひらの上で踊らされていたことになる。

複雑な心境で唸る柚に、佐伯は「最初はね」と言って、耳もとに口を寄せた。

「でも思いのほか、きみといる時間は楽しかった。慰めるためというよりは、むしろ俺のほうが癒やされていたな」

「……本当ですか？」

「俺は嘘は言わないよ。あえて秘密にしていることはあってもね」

これまで共に過ごした時間は、柚だけではなく、佐伯にとっても特別なものだったのだ。穏やかに語る彼の口調から、言葉以上の気持ちが見える気がした。

柚のために時間を作り、骨を折ってくれたのは、なんら計算のない佐伯自身の気持ちからだった。今まで語られることのなかった彼の心情を知ることができて嬉しい。だが、それと同時に疑問が脳裏を過る。

「それなら、最初に、契約なんて言ったのはどうしてですか？」

「最初は単に牽制かな。慰めろとは言われたけど、恋愛感情は必要なかったしね。……でも一緒にいるうちに、変に生真面目で、強情で、いかにも面倒なきみから目が離せなくなっていた。契約で縛りつけてでも、きみがほしいと思ったんだ」

おもむろに柚の顎を指先で捉えた佐伯は、至近距離で囁いた。

「だから俺は、早く契約が終わることを望んでいたよ」

「佐伯さんのひと言で、いつでも終わらせることができたじゃないですか」

「契約の内容を考えればわかるだろ？　契約が終わる時は、本城さんが俺を好きだと認めた時だ。きみを手に入れようと思った時から、そう決めていたしね」

「な……なんですか、その自惚れ……。わたしが佐伯さんを好きになるとも、告白するとも限らないじゃないですか」

「でも事実、そうなった。それに俺は、ほしいものは必ず手に入れる主義なんだよ」

なんという男だろう、人がどれだけ悩んだと思っているのだ。

言いたいことは山ほどあったが、結局口から出たのは大きな溜め息だった。

きっとこの男は知らないだろう。佐伯への気持ちを認めることが、柚にとってどれだけ勇気のいることだったかを。

すべてが謎に包まれた極上の男。惹かれては駄目だと何度言い聞かせても、気持ちは留まることはなかった。募る想いに、どれだけ苦しみ、悩まされていたことか。これまでを考えると、苦情を言わずにいられない。

「……わたしが、佐伯さんに告白しなかったらどうしたんですか？」

「その時は、契約を引き延ばしたさ。どんな手を使おうと逃がすはずないだろ」

「だって……期限を、わたしに決めさせようとしてましたよね」

冷静に恐ろしいことを口にする佐伯に、頬を引き攣らせながら反論を試みる。だが。

「きみは、いつまでも自分の気持ちを認めなかったからな。さすがに契約が終わるまでには、俺が好きだと認めるだろうと思ってね」

あえなく一蹴されてしまった。もとより佐伯に口で敵うはずもなく、心の中でがっくりと項垂れていると、今度は彼が苦情めいた台詞を吐いた。

「そもそもきみは、俺の返事も聞かず逃げているんだよな。その後、困ったことに仕事で身動きが取れなくなった。なかなか可哀想だと思わないか？」

「えっ、あ……その……」

思ってもみなかった展開に、柚は激しく動揺して俯いた。

語られる言葉を受け止めるだけで精いっぱいで、考えが上手く纏まらない。けれど、一番知りたかった佐伯の気持ちが明らかになったのは確かで、期待と羞恥が入り混じり、自然と瞳が潤んでくる。

「それなら、今聞かせてください。佐伯さんがわたしをどう思っているのかを……」

「好きだよ」

間髪容れずに告げられて息を呑む。こんなに簡単に告白してくれるとは予想外だ。佐伯は、「驚かれるとは心外だな」と、かすかに目を伏せる。

「大体、きみは俺のことをずいぶんとひどい男のように言うけど、俺もどうでもいいと思う相手に時間を割いたりしないよ」

柚の顎を捉えていた佐伯の指先が唇に移動し、形を確かめるように撫でていく。指とキスをしているような、妙な心地がじれったい。この先をせがむように見つめると、彼は口の端を引き上げた。

「きみが好きだ。ちゃんと伝わったか？」

「……はい。わたしも、好きです。自分ではどうしようもないくらいに」

「俺もだよ。会えなくて寂しく感じるのも、手を差し伸べたいと思うのも、本城さんにだけだ。……きみにだけ、俺は心を動かされる」

柚が佐伯を見つめると、佐伯もまた柚を見つめる。互いの視線が交わり、静寂に熱がこもっていく。熱に浮かされかけた柚の耳もとに顔を埋めた彼は、甘やかな声で囁いた。

「やっと呼べるな。契約が終わったら、呼ぼうと思ってた。——柚」

低音の声で名前を呼ばれ、驚いた瞬間、佐伯の唇が柚の耳たぶに触れた。

唇は、こめかみ、頬へとリップ音を立てて移動していき、柚のそれを求めるように近づいてくる。応えるように、そっと目を閉じかけた。その時——ふと、視界の端に点滅する光が映りこんだ。

「あ……」

小さく声を上げた柚に、佐伯の動が止まった。

「どうした？」

「いえ……ここから、ツリーが見えるんだなって思って」

窓の外に見える都内の高層ビル群のうち一棟が、室内の照明でクリスマスツリーを形作り、夜の闇に浮かんでいた。頂上には飾りのつもりなのか、赤の照明が点滅しているのが可愛らしい。

「へえ？　ずいぶんと余裕なんだな」

「えっ……!?」

佐伯の声と共に、柚の視界が反転する。ソファに押し倒されたのだと気付いた時には、唇を塞がれていた。普段の紳士然とした彼とは違い、噛みつくような激しい口づけにぞくりとする。

息継ぎすら許されずに苦しくなり、佐伯の肩を押し返す。すると、特有の性質の悪さを滲ませた笑みが視界いっぱいに広がった。

「きみは本当に手強いよ。まさか、この状況で止められるとはね」

「す、すみません。仕事以外でイルミネーションを見るのが久しぶりで……」

「見たいなら、来年もここで見ればいい」

吐息の交わる距離で告げられて、心臓が早鐘を打つ。契約に関係なくこの先も一緒にいていいのだと、伝えてくれているのが嬉しかった。

柚が小さく頷くと、佐伯が不敵に言い放つ。

「それはそれとして……せっかくの雰囲気を壊してくれたんだ。詫びをもらわないとな」

「え、そんな……」

「身体で詫びてもらおうか」

それは、佐伯との関係の始まりの言葉だった。今は、あの時とは状況がまったく違う。勘違いや誤解ではなく、互いの存在を切望しているから。

「望むところです」

受けて立つとばかりに柚が答えると、佐伯の顔が驚きに染まる。けれどそれもわずかの間でしかなく、すぐさま立ち上がり柚の身体を抱き上げた。

向かったのは、柚が先ほどしげしげと眺めていたベッドルームだった。キングサイズのベッドに柚を優しく下ろすと、眼鏡を外し、サイドテーブルに置いた。上着を脱ぎ、ネクタイを襟から抜き取って、柚の顔を覗き込む。

「……詫びというよりは、プレゼントを受け取るみたいだな」

「プレゼント……？」

「そう。このリボンとか、それらしいだろ？」

佐伯は甘く囁きながら、ウエスト部分を飾っているリボンに手をかけた。今日のレセプションのために用意したドレスだが、そう言われると本当に自分がプレゼントにでもなったような心地だ。

「もう、前のように邪魔は入らない。——覚悟してくれ。今夜、本気できみを抱く」

彼の宣言に脳が痺れ、注がれる眼差しの強さに肌が溶けてしまいそうだ。無意識に身をよじろうとした時、佐伯の唇が重ねられた。

「ん……っ」

想いが通じ合って交わすキスは、柚の身も心も蕩けさせる。くぐもった声を漏らしながら、佐伯のキスに夢中で応えた。口腔をぬるぬると滑る舌の感触は、これまでの口づけよりも甘い気がして余計に感じていた。

キスの合間にも、佐伯の指先は器用に柚の服を脱がせていく。下着姿にさせられ、咄嗟に身体を腕で覆い隠す。ところが佐伯は、ささやかな抵抗すら許さないとでもいうように柚の太ももに指を這わせた。

「やっ……ぁっ」

「隠していてもいいけど、無駄な抵抗だよ。どうせすぐすべて見ることになる」

不埒な指先が肌を辿り、足の中心へ到達する。反射的に閉じようとするもすでに遅く、クロッチを押し擦られた。

「ん、っ」

敏感な箇所に触れられた刹那、体内に官能的な痺れが走る。心が、身体が、喜びを表すかのように感じていた。蜜口からはとろりと愛液が滲み、ショーツを濡らしていく。

恥ずかしい。それなのに、もっと彼と触れ合いたい。そんな相反する気持ちが渦巻いて、無意識に腰が揺れていた。

「素直なんだな。もう濡れてきた」

「っ……こんな時まで、意地悪なんですね」

「こんな時だから、だよ。散々待たされたんだ。多少の意地悪には目を瞑ってほしいね」

佐伯もまた、こうなることを望んでくれていたのだ。その想いに応えるように、柚は自分から彼の首に腕を回す。

「可愛いことをされると、紳士じゃいられなくなるんだけどね」

ひとりごちた佐伯はショーツを脇に避け、直接割れ目に触れた。

ぬちゅっ、と淫らな水音と共に上下に撫でられ、柚の腰が跳ね上がる。

「あっ……ンンッ」

彼は、蜜を纏った花弁に分け入り、的確に肉の蕾を探り当てると、中指で円を描くようにそこを擦った。びくっ、と腰が引けそうになるも、彼の指はお構いなしに柚の弱点を暴いていく。

「ふ、ぁっ……ん、やぁっ」

秘所を指で愛撫されているだけで、喘ぎ声が止まらない。

どんどん追い詰められていく柚に対し、佐伯は冷静だった。身体を起こし、悶えている柚の様子を眺めながら、空いている手でブラを引き下げた。

まろび出た乳房を揉み込むと、中指と親指で乳頭を摘まむ。凝ったそこを扱かれ、柚は腹の奥底がきゅっと締まる感覚がした。

（こんなの……知られたくない）

どこをどう愛撫されても、蜜口からは愛液が零れ落ちる。花蕾と乳首を同時にいじくられていることで、早くも絶頂感が強くなっていた。

内壁が切なく疼く。空洞が快楽で埋まるのを待っているのだ。欲望に忠実な反応だが、気にしている余裕はない。佐伯の視線に晒される中、快感を耐えようと必死だった。

「もっと声を出してもいいよ。きみが悶えているところを見たい」

「ひ、ぁ……っ」

秘部を犯す指はそのままに、乳首を口に含まれる。硬くなった乳首を柔らかな舌で突かれると、胸から全身に愉悦が広がった。

大きな声を上げてしまいそうで、つい両手で口を覆う。すると彼は、柚の性感を煽るように、蜜口に指を挿れた。

「ン――……っ!」

肉襞をぐいっと押され、目の前が霞む。それだけでも過ぎた刺激なのに、佐伯は乳首を甘噛みしてきた。絶妙な加減で歯を立てられると、体内に入っている指を締め付けるほど感じてしまう。

佐伯に触れられるのには口実が必要だった。以前は、〝お礼〟だと言って身を任せかけたが、あの時よりも今のほうがずっと気持ちいい。それは、彼と心が繋がったことが大きく影響しているのだろう。

(あ……もう、くる……っ)

容赦なく蜜壁を擦られ、淫らな音がどんどん大きくなってくる。せり上がる愉悦の波に備え、唇を噛み締めた時である。

（え……）

突然動きを止めた佐伯は、蜜孔から指を引き抜いた。身体を起こし膝立ちになると、自身のシャツを脱ぎ去った。

初めて目にする佐伯の身体は、思ったよりも筋肉質だ。男性ならではの色気を放つ姿に、見入ってしまう。

「そんな目で見られると、今夜はなおさら離せなくなる」

「……離さないで、いいです」

ここに来るまでにかなりの葛藤があった。佐伯が『evangelist』の日本支社の責任者だと知り、立場の違いも身に染みている。それでも、彼の傍にいたいと思う。佐伯が好きだと言ってくれたから、怖いものなどなにもない。

「きみは本当に、俺の感情を振り回してくれるな」

「え……」

「予想外の場面で、本音をぶつけてくるから堪らない」

冷静な男が垣間見せる欲望に、ぶわりと体温が上がった。ショーツに染み込むほど愛液が噴き出し、膝頭を擦り合わせる。彼に見られたくなかったのだ。

だが、佐伯は柚の心情とは正反対の行動をした。意識が彼から逸れた隙に、下着を引き抜かれてしまう。

「や……」

「先に言っておく。〝嫌〟も〝駄目〟も聞かないよ」

「あっ！」

両足を持ち上げられ、身体を折り曲げる体勢を取らされる。秘部が丸見えの状態に焦って腰を捩ろうとするも、佐伯は素早く秘裂に舌を沈めた。

「あんっ……ぁあ……っ、だめ……ッ」

滴り落ちる愛液を啜り、舌でねっとりと花弁を舐め上げる。美しく整った顔が秘所に埋まっているのを目の当たりにし、柚は羞恥に襲われた。隠したいと思うのに、快楽のほうが勝ってしまう。

（こんなことされたら、我慢できなくなる……！）

指で肉筋を押し開かれ、小刻みに震える花蕾を口に含まれる。じゅっ、と軽く吸われると、びくびくと体内が蠕動した。

どうしてこれほど感じるのか。柚自身も戸惑いがある。ただ確かなのは、彼と気持ちが通じ合い、人生で一番と言っていいほどの幸せを覚えていること。だからこそ、身体も悦び綻んでいるのだ。

膣奥がきゅんと疼き、はしたなく淫らな蜜を零す。先ほどまで弄られていたことで過敏になり、またたく間に快感の奔流が押し寄せてくる。

「っ、ぁ……んっ、あぁっっ……！」

声を抑えることを忘れるほどの強烈な喜悦が全身を巡る。淫芽を攻められればひとたまりもなく、佐伯の思うままに達してしまった。

「可愛いな、柚」

秘部から顔を離した佐伯が囁く。普段、素直な物言いをしない男が見せる甘さに胸が震え、言葉にならないほど嬉しかった。

（どうしよう……すごく、この人が好きだ……）

身体から力が抜け落ちるのを感じながら、乱れた呼吸を整える。ぼんやりと滲む視界では、佐伯が自身の前を寛げていた。反射的に目を逸らすと、時を置かずして彼がのし掛かってくる。柚もまた、彼の頭を掻き抱くように引き寄せた。

「佐伯……さん。わたし……幸せすぎて……どうにかなる、かも……」

今の感情を伝えたくて、彼に縋りつく。すると、一瞬息を呑んだ佐伯が、応えるように唇を重ねてきた。

「ん、ぅっ」

深く挿入した舌先で、口内をぐるりと旋回する。佐伯とは何度かキスをしていたが、今日は今までのどのキスよりも甘さが増していた。

唾液を攪拌されて嚥下すると、なぜだか下腹がぞくぞくする。期待感で秘所はさらに濡れそぼり、大量の愛液がシーツに染み込んでいた。

好きな人と初めて触れ合う素肌の感触は、いやがうえにも感情を昂ぶらせる。佐伯の唇が肌を滑るたびに身体が仰け反り、甘い疼きに支配されていく。

「ん、ん……っ」

自分でも怖いくらいに、身体の火照りが収まらない。それどころか、一層深い繋がりを自ら求めてしまいそうだ。焦らされているような心地で彼を見上げれば、艶を含んだ笑みを浮かべた男は、自身の昂ぶりを柚に押し当てた。

「ッ……ぁ……」

丸みのある先端で何度か肉筋を往復され、ぐちゅっ、と淫らな水音が響く。硬く長い雄のそれは本能的に恐れを覚えるほどだったが、それでも彼を求める気持ちが止まらない。

「佐伯さ……ん、ぅっ」

控えめに呼ぶ声が、ふたたび佐伯の唇に飲みこまれる。それと同時に、彼自身がゆっくりと柚の胎内に入ってきた。

「……んっ、ン、ぁ……！」

嵩張った男の肉塊が侵食してくる感触に全身が震える。尋常ではない圧迫感に眉根を寄せると、キスを解いた彼が腰を揺さぶってきた。

「やっ、んああ……っ、ンンッ」

佐伯は、自身を馴染ませるようにゆっくりと動いていた。媚肉を雄茎のくびれで抉り、柚の反応を確かめている。

一度達したことで、胎内は柔らかく解れていた。内壁が彼自身に絡みつき、抜き差しされるたびに愉悦が走る。肉洞に溜まった蜜汁がじゅぶじゅぶと音を立て、快楽の強さを伝えていた。

「きみは、怖いな。俺の理性を壊そうとするんだから」

「な、に、言って……」

「紳士でいたかったけど、無理かもしれないって話だよ」

吐息混じりに告げた佐伯は、今まで見たことがないほど色気を放っていた。常にペースを崩すことのない男が、自分に対して欲情している。その事実にどうしようもなく高揚し、蜜壁が彼自身を締め付けている。

柚が感じているのと同じく、彼もまた徐々に余裕を失っていた。ゆっくり探るような抽挿が、どんどん速くなっていく。

佐伯の動きに合わせて乳房が揺れる。すると、膨らみを両手で鷲づかみにされた。

「あ、ん……ッ」

凝った乳首に彼の手のひらが擦れ、新たな快感に肌が粟立った。喜悦を得るほどに、蜜窟の中を満たす雄槍の存在を意識してしまう。

「っ、は……」

眉根を寄せた佐伯が息を吐く。汗が顎を伝って滴り落ちるその姿が、熱を帯びる瞳が、何よりも雄弁に彼の欲望を表していた。

「柚」

名を呼ばれ、意図せず身体がぴくりと動く。佐伯の声は、愛おしさを含んで耳の奥に染み入った。心も身体も目の前の男に傾倒するのを感じ、柚は両腕を伸ばして抱きついた。

好きな人と肌を合わせる喜びに浸っていると、甘い低音が耳朶を叩く。

「……ようやく、きみを手に入れた」

譫言のように呟いた佐伯は柚の両膝を摑むと、一気に奥処を突いてきた。

「やっ、んぁあ……っ」

大きく開脚させられ、重量のある雄槍に膣壁を抉られると、危うく意識が飛びそうになる。これまでは柚のペースに合わせていたのだとわかる、激しい動きだった。

佐伯が腰を引くたびに、ねだるように媚壁が疼く。蜜路は彼自身の形に拡がっていき、ぎゅっと窄まっていた。

（離れられなくなる）

身も心も結ばれ、佐伯に愛される悦びを得た今、彼と離れることなど考えられない。迷い、悩んだ時間はこの幸せのために必要だったのだと素直に思える。

「さ……佐伯、さん……好き……っ、んあぁっ」

腰を打ち付けられて喘ぎながらも、湧き出る想いを声に出す。これからは、もう我慢しなくてもいい。思う存分に好きだと伝えられる関係になれたのだから。

「きみは……また、そうやって俺を煽る」

「ひゃ……ぁっ⁉︎」

膝裏に腕を潜らせた佐伯が、激しく内部を穿つ。少し体勢が変わったことで、結合部を目の当たりにすることになり、思わず目を逸らす。けれど、快感からは逃れようもなく、彼に貪られるのみとなってしまう。

繋がりからは、ずぶずぶと淫らな音が響いている。腹の中を思いきりかき回され、柚の身体は快感の坩堝と化していた。

「も……だ、め……ぇっ」

鋭く腰を突き込まれ、視界が歪む。あまりに感じすぎて、我を忘れそうで怖かった。首を振ることで手加減を訴えた柚だが、佐伯は動きを止めなかった。

「本気で抱くと言ったろ。悪いが、止められない」

「ん、くぅ……ふっ……あぁっ！」

どろどろに溶けた蜜襞は彼の昂ぶりに吸い付き、吐精を促すように扱いている。攻め立てている佐伯は苦しげで、それが壮絶に綺麗だった。

強烈な悦に浮かされて朦朧とする中で見入っていると、彼自身の張りがさらに増す。奥底に長大なそれをねじ込まれ、全身が彼に支配されているかのように身体が変化する。抽挿に合わせていやらしく胎内が熟れていくのを自覚し、羞恥に身悶えた。

(良すぎて、おかしく、なる……)

この時間が永遠に続けばいいと思うのに、堪えきれないほどの絶頂感が高まってきた。今までに感じたことのない大きな波がくる予感を覚え、知らずと腰が動いてしまう。

「佐伯、さ……っ、もう……っ」

ふたりの肌が重なって、境界線が曖昧になる。全身が痺れたような感覚に襲われながら、柚は喉を振り絞る。

彼に向かって手を伸ばせば、佐伯が力いっぱい抱きしめてくれた。

「いいよ、柚。……ただし、一度では終われないからそのつもりで」

これ以上ないほど甘やかす声で告げると、彼の抽挿が速くなる。

最奥で彼自身を感じながら、柚は意識の片隅で幸せを噛みしめた。全身に渦巻く充足感が、身も心も満たしていく。

この恋が、最後でいい。自然と脳内に思い浮かんだのは、柚の本心だった。たとえこの先何があろうと、佐伯と生きていきたいと強く願う。

「あっ、ん！　ぁああ……──っ」

幾度となく蜜壁を擦り立てられ、柚はびくびくと痙攣して快感の極みへと到達した。淫口が狭まり肉槍を食い締めたと同時に、胴震いした彼が柚の上に倒れ込む。

汗ばんだ肌が密着し、通常よりも速い心音が重なると、佐伯が小さく呟きを漏らした。

「──……愛してる」

かすかに聞こえた佐伯の声に返すことができないまま、限界を迎えた柚の身体がシーツに沈んだ。

エピローグ

コーヒーの匂いに誘われて、ゆっくりと意識が覚醒する。

枕に埋もれるように眠っていた柚は、ゆっくりと重い瞼をこじ開けた。まだ定まらない視線を巡らせれば、どういうわけか隣にいるはずの人物がいないことに気付く。

「尊、さん……？」

半分寝ぼけている頭を持ち上げて、ベッドから身を起こす。けれども、すぐに自分がなにも身に纏っていないことを思い出し、慌ててシーツを肩口まで引っぱり上げた。

カーテンの隙間から射し込んでくる光はまだ弱く、室内の空気もひんやりとしている。ベッドの下に投げ捨てられている服に手を伸ばしながら、ふと一年前の記憶が脳裏に蘇り苦笑を浮かべた。

ちょうど一年前の同日。柚は今と同じ場所で目覚めた。まさかあの時は、一年後にまたこの場所で朝を迎えることになるとは思ってもみなかった。

　感慨に耽っていると、不意にベッドルームのドアが開く。逆光でシルエットしか見えないが、均整のとれた体躯につい見惚れてしまう。もう何度も彼のすべてを見ているはずなのに、いまだに鼓動が騒ぐのはなぜだろう。

「ああ、起きたのか」

「おはようございます。あの、ごめんなさい。遅くまで寝てしまって」

　サイドテーブルに置かれているデジタル時計の表示は午前九時。いささか遅い起床だ。弾力のあるベッドの上で小さく身を縮こまらせたが、「構わないよ」と彼は笑った。

「誕生日を迎えた朝くらい、ゆっくり過ごせばいい」

　湯気の立つマグカップをサイドテーブルに置いた佐伯は、ベッドの上に腰掛けると、柚の唇に軽く口づけをした。

「朝から扇情的な格好だな」

「あっ！」

　ハッとしてシーツを持ち上げようとしたが、佐伯の手がそれを阻み、身体ごと覆い被さってきた。端整な顔を間近で見れば、いやでも体温が上昇する。彼は上気する柚の頬にキスを落とすと、瞳を覗き込んでくる。

「誕生日、おめでとう」

祝いの言葉と共に、ふたたび唇が重ねられた。

甘いキスを受け止めた柚は、改めて感慨に耽る。

一年前は、最悪の気分で迎えた朝。それが一年後の同じ日には、状況がまるで違った。

失恋し、佐伯と出会い、恋をして——劇的に変化を遂げた一年だった。

しかし、恋や自分の仕事、それに夢。これらはまだ始まりを告げたにすぎない。努力なくしては実を結ぶことはないだろう。

(だけど、なにがあったとしても……来年の今日もまた、この人と過ごしたい)

そのための努力は、惜しまないつもりだ。

唇が離れると、満面の笑みを浮かべて佐伯を見つめた。

「……ありがとう、ございます」

「服を着てリビングに来ればいい。朝食を食べよう」

意味ありげな視線を送り、佐伯は部屋を出て行く。彼の視線を不思議に思いながらも、散らばった服をかき集め、急いで身支度を整えた時だった。

自分の薬指を見た瞬間、息をするのも忘れるくらいに驚いてその場に立ち尽くす。

「これ、って……」

いつの間にか左手薬指には、まばゆい光を放つ指輪が嵌められていた。

明らかに、ただの誕生日プレゼントではなく、〝特別〟なものだとわかる品である。

指輪の意味を理解すると、心臓が痛いくらいに拍動し、喜びのリズムを刻む。

しばらくその場で放心していた柚だが、じわじわと満面に笑みが広がっていく。

「尊さん、これ……!」

最高の贈り物を胸に、弾かれたように佐伯の待つリビングのドアを開いた。

番外編　甘いおねだり

軋みすらしないベッドの上は、どことなく浮遊感を覚える。素肌を包み込む滑らかなシーツの感触も心地よく、目覚めのたびに離れがたい気持ちにさせられる。もっともそれは、快適な寝具だけのせいではなく、目の前の男の存在が大きく影響しているのだが。

柚は、自分を組み敷く佐伯の視線から逃れるべく、そっと視線を逸らした。

「……あんまり見ないでください。寝起きの顔を見られると……恥ずかしいです」

「今さら気にする間柄でもないだろう？」

「……そういう問題じゃありません」

好きな人に朝一番で会えるのは嬉しいが、無防備な姿を晒すことに羞恥を覚える。

知っていてわざと顔を覗き込んでくる辺り、とても性質が悪い。けれど、この性質の悪さを含めて彼のことが好きだから困りものだ。

「何か言いたそうな顔だな」

口角を上げた佐伯は、何も身に纏っていない柚の身体を指でなぞった。意味ありげな手つきで触れられ、腰がぴくりと揺れる。

「言いたいことがあるなら聞くよ」

「特に、何も……」

「それなら、俺の好きにさせてもらおうかな」

何を、と問う前に、唇を奪われた。

「んっ、ぅ」

息苦しいほどの口づけは、柚の欲望に火をつける。合わせ目から侵入した舌先に粘膜をねっとりと舐られ、期待感で鼓動が騒ぐ。

このまま流されてしまいそうで、柚は慌てて佐伯を止めた。

「佐伯、さん……もう、起きる時間じゃ……」

「休日なんだ、そう気にすることはないさ」

胸の先端に押し当てられた唇で乳首を食まれ、そうかと思えば片手で乳房を揉み込まれる。途端に甘い痺れが肌を伝い、全身がぞくぞくしてしまう。恥ずかしくて顔を逸らせば、佐伯が不敵に微笑んだ。

「ちゃんと俺を見ていないと、強引に振り向かせることになるけど」

そうは言われても、彼の瞳に映る自分はひどく乱れていて、とても直視できない。

しかし佐伯は柚の心境など気にも留めず、乳房に唇を這わせながら続けた。

「それと、もうひとつ。……きみはいつになったら、俺を名前で呼ぶんだ?」

予想外の問いかけにドキリとする。

佐伯と想いが通じ合い、何度も身体を重ねている。それなのに、柚はいまだに彼を苗字でしか呼んでいなかった。ただタイミングを逸していただけなのだが、とても大切で特別な人だからこそ、妙に意識してしまう。

「柚?」

こんな状況では羞恥が煽られるだけで、名前を呼ぶどころではない。顔を真っ赤にさせた柚は、佐伯に懇願の目を向けた。

「……そんな急に言われても……心の準備ができてません」

「たった三文字だ」

形の良い唇が、緩やかに引き上がる。

おそらく柚の心情など、佐伯には手に取るようにわかっている。それでも彼は、あえて追い詰めてくるのだ。

「呼んでくれないのか?」

表情は普段通り余裕綽々なのに、語る声は真剣そのものだった。

しばし逡巡した柚は、やがて蚊の鳴くような小さな声で彼の名を呼んだ。

「た……たける、さん」

「聞こえないな」

「そんなわけないじゃないですか。……性格が悪いです」

「ありがとう。俺には褒め言葉だよ、それは」

悪びれない発言に、柚の眉尻が下がる。佐伯はくすくすと笑いながら、耳元で囁いた。

「これから自然に呼べるようになるまで、毎日ねだってみようかな。今のところきみは、ベッドの中でしか呼べそうもないしね」

彼は艶やかに言い放ち、柚の身体を反転させた。背筋に沿って唇を落としながら、背中にのし掛かってくる。

「無理強いはしないけど、いつか自然に呼んでくれ」

自分の言葉がどれほどの威力を持っているのかを、彼はよく心得ている。だからこそ、揶揄い、惑わせ、拗ねる直前で甘やかすのだ。腕の中から、柚が逃げ出さないように。

佐伯は柚の腰を上げさせると、臀部から秘部へ舌を這わせた。

丁寧に花弁を舐め取っていき、奥に潜む肉蕾を突いてくる。淫口からはとろりと愛蜜が吹き零れ、太ももをしとどに濡らしてしまう。

彼の舌は、柚の悦ぶ場所を心得ていた。潤んでいる蜜孔に舌を差し入れられると、得も言われぬ快感に全身を貫かれる。

「んッ、ゃあ……っ」

昨晩、散々愛され尽くした身体は、まだ熱を帯びている。彼の愛撫に応えて快楽が膨らんでいき、蜜口がいやらしくひくついた。

「きみといると、欲望に際限がないな」

秘部から舌を外した佐伯は、熟れた秘所へ自身をあてがった。馴染ませるように肉茎を上下に動かし、少しずつ淫孔へ押し込んでいく。

「尊……さ、ん……っ」

それは、喘ぎの間に漏らした声。喜悦に浮かされて発したひと言だった。だが、佐伯は聞き逃すことはなかったようで、微かな笑みを零して応える。

「好きだよ、柚」

全身を隈なく愉悦で染め上げられ、シーツの波間で身悶える。愛しい人の体温を肌で感じながら、柚は甘い時間に溺れていった。

あとがき

御厨翠《みくりやすい》です。このたびは、拙著をお手に取ってくださりありがとうございます。

本作は、以前別レーベルより刊行した作品を新たに書き直したものです。自分にとって原点となる物語なので、オパール文庫のラインナップに加えていただき嬉しく思います。

不器用だけど仕事と恋に真剣に向き合っている柚と、素直じゃない一癖ある男の佐伯。一筋縄ではいかないふたりの関係をお気に召していただけたら幸甚です。


イラストは、篁《たかむら》ふみ先生がご担当くださいました。先生の描く佐伯の色気に、ひたすら見入っております。どのシーンも大好きですが、中でも特に車内と花火のシーンが好きすぎて何度も見ては感動を噛み締める日々です。篁先生、ご多忙の中、素敵なイラストを本当にありがとうございます！

改めまして、担当様を始めとする本作に携わってくださった皆様、いつも作品をご購入してくださる皆様に感謝申し上げます。

それでは。またどこかでお会いできますように。

令和六年　十月刊

オパール文庫をお買いあげいただき、ありがとうございます。
この作品を読んでのご意見・ご感想をお待ちしております。

✦ファンレターの宛先✦

〒102-0072　東京都千代田区飯田橋3-3-1
プランタン出版　オパール文庫編集部気付
御厨 翠先生係／篁 ふみ先生係

オパール文庫Webサイト
https://opal.l-ecrin.jp/

………………………………………………………………

Opal

今日《きょう》、本気《ほんき》できみを抱《だ》く　美形《びけい》な紳士《しんし》と蜜約関係《みつやくかんけい》

著　者――御厨 翠（みくりや すい）
挿　絵――篁 ふみ（たかむら ふみ）
発　行――プランタン出版
発　売――フランス書院
　　〒102-0072　東京都千代田区飯田橋3-3-1
　　電話（営業）03-5226-5744
　　　　（編集）03-5226-5742
印　刷――誠宏印刷
製　本――若林製本工場

ISBN978-4-8296-5554-2 C0193